名作百年の謎を解く

上杉省和
近藤典彦
著

同時代社

目次

まえがき

「小説は人生の隣にある」とは誰の言葉であったか、忘れてしまいましたが、チェーホフの小説などを読んでいると、ふと、この言葉が思い起こされます。平凡な日常生活を送っている私のような人間にとって、さまざまな小説を読むことは、時には隣人の生活を覗き見するような、ひそかな愉しみであり、時には幾通りもの人生を体験するような、豪奢な愉しみでもあります。

所詮、小説は虚構（拵えもの）ですが、世の中には嘘を通してしか語れない真実もあります。小説にかぎらず、ほとんどの芸術作品は人間の〈生命〉の側に立つものですから、時には社会の〈秩序〉や良風美俗との対立を余儀なくされます。とりわけ、時代に数歩も先駆けた作家の場合、その時代の社会通念、社会規範とは相容れないものが、しばしば作中に忍ばせてあります。そのような場合、小説（物語）はそれ自身のなかに主題を隠そうとするものです。私にとって、文学研究への情熱を支えてきたのは、物語の背後に隠された書き手の意図を明らかにすることでした。それによって、はじめて小説の全体像が見えてくるからです。

物語はそれ自身のなかに主題を隠そうとする。テクスト（書かれたもの）は話の筋を語るけれども、その話を成り立たせている根拠は語らない。しかもテクストに意味をあたえる本当の根拠は、表側にあらわれない書き手の意図なのである。読み手は物語の裏の意図をあばきだしていかなければならない。そうすることによって、テクスト生成の全体がはじめて見えてくるのである。

ここに引用したのは、日本上代文学の研究者・故西條勉氏が、氏の『古事記』論の中で述べた言葉です。近年、瞠目すべき邪馬台国論を世に問うた中田力氏も、その著書の中で、「真実を『隠し』として残したがるのは、いつの時代にも見られる、知識人の性でもある」、と述べています。同じことは、わが国の近代小説についても、言えるのではないでしょうか。私も、また、小説の表側にあらわれない「書き手の意図」、すなわち虚構（フィクション）のなかに隠された〈真実〉を読み解くことに、長年、執念を燃やしてきた人間の一人として、ここに紹介した二人の優れた研究者の見解に、心から共感するものです。

本書に取り上げた八編の小説は、その大半が名作としての声価を不動のものとした作品です。にもかかわらず、と言うべきか、それ故に、と言うべきか、いまだ作品の読み（解釈）に一つの明確な結論が出ていないことは、うやむやのうちに終わってしまった、いわゆる〈『藪の中』論争〉や〈『たけくらべ』論争〉の経過を追跡してみれば、明らかなことです。なかでも、近代日本文学史上最も多くの読者に恵まれてきた漱石の『こゝろ』は、〈先生〉の自殺を崇高な倫理的行為とする定説化した解釈に対して、語り手の〈私〉による父親殺し（エディプス・コンプレックス）を隠された主題と見做す新解釈も現われて、この小説の解釈が単純明快でないことを明らかにしました。

小説読解の方法に、一定の方式があるわけではありませんが、何を明らかにしたいのか、読者（研究者）の関心のありようによって、その方法はおのずから選ばれてゆくのではないでしょうか。最近二、三十年間、小説研究の方法論は、従来の〈作品論〉に変わって、〈テクスト論〉が主流となりました。〈テクスト論〉では、もっぱら表現された言葉のみが研究・批評の対象とされ、時代背景や作家の存在は意識的に排除されます。無論、作家論を安易に作品論に適用することは戒めなければなりませんが、だからと言って、作品を理解する上で、作家の存在、時代背景、その他もろもろの関連情報を無視してしまうことは、作品への理解を限りなく狭めてしまうことにならないでしょうか。少なくとも、小説を人生の隣から遠ざけて、仲間内での知的ゲームの対象にしてしまうことになりかねません。

時間のふるいにかけられて生き残った優れた文芸作品は、人間について、また人生について、さまざまなことを教えてくれる筈です。私自身、人生の危機的局面において、それらの作品によって何度も救われてきました。ところが、いつの頃からか、そうした古典の名に相応しい書物の多くが書店から姿を消し、若者の活字離れも指摘されるようになりました。本書が古典的名作の魅力をどこまで伝えられたか、心もとない限りではありますが、本書を通じて、小説の面白さ、さらにはその存在意義にまで思いを馳せていただければ、これにすぐる喜びはありません。

本書は、見られる通り、三部構成となっています。第一部は夏目漱石の『こゝろ』など、四編の作品を上杉が、第二部は芥川龍之介の『羅生門』など、三編の作品を近藤典彦が、第三部は樋口一葉の代表作『たけくらべ』を近藤、上杉の両名が、それぞれ分担して、その作品論を執筆しました。なかには既に雑誌等に発表された旧稿もありますが、本書収録に際して、全面的な改稿を施したものが少なくありません。なお、各論文を執筆する上で参考にした全文献の表示は省略し、引用文献のみの表示に止めました。また、文中に引用した先行論文の執筆者名に、本来付すべき敬称を、その多岐にわたる使用法に鑑み、あえて省略させていただきました。

上杉省和

二〇一五年初夏

第一部　秘められた作者の真意を読み解く

上杉省和

I

〈先生〉の視点、漱石の視点
―夏目漱石『こゝろ』―

（一）

夏目漱石の小説『こゝろ』は、大正三年四月二〇日から八月一一日まで、全百十回にわたって、東京・大阪の両『朝日新聞』に連載され、同年九月に岩波書店から単行本として出版されました。漱石四十七歳、世を去る二年余り前の作品です。小説としては、『行人』に続くもので、その後に『道草』並びに未完に終わった『明暗』が書かれました。

『こゝろ』という小説が、漱石の全作品の中で、またわが国の膨大な近代小説群の中で、他を寄せ付けないほど、多くの読者に恵まれてきたことは、各種文庫本の奥付に記された〈刷〉の回数の圧倒的な多さが、それを証明しています。長年にわたって国語の教科書に採用されてきたことも影響しているのでしょうが、それにしても、この作品の人気の秘密は、はたしてどこにあるのでしょうか。そして、このことと連動した現象でしょうか、その作品論の多さも他を圧しているようです。先行論文に十分な目配りをしないままに、作家・作品に関する自説を展開することは、研究者にとっては許されないことでしょうから、漱石を研究する人は大変だろう、とつくづく同情したくなります。そのようなわけで、近代日本文学研究者の端くれであった私は、これまで漱石文学について論及することを敬遠してきたのですが、職場を退いて、やや自由になる時間を得て以来、漱石のことが、とりわけ『こゝろ』のことが、気になってきました。高等学校の国語科教師をしているかつての教え子から、「『こゝろ』の〈先生〉が殉じた〈明治の精神〉とは、何ですか?」と訊かれたことも、そのきっかけにはなったのですが……

『こゝろ』が発表されてほぼ百年、この長い年月にわたって『こゝろ』の解釈に大きな影響を与えてきたのは、漱石門下の小宮豊隆ではなかったでしょうか。

然し先生にとつて重大な事は、自分が、自分の最も尊敬する、最も親しい友人の恋愛の、競争相手となつたといふ事、その為め、高貴に恋愛してゐる、高貴な相手の、丁度その高貴な所につけ入つて、相手を手も足も出せない位置に置いたといふ事、のみならずその相手を出し抜いて、陰でこそこそ仕事をして、自分だけが得をしようとしたといふ事、――

> 一口に言へば、自分がさういふ、さもしい、見下げ果てた人間に、いつのまにか成り下がつたといふ事であつた。殊に相手は、自刃してしまつたのである。仮令《たとい》相手が、その為だけで自刃したのではなかつたとしても、自分が、高貴なものを世の中から滅ぼし去る、重なる機縁となつたといふ自覚だけからでも、先生が自分を、赦すべからざる罪人であると感じるのは、当然であつた。（略）クリストを売つたユダが赦すべからざる罪人であるならば、先生はユダよりも、もつと赦すべからざる罪人でなければならない。（略）然し先生は、躬《み》を以つて、その罪を贖《あがな》つた。其所《そこ》に先生の高貴な所はあつた。寧ろ先生は、その高貴の故に、一旦の過誤を、その一生を費して償《つぐな》はなければならなかつたのだと、言つても可いであらう。（略）読者はその姿から放射される、倫理的な、崇高な光に、心を撃たれる。

永年にわたって、『こゝろ』が高等学校の国語教科書に採用されてきた背景には、こうした小宮流の倫理的解釈が働いたのでは、とも推測されます。しかしながら、このような『こゝろ』の読み方は、はたして妥当なものでしょうか。

小宮豊隆が要約してみせた、〈先生〉と〈K〉との〈御嬢さん〉をめぐる事件の顛末《てんまつ》は、あくまでも語り手（「遺書」の書き手）である〈先生〉の意識を通したものです。『こゝろ』という小説は、〈先生〉と呼ぶ人物に惹かれ、この〈先生〉を実の親よりも大学の教師よりも敬愛してやまない、〈私〉という人物を前半部の語り手として、後半部に〈私〉の物語よりも大部な〈先生〉の遺書が置かれるという、きわめて特異な構造の小説です。したがって、〈私〉あるいは〈先生〉の視点を作者漱石の視点と誤解する読者がいても、不思議ではないかもしれません。小宮豊隆の「解説」はまさにその最たるものでした。

　小宮は「高貴に恋愛してゐる、高貴な相手の、丁度その高貴な所につけ入つて」と、〈K〉という人物の「高貴」さを、口を極めて強調していますが、はたして〈K〉はそのように「高貴」な人物でしょうか。〈K〉は家業の医院を継ぐ約束で、養父から学費と生活費の仕送りを受けながら、医科大学には進まず、文科系の大学（おそらく東京帝国大学の文科大学）に進んで、もっぱら宗教哲学に意を注いでいる学生です。上京後三年目に養父母への背信行為を告白して、養子縁組を破棄され、実家からも勘当され、友人である「先生」の物心両面の庇護を受けるわけですが、その性格は下宿先の〈奥さん〉から「取り付き把のない人だ」と言われるほど、頑固で強情で偏屈です。〈先生〉がこのような〈K〉に救いの手を差し伸べたのは、同郷での幼馴染という間柄もさることながら、学校で常に上位の成績を占めた〈K〉の、努力家としての意志の強さに、敬意を払っていたからです。要するに、優柔不断な自分とは正反対の、一途《いちず》な〈K〉の性格に、〈先生〉は惹《ひ》かれたのでしょう。「道」を求める〈K〉のひたむきさが、〈先生〉には「正直」、「単純」、「善良」と映ったのです。〈先生〉は〈K〉を自分の下宿に住まわせて、その生活費を提供した上、頑なな〈K〉の心を「人間らしくする」ために心を砕くのですが、〈先生〉の考える「人間らしさ」は、克己禁欲を旨とする〈K〉にとっては、軽蔑の対象でしかありませんでした。そのような〈K〉の信念が、〈お嬢さん〉に対して芽生えた恋愛感情によって、脆くも揺らいでしまったのです。〈K〉から〈お嬢さん〉への恋情を告げられた〈先生〉が、〈K〉に向かって「精神的に向上心のないものは馬鹿だ」という、かつて自分が〈K〉から突きつけられた言葉を投げ返したのは、〈御嬢さん〉を奪われまいとする〈先生〉自身のエゴイズムもさることながら、一面では強情な〈K〉の自己矛盾を突いた言葉でもあったのです。

そもそも、〈K〉はなぜ自殺を選んだのでしょうか。〈先生〉は「此質問の裏に、早く御前が殺したと白状してしまへといふ声」を聞き、終生、良心の呵責《かしゃく》に責められたわけですが、それでは、〈K〉の自殺に関して、〈先生〉は加害者としての責任を追うべきであったのでしょうか。

〈K〉の遺書には、「自分は薄志弱行で到底行先の望みがないから、自殺する」という、抽象的で簡単な文言以外には、世話になった〈先生〉への礼と遺体片付け並びに国元への連絡依頼、さらには迷惑をかけた〈奥さん〉への詫びが一口ずつ書かれてあり、最後に「もつと早く死ぬべきだのに何故今迄生きてゐたのだらう」という意味の文言が添えられてあった、ということです。〈K〉がこの遺書を書いて自殺したのは、〈先生〉と〈御嬢さん〉との婚約を〈奥さん〉から聞かされた、その二日後のことでした。すでに鶴田欣也も指摘しているように、〈K〉の言動は一貫して自己中心的で、他者への配慮を欠くものでしたから、「もっと早く死ぬべきだのに何故今迄生きてゐたのだらう」は、〈K〉のかねてからの本心を吐露した文言、と考えてよいでしょう。〈御嬢さん〉への失恋、すなわち〈先生〉に先を越されたことは、〈K〉にとって、自殺のきっかけにはなっても、その直接的原因ではなかったわけです。

〈K〉が養父母を欺いて医師への進路を放棄したのは、他にやりたい学問があったからではありません。上京後の〈K〉が、〈先生〉以外に一人の友人もなく、すがるべき特定の宗教もなく、それでいて苦行僧のような生活を続けてきたのは、自分にもよく解らない「心の問題」を抱えていたからです。そのような〈K〉の様子は、やがて〈先生〉の目に「神経衰弱」と映るようになるわけです。そして、そうした〈K〉の極めて偏屈で強情な自閉的性格は、おそらく彼の強い分裂気質にも因るでしょうが、ある意味では明治時代の青年に特有の、思想的煩悶の現われでもあったでしょう。

〈K〉の形象化にあたって、漱石はかつての教え子、藤村操を思い浮かべていたはずです。第一高等学校哲学科の研究生・藤村操が日光華厳の滝に投身自殺を遂げたのは、明治三六年五月二二日のことでした。死の直前に、藤村は滝壺上の楢の大木を削って、「巌頭の感」と題する一文を書き残しましたが、その中に「万有の真相は唯だ一言にして悉す、曰く『不可解』。我この恨を懐いて煩悶終に死を決す」の文言があり、当時、その自殺は哲学的な死と考えられたようです。藤村の死骸は投身から四十二日後に発見されたということですが、その後、これを模倣する者が続出して、十数名（一説では七十有余名）の学生が華厳の滝で自殺をしたということです。なお、藤村の義弟にあたる安倍能成は、藤村が自殺した動機を、「学問的大望の幻滅に加へて、失恋の跡が見られるやうな気がする」、と分析しています。

〈K〉は〈お嬢さん〉に恋心を抱いたことで、克己禁欲的な生き方と欲望追求的な生き方との間に引き裂かれてしまったわけですが、〈K〉の抱え込んでいた「心の問題」は、〈先生〉の手に負えるようなものではなかったでしょう。とは言え、〈先生〉の言動にも、落ち度がなかったわけではありません。〈K〉から〈御嬢さん〉への恋愛感情を告白された時、〈先生〉は〈御嬢さん〉に対する自らの気持ちを率直に伝えるべきでした。それが出来なかった理由について、男女間の交際に障害の多かった時代的背景など、それなりの説明がされてはいますが、それをもってしても、〈先生〉が〈K〉を出し抜いた行為の免罪符とはなりえないでしょう。しかしながら、〈先生〉と〈御嬢さん〉との婚約成立を知ったわずか二日後に、〈先生〉の部屋とは襖一つ隔てた隣室で、頚動脈切断という凄惨な方法で自殺を遂げた〈K〉の行為は、その動機の如何を問わず、世話になった〈先生〉と〈奥さん〉と〈御嬢さん〉へのこれ見よがしの意趣返し、と見做されても仕方のないものでした。「高貴な」人間はおろか、思慮ある人間のなし得ることとは、到底言えない行為です。おそらく、〈K〉には、恩を仇《あだ》で返すという意識はなかったでしょう。残される人のことを思いやる余裕のないほど、〈K〉の心は病んでいた、と考える以外ないのです。

（二）

大正三年九月、岩波書店から出版された単行本『こゝろ』の「自序」に、漱石は次のように書いていました。

当時の予告には数種の短篇を合してそれに『心』といふ標題を冠らせる積《つもり》だと読者に断わつたのであるが、其短篇の第一に当る『先生の遺書』を書き込んで行くうちに、予想通り早く片が付かない事を発見したので、とう〳〵その一篇丈《だけ》を単行本に纏《まと》めて公《おおや》けにする方針に模様がへをした。

然《しか》し此『先生の遺書』も自から独立したやうな又関係の深いやうな三個の姉妹篇から組み立てられてゐる以上、私はそれを『先生と私』、『両親と私』、『先生と遺書』とに区別して、全体に『心』といふ見出しを付けても差支《さしつかえ》ないやうに思つたので、題は元の儘《まま》にして置いた。たゞ中味を上中下に仕切つた丈が、新聞に出た時との相違である。

『こゝろ』はもともと『先生の遺書』と題する小説であったわけです。『先生の遺書』以外にどのような短篇小説群の構想があったのか、知る由もありませんが、漱石自筆の「『心』広告文」には「自己の心を捕へんと欲する人々に、人間の心を捕へ得たる此作物を奨《すす》む」とあって、その自信の程が察せられます。つまり、『先生の遺書』一編だけで、「人間の心を捕へん」とする当初の目的は達せられた、と漱石は確信したようです。

『こゝろ』が書かれた大正三年の時点で、広く国民各層の意識にわだかまっていたのは、その二年前に起こった乃木将軍殉死事件ではなかったでしょうか。いち早くこの事件を小説化したのは森鷗外でした。鷗外は歴史小説『興津《おきつ》彌《や》五《ご》右《え》衛門《もん》の遺書』（大正元年一〇月『中央公論』）を書いて、乃木殉死を時代錯誤の蛮行とする一部世論に対して、乃木の行為を弁護しました。かつて同僚を死に至らしめたことへの償いと恩顧を受けた主君への忠義から、殉死は国家の御制禁であることを承知しつつも、ひっそりと切腹をして果てようとする老いた武士の心境を、遺書という形式に託した作品です。そして、この興津の遺書が将軍乃木希典の遺書を下敷きにしたものであることは、明らかなことです。ところが、翌大正二年六月刊行の小説集『意地』に収録された『興津彌五右衛門の遺書』（定稿）では、興津の切腹は細川家の当主から公認され、貴顕の見守る晴れがましい舞台での名誉ある行為へと、さらには興津の子孫の系譜を延々と書き連ねるものへと、大幅に改稿されたのでした。これは新たに見出された資料による改稿と見做されていますが（「歴史離れ」から「歴史其儘」へ）、そこには、国家権力による乃木将軍神格化の動きへの、鷗外特有のバランス感覚も働いたのではなかったでしょうか。つまり、自分の命を棄てるという、本来無償であるはずの行為に、時には死後の名聞や子孫の繁栄を願う打算が、時にはこれを利用しようとする第三者の思惑が忍び込むことを、慧眼《けいがん》の鷗外は見抜いていた、と思われるのです。歴史小説第一作『興津彌五右衛門の遺書』に次いで、殉死にまつわる複雑な人間ドラマを追求した、第二作『阿部一族』が書かれたゆえんです。

一方、乃木殉死事件に対する漱石の見解は、いかなるものであったでしょうか。『こゝろ』執筆に先立つ大正二年一二月一二日、第一高等学校で行なわれた、「模倣と独立」と題する講演の中で、漱石は次のように述べていました。

乃木さんが死にましたらう。あの乃木さんの死と云ふものは至誠より出でたものである。けれども一部には悪い結果が出た。夫《それ》を真似して死ぬ奴が大変出た。乃木さんの死んだ精神などは分らんで、唯形式の死だけを真似する人が多いと思ふ。さう云ふ奴が出たのは仮に悪いとしても、乃木さんは決して不成功ではない。結果には多少悪いところがあつても、乃木さんの行為の至誠であると云ふことはあなた方を感動せしめる。夫が私には成功だと認められる。さう云ふ意味の成功である。だからインデペンデントになるのは宜《よろし》いけれども、夫には深い背景を持つたインデペンデントとならなければ成功は出来ない。成功と云ふ意味はさう言ふ意味で云つて居る。

漱石も、鷗外と同様に、乃木将軍の殉死を肯定的に受け止めていたことが分ります。したがって、乃木殉死の文学的形象化は『興津彌五右衛門の遺書』（初稿）で十分に達成された、と漱石は思ったはずです。とすれば、『興津彌五右衛門の遺書』ならぬ『先生の遺書』を書いた漱石の狙いは、はたしてどこにあったのでしょうか。

ここで、『こゝろ』の〈先生〉が自殺を思い立った動機について、検討してみましょう。

私はたゞ人間の罪といふものを深く感じたのです。其感じが私をKの墓へ毎月行かせます。其感じが私に妻の母の看護をさせます。さうして其感じが妻に優しくして遣れと私に命じます。私は其感じのために、知らない路傍の人から鞭《むち》うたれたいと迄思つた事もあります。斯《こ》うした階段を段々経過して行くうちに、人に鞭たれるよりも、自分で自分を鞭つ可きだといふ気になります。自分で自分を鞭つよりも、自分で自分を殺すべきだといふ考が起ります。私は仕方がないから、死んだ気で生きて行かうと決心しました。（下　先生と遺書　五十四）

すると夏の暑い盛りに明治天皇が崩御《ほうぎょ》になりました。其時私は明治の精神が天皇に始まつて天皇に終つたやうな気がしました。最も強く明治の影響を受けた私どもが、其後に生き残つてゐるのは必竟時勢遅れだといふ感じが烈しく私の胸を打ちました。私は明白《あから》さまに妻《さい》にさう云ひました。妻は笑つて取り合ひませんでしたが、何を思つたものか、突然私に、では殉死でもしたら可《よ》からうと調戯《からか》ひました。（下　先生と遺書　五十五）

それ（乃木殉死——筆者注）から二三日して、私はとう〳〵自殺する決心をしたのです。

私に乃木さんの死んだ理由が能く解《よ》らないやうに、貴方にも私の自殺する訳が明らかに呑み込めないかも知れませんが、もし左右《そう》だとすると、それは時勢の推移から来る人間の相違だから仕方がありません。或《あるい》は箇人《こじん》の有《も》つて生れた性格の相違と云つた方が確かも知れません。私は私の出来る限り此不可思議な私といふものを、貴方に解らせるやうに、今迄の叙述で己れを尽した積《つもり》です。（下　先生と遺書　五十六）

〈先生〉の心を長い間占めてきたのは、父の遺産を叔父に横領されたことから生じた根強い人間不信と、一人の女性をめぐって友人を自殺にまで追い込んだという罪意識（自己不信）のようですが、それが何故、自らも自殺を決意することにまで繋がるのでしょうか。

（三）

明治天皇崩御の報に接して、〈先生〉は自分を「時勢遅れの人間」と認識したわけですが、そこには〈先生〉自身の社会的孤立感あるいは疎外感が生々しく表明されていました。

私は仕舞にKが私のやうにたつた一人で淋しくつて仕方がなくなつた結果、急に所決したのではなからうかと疑がひ出しました。さうして又慄《ぞつ》としたのです。私もKの歩いた路を、Kと同じやうに辿つてゐるのだといふ予覚が、折々風のやうに私の胸を横過り始めた

からです。（下　先生と遺書　五十三）

最高学府まで出ながら、〈先生〉が社会的孤立の道を選んだのは、〈先生〉の「遺言」によれば、父からの遺産を叔父に横領されて人間不信に陥った上に、友人を裏切って自己不信に陥ったから、ということでした。したがって、〈先生〉の自決は、主君細川忠興に殉じた興津や明治天皇に殉じた乃木のそれとは、次元の異なるものとしか言えないのです。このことは、〈先生〉自身が「私に乃木さんの死んだ理由が能く解らないやうに」と、その「遺書」の中で書いていることでも明らかです。

ところで、〈先生〉が〈私〉に最も力を入れて語ったことは、「平生はみんな善人なんです。少なくともみんな普通の人間なんです。それが、いざといふ間際に、急に悪人に変るんだから恐ろしいのです。だから油断が出来ないんです」、「金さ君。金を見ると、どんな君子でもすぐ悪人になるのさ」、ということでした。それが〈先生〉の「思想」と言えるのでしょうか。信頼していた叔父に遺産を横領されたという、〈先生〉自身の苦い体験から出た言葉でしょうが、注目すべきは、〈先生〉がこのような金銭哲学を口にした前後の、語り手である〈私〉の目に留まった次のようなエピソードです。郊外の植木屋の広い敷地に入り込んだ〈先生〉と〈私〉は、その家の十歳ほどの子供から「あゝ。叔父さん、今日《こんち》はつて、断《ことわ》つて這入《はい》つて来ると好かつたのに」、と無断進入を咎《とが》められます。そこで、〈先生〉は少年に五銭の白銅を与えますが、そこを立ち去るとき、少年の母親から白銅へのお礼に加えて「御構《おかま》ひ申しも致しませんで」との挨拶を返されます。わずか五銭の白銅が人間関係に重大な影響を与えることに、〈先生〉が気付いた気配はないようです。どうやら〈先生〉には、欲望に支配される人間の心が、充分には見えていないようです。それほどまでに、〈先生〉は人間の善意を信頼していた、と言うべきでしょうか。

ところで、〈先生〉の「遺書」は次のように締めくくられていました。

私は私の過去を善悪ともに他の参考に供する積です。然し妻《さい》だけはたつた一人の例外だと承知して下さい。私は妻には何にも知らせたくないのです。妻が己れの過去に対しても一つ記憶を、成るべく純白に保存して置いて遣《や》りたいのが私の唯一の希望なのですから、私が死んだ後でも、妻が生きてゐる以上は、あなた限りに打ち明けられた私の秘密として、凡《すべ》てを腹の中に仕舞つて置いて下さい。(下　先生と遺書　五十六)

「私の秘密」とは、言うまでもなく〈K〉の自殺に関わる、〈先生〉自身の過去の行為を指していますが、そのことに関して、〈先生〉の妻(かつての〈御嬢さん〉)が全く知らなかった、ということがありうるでしょうか。〈先生〉との婚約成立のわずか二日後に、〈先生〉の友人であり、〈先生〉と同じ下宿人でもあり、〈お嬢さん〉に恋愛感情を抱いている〈K〉が、〈御嬢さん〉の家の一室を鮮血に染めて自殺したのです。

「私は私自身さへ信用してゐないのです。つまり自分で自分が信用出来ないから、人も信用できないやうになつてゐるのです。自分を呪《のろ》ふより外に仕方がないのです」

「さう六《む》づかしく考へれば、誰だつて確かなものはないでせう」

「いや考へたんぢやない。遣《や》つたんです。遣つた後で驚ろいたんです。さうして非常に怖くなつたんです」

私はもう少し先迄同じ道を辿つて行きたかつた。すると襖の陰で「あなた、あなた」といふ奥さんの声が二度聞こえた。先生は二度目に「何だい」といつた。奥さんは「一寸」と先生を次の間へ呼んだ。（上　先生と私　十四）

〈先生〉がどう思っていようと、〈先生〉の秘密は、漠然とではあっても、妻の〈静〉に共有されていた、と考えるのが自然ではないでしょうか。ここに引用したのは、「遣つた」こと、すなわち〈K〉の自殺に〈先生〉自身が関与したことを、〈先生〉が〈私〉に打ち明けそうになった気配を察して、〈静〉が〈先生〉に口止めをしようとする場面です。

〈静〉は〈先生〉の秘密をうすうすは知っており、さらには共犯意識のようなものも持っていた、と見做すべきではないでしょうか。そう思われるのは、〈先生〉の外出中、留守番を頼まれた〈私〉と〈静〉との間に、次のような会話が交わされているからです。

「あなたは私に責任があるんだと思つてやしませんか」と突然奥さんが聞いた。

「いゝえ」と私は答へた。

「何うぞ隠さずに云つて下さい。さう思はれるのは身を切られるより辛いんだから」と奥さんが又云つた。「是でも私は先生のために出来る丈の事はしてゐる積なんです」

「そりや先生も左右認めてゐられるんだから、大丈夫です。御安心なさい。私が保証します」

奥さんは火鉢の灰を掻き馴らした。それから水注《みずさし》の水を鉄瓶に注《さ》した。鉄瓶は忽ち鳴りを沈めた。

「私はとう〳〵辛抱し切れなくなつて、先生に聞きました。私に悪い所があるなら遠慮なく云つて下さい、改められる欠点なら改めるからつて、すると先生は、御前に欠点なんかありやしない、欠点はおれの方にある丈《だけ》だと云ふんです。さう云はれると、私悲しくなつて仕様がないんです。涙が出て猶の事自分の悪い所が聞きたくなるんです」

奥さんは眼の中に涙を一杯溜めた。（上　先生と私　十八）

「私に責任がある」とか「私に悪い所がある」とかいう言葉は、〈静〉にある種の罪意識がなければ、口をついて出ることはないはずです。〈静〉が抱え込んでいた罪意識とは、いかなるものであったのでしょうか。言うまでもなく、〈K〉に気を持たせて、結果的に〈K〉を死に追いやったことへの後ろめたさ、と考える以外ないようです。

〈御嬢さん〉時代の〈静〉が〈先生〉との結婚を望み、〈静〉の母親すなわち〈奥さん〉も娘と〈先生〉との結婚を望んでいたことは、疑う余地がありません。何故なら、〈先生〉が〈御嬢さん〉との結婚を申し込んだ時、〈奥さん〉は即座に無条件でこれを承諾し、さらに「当人にはあらかじめ話して承諾を得るのが順序」との〈先生〉の注意に対して、「本人が不承知の所へ、私があの子を遣る筈がありません」と答えているからです。したがって、〈先生〉が〈K〉を同宿させようとした時、これに〈奥さん〉が強硬に反対したのは、当然のことでした。その後、〈先生〉の熱意に押されて、〈奥さん〉は〈K〉を下宿人として受け入れますが、「取り付き把のない」〈K〉を前にした母娘の当惑は、想像に余りあるものがあったでしょう。

〈先生〉は、その「遺書」の中で、「私は其人（〈御嬢さん〉——筆者注）に対して、殆んど信仰に近い愛を有《も》つてゐた」と書いています。ところが、一方では、〈奥さん〉が「御嬢さんを私に接近させやうと力《つと》めるのではないか」と疑い、さらには「奥さんと同じやうに御嬢さんも策略家ではなからうか」と警戒もするのです。〈先生〉が〈K〉を自分の下宿に誘ったのは、このような〈御嬢さん〉に対する二律背反的感情に苦しめられていた時でした。したがって、勘ぐれば、たとえそれが無意識でのことであったにせよ、〈先生〉は〈御嬢さん〉に対する自分の気持ちを確かめるために〈K〉を利用した、と言えば言えなくもないのです。また、〈御嬢さん〉の方でも、〈先生〉の心を自分に向かせるために〈K〉を利用した、と言えば言えるのです。

「一週間ばかりして私は又Kと御嬢さんが一所に話してゐる室《へや》を通り抜けました。其時御嬢さんは私の顔を見るや否や笑ひ出しました。私はすぐ何が可笑《おか》しいのかと聞けば可《よ》かつたのでせう。それをつい黙つて自分の居間迄来て仕舞つたのです。だからKも何時ものやうに、今帰つたかと声を掛ける事が出来なくなりました。御嬢さんはすぐ障子を開けて茶の間へ入つたやうでした。

夕飯《ゆうめし》の時、御嬢さんは私を変な人だと云ひました。私は其時何故変なのか聞かずにしまひました。たゞ奥さんが睨《にら》めるやうな眼を御嬢さんに向けるのに気が付いた丈《だけ》でした。

（下　先生と遺書　二十七）

この時の〈御嬢さん〉に〈先生〉の嫉妬心が見抜かれていたかどうか、それは解りませんが、〈先生〉の異常な精神状態は気付かれていたはずです。もともと〈御嬢さん〉に対して「成るべくKと話しをする様に」頼んだのは〈先生〉の方でしたから、〈御嬢さん〉が〈先生〉を「変な人だ」と言ったのは、当然のことではあったのです。

『こゝろ』には、「人間の心を捕へ得たる此作物」との漱石の自負を待つまでもなく、男女間の微妙な恋愛感情、とりわけ恋愛に伴ぅ嫉妬の感情が、実に見事に描かれています。〈御嬢さん〉に対して煮え切らない態度をとってきた〈先生〉が、このような嫉妬の感情に苦しめられるようになったのは、〈K〉が同居人となったことによるものですが、そこには〈御嬢さん〉の対応も少なからず関与していた、と見做すべきでしょう。〈御嬢さん〉に対する〈K〉の気持ちを知った〈先生〉は、それまでの〈奥さん〉と〈御嬢さん〉への警戒心を忘れたかのように、〈御嬢さん〉への結婚申し込みを急ぎます。優柔不断な〈先生〉にしては、まるで別人のような豹変振りです。

　こうなると、彼の欲望は増大する。買い手が支払おうと覚悟している値段は、刻一刻つりあがるが、それは、彼が競争相手に自ら想像をたくましゅうして賦与する架空の欲望に応じて高騰するのだ。したがって、ここには架空の想像された欲望の模倣、きわめて小心翼々たる模倣さえ見られる。なぜなら、引写しされた欲望においては、その熱狂の段階にいたるまで、何もかもすべては手本と見なされた欲望に依存しているからである。（略）
　虚栄心を持った男がある対象を欲望するためには、その対象物が、彼に影響力をもつ第三者によってすでに欲望されているということを、その男に知らせるだけで十分である。

ここに引用したのは、ルネ・ジラールがスタンダールの『赤と黒』について論じた、いわゆる「欲望の三角形」理論と呼ぶべきものですが、そっくりそのまま、漱石の『こゝろ』にも適用できるようです。要するに、〈先生〉は〈K〉の欲望を模倣したのです。そのためには、〈K〉が〈先生〉にとって上位にあると思われる人物でなければなりませんでした。そして、このことは、〈先生〉がいかに強い「虚栄心を持った男」であったか、ということを裏付けてもいるのです。

〈先生〉の〈御嬢さん〉への「愛」が、〈K〉の欲望を模倣したものであったとすれば、〈K〉の死後に、つまり〈先生〉が〈御嬢さん〉を占有した後に、その「愛」が冷却していったのは、必然の成り行きでした。

私は今でも決して其時《そのとき》の私の嫉妬心を打ち消す気はありません。私はたび〳〵繰り返した通り、愛の裏面に此《この》感情の働きを明らかに意識してゐたのですから。しかも傍《はた》のものから見ると、殆《ほと》んど取るに足りない瑣事《さじ》に、此感情が吃度《きっと》首を持ち上げたがるのでしたから。是《これ》は余事ですが、かういふ嫉妬は愛の反面ぢやないでせうか。私は結婚してから、此感情がだん〳〵薄らいで行くのを自覚しました。其代り愛情の方も決して元のやうに猛烈ではないのです。（下　先生と遺書　三十四）

〈先生〉と〈御嬢さん〉すなわち〈静〉は、その後、どのような結婚生活を送ったのでしょうか。〈先生〉は〈私〉に向かって、「私達は最も幸福に生れた人間の一対であるべき筈です」と語りました。この「あるべき筈です」という表現は、とりもなおさず、〈先生〉夫妻が「最も幸福に生まれた一対」ではなかったことを、何よりも雄弁に物語っています。

> 「妻が私を誤解するのです。それを誤解だと云つて聞かせても承知しないのです。つい腹を立てたのです」
> 「何んなに先生を誤解なさるんですか」
> 先生は私の此問に答へやうとはしなかつた。
> 「妻が考へてゐるやうな人間なら、私だつて斯《こ》んなに苦しんでゐやしない」
> 先生が何んなに苦しんでゐるか、是も私には想像の及ばない問題であつた。（上　先生と私　九）

〈静〉がどのように〈先生〉を誤解したのか、推測するのが難しい場面ですが、いずれにしても、死んだ〈K〉が介在することで、〈先生〉と〈静〉との夫婦関係は、大きくひび割れてしまったのです。〈先生〉以外に「丸で頼りにするものがない」境遇にある妻を残して、〈先生〉が自殺を選ぶに至る結末は、このような夫婦関係を前提としなければ、考えられないことです。

（四）

〈先生〉の自殺は乃木将軍の殉死に触発されたものですが、もう一つのきっかけは、〈私〉の存在ではなかったでしょうか。〈先生〉が自殺に踏み切るためには、「遺書」の受け取り手が必要であった、と思われるからです。しかも、それは誰でもよいわけではなく、〈先生〉を心底尊敬してやまない人物でなければならなかったのです。何故なら、かかる人物に自らの秘密を打ち明けることは、〈先生〉の自尊心を十分に満足させたろう、と推測されるからです。そして、その自尊心の背後にあったのは、虚栄心ではなかったでしょうか。

虚栄心とは、自分を実質以上に見せよう、と見栄を張ることです。〈先生〉が父親の遺産管理を叔父任せにしたのは、人間の善意を信頼したからですが、金銭に鷹揚なところを見せたいとの虚栄心も、一方で働いたのではないでしょうか。何故なら、〈先生〉の本心が父の遺産に強く執着していたことは、〈私〉に語った〈先生〉の次の言葉によって、窺い知ることができるからです。

私は財産の事をいふと吃度《きつと》昂奮するんです。君には何《ど》う見えるか知らないが、私は是でも大変執念深い男なんだから。人から受けた屈辱や損害は、十年立つても二十年立つても

忘れやしないんだから（上　先生と私　三十）

〈先生〉が下宿の〈奥さん〉から全幅の信頼を寄せられたのは、将来を約束された最高学府（おそらくは東京帝国大学）の学生であることに加えて、その性格が、育ちの良さと相まって、鷹揚に見えたからです。しかしながら、それはあくまでも〈先生〉の性格の一面でしかなかったのです。

〈先生〉の虚栄心が最も発揮されたのは、〈御嬢さん〉をめぐる〈K〉との確執の場面でした。度々頭をもたげる嫉妬心に苦しめられながら、〈先生〉はまるで嫉妬心がないかのように取り繕いますが、言うまでもなくこれは虚栄心のなせる業です。その結果、〈先生〉は〈K〉に対しても、〈御嬢さん〉に対しても、素直に自分を表現できなくなるのです。そして、それが〈K〉の自殺の導火線ともなったことは否定できず、さらにはその後の結婚生活にまで、暗い影を投げかけることになりました。

既に引用したように、〈先生〉の「遺書」の最後には、「私は妻には何も知らせたくないのです。妻が己れの過去に対してもつ記憶を、成るべく純白に保存してやりたいのが私の唯一の希望なのです（以下略）」と書かれていました。しかしながら、このような希望そのものが、何よりも〈先生〉の虚栄心の強さを物語っているのではないでしょうか。このように、〈静〉の「過去」への記憶を「純白」と思い込んでいる〈先生〉は、〈静〉との間に真の愛情を育てることができませんでした。〈先生〉は〈静〉を人形のようには愛したかもしれませんが、一人の人格をもった女性としては愛さなかった、否、愛せなかった、と言うべきでしょう。

なお、〈先生〉自殺後の〈静〉の動静に関して、〈私〉が〈先生〉の「遺書」を公開したのは、〈静〉が既に死んでいるからである、とする解釈があります。しかしながら、〈先生〉の死後、〈私〉は次のように記していました。

先生は美くしい恋愛の裏に、恐ろしい悲劇を持つてゐた。さうして其悲劇の何《ど》んなに先生に取つて見惨《みじめ》なものであるかは相手の奥さんに丸で知れてゐなかつた。奥さんは今でもそれを知らずにゐる。先生はそれを奥さんに隠して死んだ。（上　先生と私　十二）

「奥さんは今でもそれを知らずにゐる」と書かれており、〈私〉が「上　先生と私」を記述する時点で、〈奥さん〉の生存は確認できるわけです。ちなみに、〈奥さん〉の名前〈静〉は夫と共に明治天皇に殉じた乃木大将夫人静子とほぼ同名ですが、この対照的な二人の女性を通して、漱石は新旧二つの明治を暗示した、ということもできるでしょう。

『こゝろ』は〈先生〉の「遺書」をもって幕を下ろす小説であり、〈私〉はその「遺書」を〈先生〉に書かせるための狂言回しに過ぎません。改めて言うまでもないことながら、『こゝろ』の主人公は〈先生〉であって、語り手の〈私〉ではないのです。自分の妻にさえ隠し通した過去の秘密を、〈先生〉が〈私〉にのみ明かしたのは、〈私〉が〈先生〉の信奉者として、結果的に〈先生〉の自尊心あるいは虚栄心に迎合したからです。そのような〈私〉の姿勢は、〈先生〉の「遺書」を受け取った〈私〉の、危篤状態にある父親を見捨てるようにして〈先生〉のもとへと急いだ、「中　両親と私」の幕切れでも明らかです。

ところで、〈私〉が危篤の父を見捨てるようにして上京した動機について、〈先生〉の〈奥さん〉すなわち〈静〉のもとへ急ぐためであった、とする解釈があります。

「先生」の「血」――それは遺書の言葉にほかならないのだが――を自分の「胸」の中に「新らしい命」としてめぐらしている「私」が選ぶ道はたった一つである。「世の中で頼りにする」たった「一人」（下―五十四）の人を失った「奥さん」のもとへ、「孤独」のただ中にある「奥さん」のもとへ、新たな生を共に――生きるために急ぐことしかない。そしてこのような「孤独」――人間の「持つて生れた軽薄」――についての自覚は、自己の同一性と中心性を保証する絶対的他者（父性的存在）の死を待ち、その他者に自己を重ねていこうとする殉死の思想（家族の論理）を脱し、新たな生の論理を生み出すことでもあるのだ。

ここに引用したのは、従来の『こゝろ』解釈に画期的な再検討を迫った、小森陽一の論文の一部です。「殉死の思想」イコール「家族の論理」との立論は理解し難いところですが、危篤状態にある父親を見捨てるようにしての〈私〉の上京を、〈先生〉の〈奥さん〉のもとへ「新たな生を共に——生きるために急」いだとする作品の読みは、それ以上に理解し難いところです。

〈私〉は〈先生〉の〈奥さん〉をどのように考えていたのでしょうか。

然し私はいつでも先生に付属した一部分の様な心持で奥さんに対してゐた。奥さんも自分の夫の所へ来る書生だからといふ好意で、私を遇してゐたらしい。だから中間に立つ先生を取り除ければ、つまり二人はばら〱になつてゐた。それで始めて知り合いになつた時の奥さんに就いては、たゞ美くしいといふ外に何の感じも残つてゐない。（上　先生と私八）

〈私〉と〈奥さん〉との関係は、終始、右に引用したような関係であって、それ以上でもそれ以下でもない、と考えるべきではないでしょうか。なお、右引用箇所の直後に、〈先生〉と〈奥さん〉と〈私〉との間で、次のような会話が交わされていました。

「子供でもあると好《い》いんですがね」と奥さんは私の方を向いて云つた。私は「左右《そう》ですな」と答へた。然し私の心には何の同情も起らなかつた。子供を持つた事のない其時の私は、子供をたゞ蒼蠅《うるさ》いものゝ様に考へてゐた。

「一人貰つて遣らうか」と先生が云つた。

「貰ツ子ぢや、ねえあなた」と奥さんは又私の方を向いた。

「子供は何時迄経つたつて出来つこないよ」と先生が云つた。

奥さんは黙つてゐた。「何故です」と私が代りに聞いた時先生は「天罰だからさ」と云つて高く笑つた。(上　先生と私　八)

この場面に注目する小森陽一は、次のように論じていました。

「奥さん」の顔の向きが記述されていなければ「ねえあなた」という二人称的呼びかけは、「先生」に向けられたものととれなくもない。しかし問題なのは、単に二人称的呼びかけの両義性、つまり「先生」と「私」に対する「奥さん」の態度が同じであるだけではない。この対話が「先生」の「奥さん」との「愛」において、排除された身体的領域、禁止と欠如の枠に囲い込まれた欲望(性欲と生欲)をめぐるものであり、その「先生」との一種対立的な対話についての解答というより同意が、「私」に向けられているということなのだ。しかも前半の引用における、手記執筆時の「私」の自己規定は、今の「私」に

「貰ツ子」ではない子供がすでにいることを暗示してもいる。

〈先生〉の死後、〈私〉は〈先生〉の〈奥さん〉との「新たな生を共に——生きる」道を選んだ、とするのが小森の『こゝろ』解釈ですが、ここに引用したのは、そのような解釈の根拠とも言える部分です。小森は、「子供を持つた事のない其時の私」という〈私〉の自己規定を、「今の『私』に『貰ツ子』ではない子供がすでにいることを暗示」したものと見做しています。しかしながら、たとえ手記執筆時の〈私〉に子供がいたとしても、その「子供」の母親を〈先生〉の〈奥さん〉であると見做す根拠を、作中に見つけることはできません。このことは、手記執筆時の〈私〉が、〈先生〉の生存中と同様に、〈静〉のことを〈奥さん〉と呼んでいることでも、明らかです。

〈先生〉の「遺書」を、小森は「他者を『冷たい眼』で観察し、『研究的』にしかかかわることのできなかった人間の告白」、と規定しています。そして、「誰よりも『先生』の『冷たい眼』に曝され、『研究』の対象とされたのはKであった」として、〈御嬢さん〉への恋を告白する〈K〉に注がれた、〈先生〉の「冷たい眼」を批判しました。しかしながら、〈御嬢さん〉への恋を告白する〈K〉に注がれた〈先生〉の目は、嫉妬の感情に捉われた、恋敵（ライバル）としての目であって、〈先生〉本来のものでないことは、改めて言うまでもないことです。むしろ、〈K〉に関わった〈先生〉の悲劇は、〈K〉の窮状を座視できなかった〈先生〉の温かい目（心）にあった、と言うべきです。

（五）

ところで、〈私〉が初めて〈先生〉を知ったのは、鎌倉の海水浴場においてでした。

私が其掛茶屋で先生を見た時は、先生が丁度着物を脱いで是から海へ入らうとする所であつた。私は其時反対に濡れた身体を風に吹かして水から上つて来た。二人の間には目を遮ぎる幾多の黒い頭が動いてゐた。特別の事情のない限り、私は遂に先生を見逃したかも知れなかつた。それ程浜辺が混雑し、それ程私の頭が放漫であつたにも拘はらず、私がすぐ先生を見付出したのは、先生が一人の西洋人を伴れてゐたからである。（上　先生と私　二）

海水浴場の雑踏の中で、〈私〉がただ一人、〈先生〉に注目したのは、〈先生〉が西洋人を連れていたからです。実は、その二日前にも、〈私〉は「由井《ママ》が浜迄行つて、砂の上にしやがみながら、長い間西洋人の海へ入る様子を眺めて」おり、単なる好奇心を超えた、西洋人への憧憬の感情が、〈私〉の中には認められるようです。

〈先生〉が連れていた一人の西洋人は、〈私〉を〈先生〉に結びつける役割を果たした後、早々と姿を消してしまいますが、この西洋人の海辺での姿は、「我々の穿《は》く猿股一つの外何物も肌に着けてゐなかつた」(上　先生と私　二)、と書かれています。リービ英雄によれば、当時の西洋人の水着はあまり肌を露出しないものであり、『こゝろ』の冒頭に登場する西洋人は、「変な外人」としか呼べない人物だそうです。このような西洋人に心惹かれる〈私〉には、西洋文化への無批判な追随と模倣とに血道を上げてきた、わが国近代知識人の姿が重なっており、そこに漱石の皮肉な眼差しを読み取ることができそうです。改めて言うまでもなく、わが国の近代化は、飯塚浩二の言葉を借りれば、「ただ西洋の跡を追い、ただ西洋の尺度をもって自からを測るという、驚くべき自主性放棄の過程」をたどってきており、このような事情は今なお変わっていないようです。

〈先生〉は生涯働くことをせず、それでいて何一つ不自由のない生活を保障された、いわゆる高等遊民でした。この〈先生〉を崇拝する〈私〉も、どうやら〈先生〉と同じような生活を送りそうな気配です。この二人に共通するのは、地方の資産家(おそらくは地主階級)の家に生まれて、働き場所を求めることにほとんど意を注いでいない、ということです。〈先生〉はその「遺書」の中で、次のような言葉を書き付けていました。

父はよく叔父を評して、自分よりも遥かに働きのある頼もしい人のやうに云つてゐました。自分のやうに、親から財産を譲られたものは、何うしても固有の材幹《さいかん》が鈍る、つまり世の中と闘う必要がないから不可《いけな》いのだとも云つてゐました。此言葉は母も聞きました。私も聞きました。父は寧ろ私の心得になる積で、それを云つたらしく思はれます。「お前もよく覚えてゐるが好い」と父は其時わざ〳〵私の顔を見たのです。（下　先生と遺書　四）

このような父親の教訓を、〈先生〉が真摯に受け止めた形跡は、その生涯にわたって見当たらないようです。それどころか、〈先生〉が度々〈私〉に忠告したことは、「君のうちに財産があるなら、今のうちに能《よ》く始末をつけて貰つて置かないと不可《いけな》い」ということでした。また、〈先生〉は「遺書」の中で、次のようにも書いていました。

宅《うち》に相応の財産があるものが、何を苦しんで、卒業するかしないのに、地位々々といつて藻掻《もが》き廻るのか。私は寧ろ苦々しい気分で、遠くにゐる貴方に斯《こ》んな一瞥《いちべつ》を与えた丈でした。（下　先生と遺書　一）

『こゝろ』の〈先生〉は、高い教養と学問を身につけながら、それを社会に生かすことを考えず、働くことに意義を認めていないようです。このような知識人を痛烈に批判した思想家に、中国戦国時代末期の思想家・荀子がいます。

怠けもので仕事をさけてばかりいる。恥しらずで酒に目がない。ふたこと目には、「君子は労働などせんよ」とうそぶく。これは子遊派の俗物学者だ。本物の君子なら、こんな愚かなまねはしない。どんなに太平の日々であろうと、自分をきたえ、どんなにむずかしい仕事であろうと、真剣にとりくむ。(『荀子・非十二子篇』杉本達夫訳)

何ごとにかぎらず、聞かないより聞く方がよい。ただ聞くより見る方がいい。ただ見るよりわかる方がいい。ただわかるより実践する方がいい。学問は実践にゆきつかなければ意味がない。実践しなければ確かなことはわからない。(『荀子・儒効篇』杉本達夫訳)

すでに明らかなように、作品前半の語り手である〈私〉も、「遺書」の書き手である〈先生〉も、共に作者によって半ば批判的に描かれた人物でもありました。そして、その批判の拠りどころの一つが、『荀子』の思想であったわけです。

単行本『心《こゝろ》』の装丁は漱石自らが手がけたものですが、その表紙のデザインに『康熙字典』の「心」の字解(『荀子』巻第十五「解蔽篇」の一文が劈頭を飾る)が採用されていることに着目した江藤淳は、次のように述べていました。

つまり漱石のなかでは、「心」と『荀子』とはもともと不可分のものであり、小説を書き進めるあいだにも、彼はいつもそのことを反芻していたのです。

　だからこそ彼は、自著の装幀を手がけたとき、この小説の世界と『荀子』との類縁性を、表紙に貼りつけた字典の字解というかたちで明示しておきたいと考えたのではないだろうか、というのが、この際提出しておきたい私の理論上の仮説であります。


　江藤は『こゝろ』と『荀子』を不可分のものと見たわけですが、『荀子』のいかなる思想が『こゝろ』にどのような影響を与えたのか、そこまでは論及しませんでした。

　人の天性は善であり、人が悪に走るのは天性を失った結果である、とするのが孟子の「性善説」ですが、これを批判して、「性悪説」を唱えたのが荀子です。荀子によれば、人は生まれながらにして欲望（五官）に支配される存在であり、したがって、人と人との間には争いごとが絶えず、秩序や道徳が破壊され、社会が混乱するのは必至である、というのです。かくのごとく、人間の天性は悪であるから、指導者と法による教化並びに礼と義による矯正がなければ、狡猾で秩序を乱す人間ができてしまう、と荀子は言います。つまり、人間の天性は悪であり、善なる性質は「偽」すなわち人為の所産に過ぎない、というのが荀子の「性悪説」の骨子です。

　漱石自装本『心』の表紙を飾った『荀子・解弊篇』冒頭の一文「心者形之君也而神明之主也」を、内山俊彦は「心は身体の主人であり、明知の主体である」と訳した上で、次のように解説しています（引用文中、「偽」とあるのは「人為」のことです）。

> 「心」は、かように、自律的な認識主体である。「心」が「五官」に優越し、それらを統御することができ、思慮によって「偽」をはたらかせることができるのは、このことによる。荀子の考えた、人間の自然（内的・外的）に対する能動性、主体的位置は、「偽」の源泉としての「心」に支えられるものであるが、煎じつめるところ、この、人間の能動性・主体性とは「心」そのものの自律性にほかならないのである。「大人《たいじん》」とは、「心」から「蔽《おおい》」（偏見）を消し去り、「心」の自律性を完全に実現した人間のことであろう。

作者によって半ば批判的に造形された〈先生〉とその〈先生〉を崇拝する〈私〉、この二人によって語られた（記述された）小説が『こゝろ』です。したがって、この小説の中に隠された作者の真意を読み解く鍵は、一見語り手（書き手）の意識とは無縁な、何気ない些末なエピソードの中に隠されており、それを読み解くには、かなりの注意深い読みが求められるようです。漱石は小説をそれほどまでに高度な知的芸術へと磨き上げた作家でした。鶴田欣也は「テキストの裂け目から覗くと、表面的には顕れない作者の深層が見えることがある」と述べていますが、漱石の場合、それが「テキストの裂け目」であるのか、それとも意図的に計算された仕掛けであるのか、一概には言えないところがあるようです。自装本『こゝろ』の表紙に『荀子・解弊篇』の一文を示したことは、そうした仕掛けの一つであった、と見るべきでしょう。

（十八）

その「遺書」の中で、〈先生〉は「其時私は明治の精神が天皇に始まつて天皇に終つたやうな気がしました。最も強く明治の影響を受けた私どもが、其後に生き残つてゐるのは必竟《ひつきょう》時勢遅れだといふ感じが烈しく私の胸を打ちました」と書いていました。〈先生〉の自殺はこの「明治の精神」に殉じたものであったわけですが、それでは、〈先生〉の言う「明治の精神」とは、いかなるものでしょうか。

改めて言うまでもなく、〈先生〉の自殺の動機は、親友の〈K〉を出し抜いて〈お嬢さん〉を獲得しようとした、自らの卑劣な行為への贖罪意識でした。その遺書に、「私は倫理的に生まれた男です。又倫理的に育てられた男です。其倫理上の考は、今の若い人と大分違つた所があるかも知れません。然し何う間違つても、私自身のものです」とあるように、〈先生〉の精神の根底には、道学、すなわち儒教（朱子学）的倫理規範が強固に根をおろしていました。その意味で、〈先生〉の自殺は自らの良心の命ずる声に従ったものです。

ところで、『こゝろ』の〈先生〉と乃木将軍の自殺について、江藤淳は次のように論じていました。

この前者は私的な動機であり、後者は公的な動機である。だが、一見相矛盾してみえるこの二つの動機をつきあわせてみると、少くともひとつのことは明らかになる。それは、漱石同様明治の教養人・知識人であった「先生」は、自殺を決行するにあたってさえ、孤絶からの逃避という単なる個人的な動機を越えた動機を必要とした、ということである。彼は去り行く明治の精神のために死ななければならなかった。そうしてこそ、はじめて、彼の自殺は、人間の条件からの逃避にとどまらず、何ものともつながらぬ、形式を喪失した自我の暴威に対する自己処罰の意味を持ち得るのである。このような自殺は、極めて倫理的な自殺といわねばなるまい。

江藤淳によれば、「明治の精神」とは、明治という偉大な時代の全価値体系であり、それはまた武士道精神につながる伝統的な自己抑制の倫理である、ということです。江藤の言うように、〈先生〉の自殺が「伝統的な自己抑制の倫理」に殉じたものであるとするなら、その死は乃木将軍のそれと、基本的には同じ性格のもということになります。

ここで、「明治の精神」に関する江藤の見解の対極ともいうべき、松本健一の見解を紹介しておきましょう。

つまり、先生に「死のう死のう」と思わせてきた想念に対して、かれは殉じるのである。その想念の根拠を、漱石は「明治の精神」という不鮮明な言葉でよんでいるが、これが鷗外のそれとも、「私」の父親のそれとも異なっていることは、もはや改めていうまでもあるまい。漱石のいう「明治の精神」とは、明治とともにはじまった、自由と独立の個人的な精神である。しかもそれは必ず、孤独の悲しみと、懐疑という地獄を裏側にはりつけている。個人における近代の反射の総体としてのエトスにほかならない。それが、漱石のいう「明治の精神」の実体である。

ここに引用した短い文章の中で、松本健一は「漱石のいう『明治の精神』」という表現を繰り返していますが、自殺の動機に「明治の精神」を挙げたのは〈先生〉であって、漱石ではありません。この点を除けば、松本の見解は、その対極にある江藤の見解と同様に、作品に則した、無理のない読解といわねばなりません。このように、「明治の精神」を「近代精神」の同義語と見なす松本は、〈K〉の自殺についても、「先生によって裏切られることによって自殺したのでなく、むしろ先生が後から歩くことになる近代の奈落を、はやくも歩いたことの悲劇だった」と分析していますが、極めて妥当な解釈というべきです。

ここで思い起こされるのが、大正四年三月二二日に学習院大学で行われた、漱石の「私の個人主義」と題する講演です。

だから個人主義、私のこゝに述べる個人主義といふものは、決して俗人の考へてゐるやうに国家に危険を及ぼすものでも何でもないので、他の存在を尊敬すると同時に自分の存在を尊敬するといふのが私の解釈なのですから、立派な主義だらうと私は考へてゐるのです。

もつと解り易く云へば、党派心がなくつて理非がある主義なのです。朋党を結び団隊を作つて、権力や金力のために盲動しないといふ事なのです。夫だから其裏面には人に知られない淋しさも潜んでゐるのです。既に党派でない以上、我は我の行くべき道を勝手に行く丈で、さうして是と同時に、他人の行くべき道を妨げないのだから、ある時ある場合には人間がばら〳〵にならなければなりません。其所が寂しいのです。

自由と独立を信条とする個人主義が、底なしの「淋しさ」を伴うものであることを、漱石は語っているわけですが、わが国近代の黎明期（明治時代）には、とりわけ社会の指導的地位に就くべき知識人には、この「淋しさ」に加えてさらに深刻な事態が覆いかぶさっていました。

（前略）我々の遣《や》つてゐる事は内発的でない、外発的である。是《これ》を一言にして云へば現代日本の開化は皮相上滑《うわすべ》りの開化であると云ふ事に帰着するのである。（略）体力脳力共に吾等よりも旺盛な西洋人が百年の歳月を費したものを、如何に先駆の困難を勘定に入れないにした所で僅《わず》か其半《そのなかば》に足らぬ歳月で明々地に通過し了るとしたならば吾人は此《この》驚くべき知識の収穫を誇り得ると同時に、一敗また起《た》つ能《あた》はざるの神経衰弱に罹《かか》つて、気息奄々《えんえん》として今や路傍に呻吟しつゝあるは必然の結果として正に起るべき現象でありませう。現に少し落ち付いて考へて見ると、大学の教授は十年間一生懸命にやつたら、大抵の者は神経衰弱に罹りがちぢやないでせうか。（明治四四年八月一五日、和歌山県会議事堂における夏目漱石の講演「現代日本の開化」より）

個人主義に付随する「淋しさ」に加えて、上滑りで急速な開化（近代化）がもたらす深刻な事態に対して、漱石はこのような警告を発していました。いうまでもなく、これは漱石自らの体験に則した感慨でした。

『こゝろ』の〈先生〉が殉じた「明治の精神」とは何か、これまでさまざまに論議されてきました。本稿では、優れた二人の漱石研究者、江藤淳と松本健一の相反する見解を紹介してきたわけですが、要するに、江藤も松本も、共に「明治の精神」の矛盾する二つの性格の一面を、それぞれ指摘した、と言うべきでしょう。改めて言うまでもなく、明治という時代は、「和魂洋才」をスローガンに、急速な近代化（西欧化）を進めた時代でした。その過程で、これも当然のことながら、「和魂」は「洋才」によって浸食されていったのです。

すでに明らかなように、〈先生〉はこれら二つの矛盾する精神の双方に殉じたわけです。「殉ずる」という言葉は〈先生〉の〈奥さん〉の冗談から出た言葉ですが、〈先生〉があえてその言葉を口にしたのは、「和魂洋才」という絶対矛盾を生きた明治人の、内心の声に従ったからではなかったでしょうか。そして、このことは、〈先生〉の心が「近代」と「前近代」との双方に引き裂かれていたことを、如実に物語ってもいるのです。

「明治の精神」をめぐる『こゝろ』論の混乱と錯綜は、作中人物の言葉と作者の言葉とを混同したところに生じた、と言えそうです。日清戦争後に学生時代を送った〈先生〉は、それからほぼ十年の後、おそらくは三十代の半ばで自らその生涯を閉じたわけです。このように、自分より十歳ほども若い人物を主人公に設定した漱石の意図は、どこにあったのでしょうか。おそらく、一昔前の自分を葬った、と考えるのが妥当でしょう。英国留学をはさんだ三十代半ばの漱石は、所謂神経衰弱の最も激しい症状に苦しんでいました。その神経衰弱の最たる原因も、〈先生〉のそれと大同小異ではなかったでしょうか。

「近代の精神」とは、言うまでもなく近代資本主義の精神であり、利益（欲望）追求型の個人主義精神に他なりません。個人の欲望とは、煎じつめれば生存欲であり、金銭欲と性欲とはその最たるものです。欧米列強に追いつき、追い越すことを至上命令とした、わが国の急速かつ外発的な開化（近代化）が、とりわけ知識人に与えた深刻な事態については、すでに漱石の講演「現代日本の開化」ならびに「私の個人主義」を通して、概観した通りです。こうしたわが国の急激な変化によって、長年の封建遺風とも言うべき儒教倫理に訓育された青年知識層は、極めて深刻な事態に直面することとなりました。熾烈な資本の論理は、結果的には儒教倫理を裏切り、いわば荀子的人間観を現前させたのです。〈先生〉の場合は、父から譲られた遺産を叔父に横領されたことで、根強い人間不信に陥り、親友〈K〉を死に追いやった（と認識した）ことで、深刻な自己不信に陥ったわけですが、このことが〈先生〉を自殺にまで導いたのは、〈先生〉の人間認識が儒教倫理にもとづく性善説にあったからにほかなりません。

〈先生〉は〈私〉に宛てた「遺書」の中で、「私は今自分で自分の心臓を破つて、其血をあなたの顔に浴せかけやうとしてゐるのです」と書きました。小説『こゝろ』に登場する人物は、〈先生〉にしろ、〈K〉にしろ、いずれも、明治期における典型的な青年知識人の性情を白日の下に曝したものであり、そのような意味において、『こゝろ』は「人間の心を捕へ得たる此作物」（『心』広告文）と呼ぶに相応しい小説であったのです。

〔引用文献一覧〕

小宮豊隆「『心』『道草』解説」（『夏目漱石全集第六巻』岩波書店　昭和41・5）
鶴田欣也「テキストの裂け目」（平川祐弘・鶴田欣也編『漱石の「こゝろ」どう読むか、どう読まれてきたか』（新曜社　平成4・11）
ルネ・ジラール著、古田幸男訳『欲望の現象学』法政大学出版局　昭和46・10
小森陽一「『こころ』を生成する心臓《ハート》」（『成城国文学』創刊号　昭和60・3）――『文体としての物語』筑摩書房　昭和63・4　収録――
リービ英雄「猿股の西洋人――『こゝろ』の一描写について」（『群像』昭和63・2）

飯塚浩二『日本の精神風土』岩波書店　昭和27・2
松枝茂夫・竹内好監修『中国の思想4荀子』経営思潮研究会　昭和39・9
江藤淳「漱石と中国思想――『心』『道草』と荀子、老子――」(『新潮』昭和53・4)
内山俊彦『荀子』講談社学術文庫　平成11・9
江藤淳『夏目漱石』勁草書房　昭和40・6
松本健一「明治とは何であったか」(『国文学　解釈と教材の研究』昭和54・5)

Ⅱ 虚構の背後に

―芥川龍之介『藪の中』―

（一）

『藪の中』（『新潮』大正一一年一月号）は、夫の目前で暴漢に陵辱《りょうじょく》された女がいかなる言動を示すか、また、それによってその女の夫および暴漢がそれぞれいかなる反応を見せるかといった、まことに深刻かつ悲惨な人間ドラマを追求した短編小説です。

周知のように、この作品の主たる典拠は『今昔物語集』（本朝世俗部巻第二十九第二十三話「妻を具して丹波国に行きし男、大江山にして縛らるる語」）ですが、『今昔物語集』の方は、女が暴漢の意のままにされはしても、彼女の夫への殺害（または自殺）といった事態には至っていません。目前で妻を犯された哀れな男は、その妻から「汝が心云ふ甲斐無し。今日より後も此の心にては更に墓々しき事有らじ（あなたって、頼りのない人ね。そんなことでは、これから先も、いいことなんかないわよ）」と言われて、返す言葉もない体たらく、要するに「山中にて一目も知らぬ男に弓箭《きゅうせん》を取らせけむ事、実に愚かなり」とあるように、行きずりの男に飛び道具を与えた男の不用意を批判した教訓譚です。これに対して、芥川龍之介の『藪の中』は、『今昔物語集』の同じ説話に材を求めながら、『今昔物語集』とは異なった局面へと展開していく、事件当事者三人の心理ドラマを追究した作品となっています。

『藪の中』には事件当事者三人の陳述が併置されていますが、それらが互いに食い違っており、いったい何が真相であったのか、読者には皆目見当もつかず、妙にはぐらかされたような、落ち着かぬ読後感が残ります。しかも、これら三人の陳述の前段には、事件関係者四人（木樵《きこ》り、旅法師、放免《ほうめん》、媼《おうな》）の証言が並置されており、一見推理小説仕立てになっていますから、当事者三人の言葉に嘘を嗅ぎ当てようと、読者は必死になります。しかしながら、このような真相探しは、果たして可能でしょうか。

　が、草や竹の落葉は、一面に踏み荒されて居りましたから、きつとあの男は殺される前に、余程手痛い働きでも致したのに違ひございません。（検非違使《けびいし》に問はれたる木樵りの物語）

この事件現場の発見者・木樵りの証言に符合するかに見えるのは、太刀打ちの結果、二十三合目に武弘の胸を貫いたという「多襄丸《たじょうまる》の白状」であり、ここから、村橋春洋のように、多襄丸の語るところこそ真実であり、妻・真砂と夫・武弘とは、ともに真実を語っていない、という結論を導き出すことも可能のように思われます。しかしながら、「きつとあの男は殺される前に、余程手痛い働きでも致したに違ひございません」というのは、あくまでも木樵りの推測であって、確実なのは「草や竹の落葉は、一面に踏み荒らされて居りました」ということだけです。このような状況は、杉の根がたへ括《くく》りつけられる前に、若狭《わかさ》の国府の侍である金澤武弘の抵抗によっても、また「男にも劣らぬ位、勝気の女」である真砂の抵抗によっても作られる可能性があり、木樵りの証言のこの箇所だけでは決め手に欠ける、と言わざるを得ません。それに、武弘の死体の状況に関しても、「死骸は縹《はなだ》の水干《すいかん》に、都風のさび烏帽子《えぼし》をかぶつた儘、仰向けに倒れて居りました」という木樵りの証言と「多襄丸の白状」との整合性には、疑問を抱かざるを得ません。烏帽子というものは、それほどの激しい動きにも、頭から離れないものでしょうか。

「清水寺に来れる女の懺悔《ざんげ》」によれば、多襄丸が立ち去った後、真砂は夫との心中を望み、杉の根がたに縛られた武弘の胸に小刀《さすが》を刺し通したとのことですが、その場合、死体が仰向けに倒れることはありうるでしょうか。大いに疑わしい、と言わなければなりません。もっとも、武弘の絶命後、真砂は「死骸の縄を解き捨てました」と語っていますから、このときに武弘の死体が仰向けになった可能性は排除できず、真砂の語ったことが真実か虚偽か、いずれとも判定はできないわけです。

「巫女《みこ》の口を借りたる死霊《しりょう》の物語」によれば、武弘が多襄丸によって縄を解かれた後、妻に対する不信と絶望から自らの手で胸に小刀を刺した、ということになっています。そうした場合、死体は仰向けに倒れるものかどうか、やはり謎は残ります。しかしながら、武弘の絶命寸前、忍び足に近づいてきた者が「そつと胸の小刀を抜いた」とありますから、死体の位置がいかようにもなった可能性は排除できません。要するに、武弘の死骸の発見者・木樵りの証言に照らし合わせて、事件当事者三人の嘘とまことを識別し、それによって事件の真相を解明しようとする試みは、すべて失敗せざるを得ない仕組みになっているのです。

『藪の中』という小説は、事件当事者三人の陳述のいずれをとっても、木樵りの語る事件現場の状況、さらには旅法師・放免・媼《おうな》の語る諸状況と矛盾しないような仕組みになっています。木樵りの証言では、一筋の縄と櫛だけが現場に残されていて、武弘殺害の凶器はなかったとのことです。これを裏付けるかのように、「多襄丸の白状」では、武弘の胸を一突きにした凶器（多襄丸が身に帯びていた太刀《たち》）は、武弘の死後、多襄丸と共に現場から消えています。また、「清水寺に来れる女の懺悔」では、心中を目論んだ妻の真砂が夫武弘の胸を刺し通すのに用いた小刀は、夫の死後、死に場所を求めてさ迷い歩く真砂と共に事件現場を離れています。

武弘を死に至らしめた凶器が現場に残されるとすれば、それは武弘が自殺した場合に限られるはずです。そこで、作者は絶命寸前の武弘をして「その時誰か忍び足に、おれの側へ来たものがある。（略）その誰かは見えない手に、そっと胸の小刀を抜いた」（「巫女の口を借りたる死霊の物語」）、と言わせたのでしょう。この「誰か」は、事件現場から凶器（この場合は小刀）を消し去るためにのみ登場させられたのであって、それ以外に何の意味もない登場人物と考えるべきです。なぜなら、多襄丸にも、また真砂にも、事件現場に戻らなければならない動機も必然性もないからです。また、この「誰か」を木樵りと想定することも的外れです。木樵りが武弘の死骸を見つけたのは、「傷口も乾いた居つたやうでございます」との証言が物語るように、事件の翌朝であったからです。ただし、黒澤明監督の映画『羅生門』（『藪の中』を映画化したもの）では、木樵りに変わって杣売《そまうり》を登場させ、その杣売が事件の一部始終を目撃した上、草の中に落ちていた女の短刀（螺鈿《らでん》をちりばめた見事な品）を盗んだことになっています。『羅生門』の脚本を書いた黒澤明と橋本忍は、原作『藪の中』の構成を無視して、『藪の中』とは異なったストーリーを創作したことになります。

放免の語るところによれば、多襄丸は洛中を徘徊《はいかい》する名高い盗人であり、女好きで、その上に残忍な人殺しをも犯した男ということです。彼は、拷問にかけられる前に、早々と「あの男を殺したのはわたしです」と白状してしまっています。さらに、殺した男の妻を手籠《てご》めにしたことも認めています。これまで数多くの罪を犯してきたうえに、殺した男から奪った馬と弓矢を持っていたのですから、極刑は免れぬところと覚悟のうえの自白であり、したがって、自ら殺人を認めてしまった以上、多襄丸の白状に嘘はあるまい、と読者に思わせる仕掛けとなっています。無論、死刑を覚悟した者といえども自己美化の誘惑は免れず、女を得たいという自らの欲望を「卑しい色欲ではありません」と弁明しています。そのうえ、「しかし男を殺すにしても、卑怯な殺し方はしたくありません。わたしは男の縄を解いた上、太刀打ちをしろと云ひました」とも言っています。しかしながら、多襄丸のこうした「騎士的精神」（中村光夫）と見えるものも、それを疑おうとすれば、十分疑えるのです。何しろ、卑劣な手段を弄して夫の目前でその妻を犯すような男の云うことですから。とは言え、多襄丸の白状に明白な虚偽を指摘することも、また不可能です。

何、男を殺すなぞは、あなた方の思つてゐるやうに、大した事ではありません。どうせ女を奪ふとなれば、必《かならず》、男は殺されるのです。唯わたしは殺す時に、腰の太刀を使ふのですが、あなた方は太刀は使はない、唯権力で殺す、金で殺す、どうかするとお為ごかしの言葉だけでも殺すでせう。成程血は流れない、男は立派に生きてゐる、――しかしそれでも殺したのです。罪の深さを考へて見れば、あなた方が悪いか、わたしが悪いか、どちらが悪いかわかりません。（皮肉なる微笑）

放免の目からは、好色で残忍な盗人でしかない多襄丸も、この「多襄丸の白状」の一節によれば、権力構造の明視者、不適なアウトロウの相貌を帯びています。したがって、「一瞬間の、燃えるやうな瞳」に打たれて、多襄丸が女を妻にしたいと思った情熱も、また、「あなたが死ぬか夫が死ぬか、どちらか一人死んでくれ、二人の男に恥を見せるのは、死ぬよりもつらい」と女に言われて、生涯連れ添うことになるかもしれぬ女の前で、卑怯な手段を用いずに正々堂々と太刀打ちをしたというのも、それなりに納得しうるところです。『藪の中』に嵌《は》め込まれた「多襄丸の白状」一章は、夫の目前で夫以外の男に陵辱された女の屈辱感と羞恥心が、男同士の決闘を呼び起こす悲劇を描いたもの、と見做すことができるでしょう。さらには、女の魅力に魂を奪われ、その狡知《こうち》に欺かれた哀れな男を描いた作中劇とも見做すことができるでしょう。このようなテーマに即して見るとき、多襄丸の白状に矛盾・撞着は認められない、と言うべきです。

「清水寺に来たれる女の懺悔」は、紺の水干を着た男、すなわち多襄丸に手籠めにされた女とその夫の心理的葛藤を、女の側から語ったものです。多襄丸は残忍で冷酷な暴漢として、強姦の目的を果たした後、早々と姿を消しており、したがって男同士の決闘という筋書きへは発展せず、「多襄丸の白状」とは異なった物語となっています。夫の目前で暴漢に陵辱され、夫からは蔑《さげす》みと憎しみの目で見られたと感じた妻の絶望が、夫婦心中のもくろみへと発展してゆくドラマですが、この場合も、武弘を殺したのは自分であると、妻の真砂が認めているのですから、彼女の陳述に嘘の入り込む余地はないように思われます。

「多襄丸の白状」を信ずれば、すなわち武弘殺害の真犯人が多襄丸であったとすれば、「清水寺に来たれる女の懺悔」も「巫女の口を借りたる死霊の物語」も、共に憎むべき加害者の犯罪をかばったことになります。逆に、夫婦いずれかの陳述が真実を語るものだとすれば、「多襄丸の白状」は、世に死刑を覚悟で冤罪を買って出る暴漢の存在を主張するようなもので、『藪の中』の〈真相探し〉がいかにナンセンスであるかは、言を待ちません。

「清水寺に来たれる女の懺悔」に不審な点があるとすれば、夫婦の間にまったくといっていいほど会話が成り立っていない、ということです。夫の目に「冷たい蔑みの底に、憎しみの色」を見た真砂は、「恥ずかしさ、悲しさ、腹立たしさ」から、「ではお命を頂かせて下さい。わたしもすぐにお供します」と呼びかけるまでに追い詰められてゆきますが、その場合、夫の縄を解いてやることもしないで、また口に詰められた笹の葉を取ってやることもしないで、唇の動きから、夫が「殺せ」と言ったと確信して、夫を死に至らしめてしまいます。あまりにも性急に過ぎて、真砂の独り相撲といった印象は否めません。二度にわたる失神と言い、ついに死ぬことができずに生き残ったことと言い、真砂の懺悔にも、何がしかの胡散《うさん》臭さが付きまとわぬわけではありませんが、だからと言って、彼女の〈懺悔〉を虚偽と断定することはできません。物語の展開に伴う多少の不自然さは、異なった三つの物語を同一の結末〈武弘の死〉へと収斂《しゅうれん》させる、作品構成上の要請からもたらされたものと言うべきでしょう。

「巫女の口を借りたる死霊の物語」は、夫・武弘にとって、自らの失態が招いた妻への負い目は帳消しにされて余りあるほどの、妻からの手ひどい裏切りにあう物語です。手籠めにされた後、真砂は多襄丸の甘言にうっとりと顔を上げて、「では何処へでもつれて行つて下さい」と答えるにとどまらず、夫を指差して、「あの人を殺して下さい」と何度も叫んだのですから、これは完全な変心と裏切りの行為と言うべきでしょう。その結果、人妻を奪った盗賊と奪われた夫との、男同士の奇妙な連帯感さえ生まれているのです。その後の武弘の自殺は、彼の絶望の深さを物語るものであり、ここでのテーマは女の性《さが》への不信を語るものとなっています。

中村光夫は『藪の中』の最も重要なテーマを「強制された性交によっても、女は相手の男に惹《ひ》きつけられることがあるといふこと」に求めていますが、私見によれば、それは「巫女の口を借りたる死霊の物語」の場合に限定すべきでありましょう。果たして、強制された性交によって、女は相手の男に惹きつけられることがありうるか否か、その有無はともかく、少なくとも、そうしたことがありうると作者が考えなかったら、この物語は成り立たず、作者の根強い女性不信（または女性恐怖）のうえに、この作品が書かれていることは疑えません。

（二）

『藪の中』のテーマについては、長年にわたって、吉田精一の次のような見解が定説とされてきました。

当事者達の事実に対する迫り方、受けとり方が各種各様で、めいめいの関心、解釈、感情によって、単純な一つの事実が如何に種々の違った面貌を呈するかを、従って人生の真相が如何に把捉し得ぬものかを語ろうとしたのが、この作の主題と思われる。

ところで、『藪の中』の場合、肝腎なこの「単純な一つの事実」が何であるのか、吉田精一は明らかにしていないようです。もっとも、吉田精一は別のところで次のように述べていました。

もう一つ重大な事実がある。それは妻が夫に「死んでくれ」もしくは「殺してくれ」と叫んだということである。多襄丸は、それを、「二人の男のどちらかが死んでくれ」と言ったと解釈し、女自身は、夫に「自分も死ぬからあなたも死んでくれ」とのべたのだという、夫の方は誘惑された妻が、夫たる自分を「殺してくれ」といったのだと判断する。それぞれのニュアンスのちがいはあるが、非常の場合、心も動乱しつつ、「死んで」とか「殺して」とか女の絶叫したことだけは疑いがない。

一つの言葉をめぐって多様な解釈は成り立つとしても、武弘の胸を一突きにした者は一人しかいないはずです。吉田精一が言及を避けた武弘の死因について、福田恒存は次のような推理をしています。

　どうしても「事実」といふものが必要なら、それはかういふ風に考へられないか。既に書いた様に多襄丸は女を犯した後、その残虐な興奮状態から、武弘を刺して逃げ去つた。／だが、武弘はそれだけでは死に切れなかつた。そして互ひに不信感をもつた夫婦が後に残され、妻は心中を、夫は自殺を欲した。さういふ両者が小刀を奪ひ合ひ絡み合ふうちに、夫は多襄丸の負はせた深手によつて死んだ。両者の話の食ひ違いは、一方は嫉妬、他方は絶望といふ興奮から生じた自己劇化にほかならない。

　心中を欲した妻と自殺を欲した夫が、なぜ小刀を奪い合わねばならないのか、理解に苦しむところですが、それにもまして福田説最大の難点は、強姦ならびに殺人という凶悪事件に関して、その被害者夫婦が加害者の殺人行為をなかったことにしていることです。

　次に、大里恭三郎の描いた『藪の中』の真相とは、次のようなものです。

　多襄丸は、真砂を手ごめにした後、自分の妻にならぬかと彼女に誘いをかける。真砂は同意し、それでは夫の武弘を殺してくれと頼む。おじけづいた多襄丸は真砂を蹴倒し、弓矢、太刀、馬などを奪って逃げる。真砂は多襄丸に蹴倒されて失神するが、意識を取り戻すと武弘を小刀で刺殺し、再度失神の後、死骸の縄を解いて立ち去る。

大里説の前半はほとんど「巫女の口を借りたる死霊の物語」と一致していますが、後半は「清水寺に来れる女の懺悔」のうち、武弘殺しの動機を絶望による心中死の企てから夫への裏切りと殺害へ読み替えたものです。大里恭三郎が描いて見せた真砂は、夫を心理的に裏切っただけではなく、冷酷に殺害までしてしまう恐るべき悪女ですが、このような結論が引き出されたのは、当事者三人の陳述をつき合わせて、比較的一致すると思われるところを事実として確定する方法をとったからです。多襄丸の陳述も武弘の陳述も、共に女性不信に傾いているのですから、真砂に分が悪くなるのは当然でしょう。

「巫女の口を借りたる死霊の物語」、すなわち武弘の陳述こそ真実を語っている、とするのは大岡昇平です。

死霊が口を利くのは現代の常識に反するが、死者は生者のように、現世に利害を持っていない。それは刑死を覚悟した犯罪者、懺悔する女よりも、真実を語っている、と見なしてよいのではないか。『藪の中』はそのように信じられていた平安時代の物語とされているのである。三つの陳述の最後におかれているということによっても、信じられる資格があろう。

死者は真実を語るとの大岡説は、『藪の中』の作者もまたそのように考えていたことを証明できない以上、その論拠を失うことになります。また、大岡説支持の立場に立つ久保田芳太郎は、木樵り・旅法師・放免・媼の陳述が客観的な状況を第三者の口による〈物語〉形式で示しており、これに対応するのは「巫女の口を借りたる死霊の物語」のみであるとして、〈物語〉という言葉に着目しています。久保田説によれば、〈物語〉には信憑性があり、〈白状〉と〈懺悔〉には信憑性がないということになります。しかしながら、この言葉の使い分けに関して、作者自身はどのように考えていたのでしょうか。このことが証明できない限り、久保田説は充分の説得力を持ち得ない、と言わざるをえません。

『藪の中』の〈真相探し〉をめぐる諸説を紹介しつつ、それらを検討してきたわけですが、そのいずれもが決め手に欠けるものであり、したがって〈真相探し〉はもはや不可能と言わざるを得ません。〈真相探し〉の論者は恣意的な読みの弊を免れておらず、その多くは多襄丸あるいは武弘の側から、すなわちもっぱら男性の側から女性不信を読み取っているように思われます。

（三）

ところで、久保田芳太郎の次の見解は、多くの『藪の中』論者を代表するもの、と言えるでしょう。

優しく、繊細で、いささか頼りない夫の映像に、作者芥川の肖像を重ね合わせてみるとき、その絶望感や虚無感もおよそ納得でき、またそのために自殺したということもやっと理解し得るのではないか。

このように、作中人物である金澤の武弘と作者芥川龍之介とを重ね合わせて、『藪の中』を読み解こうとする目論見は、小穴《おあな》隆一の次の文章にその淵源があるようです。

藪の中は悲痛にもまさしくその頃の彼自身のこころの姿を、彼がさりげなくひとごとのやうに描いてゐる作品である。（略）大正十五年に（鵠沼《くげぬま》で）彼は、「自分が死んだあと、よくせきのことがあつたらこれをあけてくれたまへ。」といって白封筒のものを渡したことがあつた。私は内をみたら或は彼に自殺を思ひとどまらせる手がかりでもあらうかと、芥川夫人に示してそれをひそかに開封してみた。するとなかみはただ、自分は南部修太郎と一人の女を自分自身では全くその事を知らずに共有してゐた。それを恥ぢて死ぬ。とだけのたつた数十字のものであつた。

小穴隆一は、また、「もし黒澤氏が藪の中は芥川龍之介みづからが彼自身のこころの姿を人ごとのやうに写してゐた作品だといふことを知つてゐたら、映画に扱ふ場合に、また別の角度があつたらう（以下略）」とも書いて、映画『羅生門』への不満を漏らしています。黒澤明監督の映画『羅生門』は、事件当事者三人の醜悪な我執を暴くところに、その力点が置かれていましたから。

ところで、昭和二年七月二四日未明、田端の自宅で服毒自殺を遂げた芥川龍之介は、次のような遺書を残していました。

僕等人間は一事件の為に容易に自殺などするものではない。僕は過去の生活の総決算の為に自殺するのである。しかしその中でも大事件だつたのは僕が二十九歳の時に秀《ひで》夫人と罪を犯したことである。僕は罪を犯したことに良心の呵責は感じてゐない。唯相手を選ばなかつた為に（秀夫人の利己主義や動物的本能は実に甚しいものである。）僕の生存に不利を生じたことを少からず後悔している。（略）僕は勿論死にたくない。しかし生きてゐるのも苦痛である。他人は父母妻子もあるのに自殺する阿呆を笑ふかも知れない。が、僕は一人ならば或は自殺しないであらう。僕は養家に人となり、我儘らしい我儘を言つたことはなかつた。（と云ふよりも寧ろ言ひ得なかつたのである。僕はこの養父母に対する「孝行に似たもの」も後悔してゐる。しかしこれも僕にとつてはどうすることも出来なかつたのである。）今僕が自殺するのは一生に一度の我儘かも知れない。僕もあらゆる青年のやうにいろいろの夢を見たことがあつた。けれども今になつて見ると、畢竟気違ひの子だつたのであらう。僕は現在は僕自身には勿論、あらゆるものに嫌悪を感じてゐる。

P．S．僕は支那へ旅行するのを機会にやつと秀夫人の手を脱した。（略）その後は一指も触れたことはない。が、執拗に追ひかけられるのには常に迷惑を感じてゐた。僕は僕を愛しても、僕を苦しめなかつた女神たちに（但しこの「たち」は二人以上の意である。僕はそれほどドン・ジュアンではない。）衷心の感謝を感じてゐる。

秀夫人の存在は芥川をして「僕の生存に不利を生じた」と言わしめたわけですが、晩年の芥川と親交のあった瀧井孝作は、小穴の文章に触発されて、『藪の中』誕生にまつわる裏話を披瀝したうえで、芥川の自殺について、次のように述べていました。

人として、真摯に、純粋になつて、自分の若い時分の軽佻過失不純に付けて、――或るみだらな人妻に関係したことなど、――慚愧《ざんき》して、後悔して、不純がはづかしくて、いたいたしい神経過敏になつて、遂に、昭和二年七月二十四日に、自殺しましたが、これは、真摯純粋精神を追求した、死で、人として、其の主張に殉じた、とも云へるやうでした。文学作品だけでなく、人として、いかに生きるかを、直接に示したやうでした。

敬愛する文学者の不幸な死を悼むこの一文の中で、瀧井は「曾《か》つての若き我鬼山人も、南部の坊ちゃんも、とんだ痴者《しれもの》に引懸つたものだ」と、我鬼山人すなわち芥川龍之介の自殺の一因に秀夫人、すなわち秀しげ子の存在が関わっていたことを証言しています。

明治二三年に長野県で生まれた秀（旧姓小滝《おたき》）しげ子は、明治四五年に日本女子大学校家政学部を卒業して、鞆音《ともね》の号で太田水穂主宰の『潮音』に短歌を寄せていました。大正八年六月一〇日、岩野泡鳴を中心とする「十日会」の例会で、芥川は二歳年下の秀しげ子と知り合い、その後、二人は深い関係に陥ったようです。秀夫人との関係が芥川家に及ぼした波紋については、控えめな言い回しながら、芥川夫人・文の回想文（口述筆記）にも記されています。死の前年、芥川が鵠沼で療養生活を送っていた大正一五年夏のことです。

大正十年の支那旅行から帰ってからは、それまでの夫人との関わりを、清算したかにみえましたが、事実はそうではなかったのだと、私はその時思いました。／私は洗濯を済ませ、それを竿に通してから家に入ると主人に、／「書きかけのものは、注意して処分しなければいけませんよ」／と言いました。／ただそれだけですが、それでお互いの気持はわかりすぎることでもありますので、それ以上にその人の名は出ることはありませんでした。／主人は、なにかから逃れるためか、また何かをふっ切るためにか、鵠沼へ来たように思えてなりませんでした。／「龍ちゃんどうしたの」／と伯母は、なんでもかでも、主人から何かを聞き出そうとします。／主人は、伯母からたとえどんなことでも、聞かれることを避けているようでした。／「僕は先生などと人に言われる資格はないよ」／と言います。／そして私に、／「文子、お前の旦那さんといえたものではないよ」／と言います。／私はなぜかドキリとしました。／主人が「他に子供がいる」とでも言い出すのではないか、という気がしましたから。

南部修太郎を巻き込んでの、芥川と秀夫人との関係について、瀧井孝作は小穴隆一の言葉を借りて、次のように証言しています。

小穴君は、「彼女は芥川に関係した上で更に南部修太郎とくつついたんだ、芥川が先きで南部の方が後なんだ、それで南部修太郎の女を芥川が知らずに奪《と》つた場合は、まだしも我慢できたらうが、南部に見変《みか》へられたわけで、芥川のあの性格では、南部如きに頸《くび》根ッ子を押へえられた形では、南部に急所を掴まれてゐて始終頭が上らないと考へると、芥川も立瀬がなかつたらうナ、ああ云ふ性格の人だから、それで世を果《はか》なむ気持が出たのだらうナ」と云ひ、私は聞いて、西洋の伊達者《ダンディー》小説を見るやうな気もしました。

ちなみに、南部修太郎は芥川に師事した小説家で（小島政二郎などと並んで龍門の四天王と呼ばれました）、芥川とは同年齢でした。「藪の中は芥川龍之介みづからが彼自身のこころの姿を人ごとのやうに写してゐた作品」であるとの小穴の証言を信ずれば、真砂は秀しげ子であり、金澤の武弘は芥川龍之介であり、多襄丸は南部修太郎ということになります。

『藪の中』論者の多くが、妻に裏切られて自ら死を選んだ作中人物武弘と作者芥川とを重ね合わせているのは、小穴隆一初め芥川の周辺にいた人たちの証言に基づくものと考えられます。芥川が遺書の中でその実名を明記したこともあって、秀しげ子は芥川を死へ追いやった悪女として、不名誉なレッテルを貼られてしまいました。果たして、真砂の背後に秀しげ子を、武弘の背後に芥川を、多襄丸の背後に南部修太郎を、それぞれ重ね合わせて『藪の中』を解釈することは、根拠のあることでしょうか。

ところで、死の一ヶ月ほど前に書かれた芥川の遺稿『或阿呆の一生』の中に、次のような文章を見ることができます。

　彩色の剥げた仏たちや天人や馬や蓮の華は殆ど彼を圧倒した。彼はそれ等を見上げたまゝ、あらゆることを忘れてゐた。狂人の娘の手を脱した彼自身の幸運さへ。……（二十六　古代）

大正一〇年三月から七月までの長きにわたる中国旅行を回想した一文ですが、芥川の中国旅行には、「狂人の娘」すなわち秀しげ子からの逃避行と、さらにもう一つの隠された意図があったようです。秀しげ子のことを「狂人の娘」と呼んだのは、高宮檀によれば、しげ子の父親が大正六年に東京府下の脳病院（精神病院）で亡くなったことによるとのことですが、それにしても、愛する女性のことを「狂人の娘」などと表現するでしょうか。まして「狂人の娘の手を脱した彼自身の幸運」などと……

（四）

『或阿呆の一生』は死を覚悟した芥川の遺書ともいうべき性格のものであり、そこには自らの生涯の重大事件が、文学的粉飾を施されてはいるものの、大胆率直に告白されています。

彼は或ホテルの階段の途中に偶然彼女に遭遇した。彼女の顔はかう云ふ昼にも月の光りの中にゐるやうだつた。彼は彼女を見送りながら、（彼等は一面識もない間がらだつた。）今まで知らなかつた寂しさを感じた。……（十八　月）

「月の光りの中にゐるやうだつた」と表現される女性との、運命的な出会いを記した箇所です。高宮檀によれば、女性の名は樋口豊、時は大正七年六月七日、場所は京都都ホテルとのことです。樋口豊は京都伏見稲荷大社神官の娘で、明治二四年生まれ、芥川よりは一歳年上の女性です。

私見によれば、芥川は豊の婚姻する三ヶ月ほど前に彼女と遭遇した。その後、鎌倉の小町園へ嫁いだ豊が人妻となっていたことを知り、かなわぬ恋に日々、身を焦がした。芥川はその苦しさのあまり、他の女性への対象移動をこころみたのではなかろうか。

高宮檀によれば、料亭旅館・小町園の経営者である野々口光之助と樋口豊が結婚したのは、大正七年九月五日とのこと、以来、野々口豊は鎌倉文化人のサロンでもあった小町園の女将《おかみ》として、当時鎌倉に住んでいた芥川と親しくなった、ということです（大正七年は豊が二十八歳、当時の結婚適齢期からはかなり遅れており、その上、結婚後一年で夫から芥川へ愛情が移ったというのも、不自然といえば不自然です。大正七年九月五日に挙式または婚姻届出があったとしても、それ以前に光之助と豊との事実上の結婚が成立していた可能性はないでしょうか。また、芥川と豊との出会いも、高宮推定の大正七年六月七日より前のことであった可能性はないでしょうか。何の確証もないことですが、そのように考えると、大正七年三月に『袈裟と盛遠』が執筆されたことの持つ意味も説明できるのです。何故なら、『藪の中』と同様に、『袈裟と盛遠』もまた、人妻への愛ゆえに、その夫を殺そうとする男の情念を描いた作品だからです）。

やがて、野々口豊と芥川とは男女間の一線を越えるに至ったようですが、その過程で、「他の女性への対象移動のこころみ」とされたのが、秀しげ子であったわけです。とはいえ、短い間ではあっても、芥川が秀しげ子に魅《ひ》かれたことは確かです。

午後江口を訪ふ。後始めて愁人と会す。夜に入つて帰る。心緒乱れて止まず。自ら悲喜を知らざるなり。（「我鬼窟日録」大正八年九月一五日）

不忍池の夜色愁人を憶はしむ事切なり。（「我鬼窟日録」大正八年九月一七日）

愁人と再会す。夜帰。失ふ所ある如き心地なり。／こゝにして心重しも硯屏の青磁の花に見入りたるかも（「我鬼窟日録」大正八年九月二五日）

「愁人」すなわち秀しげ子への思いは、急速に冷えていったようです。芥川が重い心で見入った「青磁の花」とは、野々口豊のことだったのでしょうか。

彼は道ばたに足を止め、彼女の来るのを待つことにした。五分ばかりたつた後、彼女は何かやつれたやうに彼の方へ歩み寄つた。が、彼の顔を見ると、「疲れたわ」と言つて頬笑んだりした。彼等は肩を並べながら、薄明い広場を歩いて行つた。それは彼等には始めてだつた。彼は彼女と一しよにいる為には何を捨てても善い気もちだつた。

彼等の自動車に乗つた後、彼女はぢつと彼の顔を見つめ、「あなたは後悔なさらない？」と言つた。彼はきつぱり「後悔しない」と答へた。彼女は彼の手を抑へ、「あたしは後悔しないけれども」と言つた。彼女の顔はかう云ふ時にも月の光の中にゐるやうだつた。

（二十三　彼女）

「月の光の中にゐるやうだつた」と形容される女性・野々口豊との、最初の逢い引きを記した『或阿呆の一生』の一節ですが、高宮檀はその日を大正八年一二月二五日と推定しています。芥川が秀しげ子と結ばれて、わずか三ヶ月あまり後のことです。

田舎道は日の光の中に牛の糞の臭気を漂はせてゐた。彼は汗を拭ひながら、爪先き上りの道を登つて行つた。道の両側に熟した麦は香ばしい匂を放つてゐた。

「殺せ、殺せ。……」

彼はいつか口の中にかう云ふ言葉を繰り返してゐた。誰を？――それは彼には明らかだつた。彼は如何にも卑屈らしい五分刈の男を思ひ出してゐた。

すると黄ばんだ麦の向うに羅馬カトリツク教の伽藍《がらん》が一宇、いつの間にか円屋根を現し出した。……（二十八　殺人）

『或阿呆の一生』に登場する「五分刈の男」とは、豊の夫野々口光之助のことです。「五分刈の男」に対する「卑屈らしい」という侮蔑に、さらには「殺せ、殺せ。」という殺意に、芥川の並々ならぬ豊への思いを垣間見ることが出来ます。また、芥川はその生涯に三十編あまりの詩を残していますが、その中に「この身は鱶の餌ともなれ／汝を賭け物に博打たむ／びるぜん・まりあも見そなはせ／汝に夫あるはたへがたし」(船乗りのざれ歌)、「松葉牡丹をむしりつつ／ひと殺さむと思ひけり／光まばゆき昼なれど／女ゆゑにはすべもなや」(悪念) など、人妻への愛とその夫への殺意を表現していました。大正一〇年のほぼ四ヶ月にわたる中国旅行には、秀しげ子からの逃亡だけでなく、野々口豊との許されざる関係を断ち切ろうとの目論見も、さらにはよき死に場所を求めたいとの願望もあったようです。

大正一〇年七月、中国旅行から帰った芥川を待っていたのは、一方に断ちがたい豊への恋情であり、他方に秀しげ子からの執拗な復讐でした。帰国後間もない大正一〇年一〇月、『改造』に発表された『好色』は、侍従と呼ばれる女に対する平中の狂おしいまでの恋慕と、それがかなえられぬ苦悩を描いた歴史小説ですが、作者自らの豊への思いを主人公・平中に託したものではなかったでしょうか。また、芥川の死後に発表された『歯車』には、「僕」の見た夢として、次のような記述があります。

僕はこの年をとつた女に何か見覚えのあるやうに感じた。のみならず彼女と話してゐることに或愉快な興奮を感じた。そこへ汽車は煙をあげながら、静かにプラットフォオムへ横づけになつた。僕はひとりこの汽車に乗り、両側に白い布を垂らした寝台の間を歩いて行つた。すると或寝台の上にミイラに近い裸体の女が一人こちらを向いて横になつてゐた。それは又僕の復讐の神、――或狂人の娘に違ひなかつた。……

「年をとつた女」とは、芥川より一歳年上の豊のことではないでしょうか。母親の愛情に恵まれなかった芥川にとって、豊はそれを満たしてくれる女性であったに違いありません。一方、「狂人の娘」とは、言うまでもなく秀しげ子のことです。その秀しげ子が、芥川にとって「復讐の神」と呼ばれたのは、何故でしょうか。

芥川の妻・文の口述筆記『追想芥川龍之介』によれば、秀しげ子は日曜日ごとに芥川家を訪ねて、芥川家の人々に不審の念を抱かせた、ということです。「あれが龍ちゃんの女か」と同居の伯母フキに思われることが、「主人は（略）相当苦痛らしいようでした」と文夫人は述べていますが、芥川にとっては、妻の思惑のほうが苦痛であったはずです。このような秀しげ子の行為は、不実な愛人・芥川への復讐と呼ぶしかないものです。そして、それ以上に恐るべきことは、南部修太郎への接近、さらには宇野浩二への接近と、彼女の復讐がエスカレートしていったことです。『或阿呆の一生』に、「彼の心の底にはかう云ふ彼女を絞め殺したい、残虐な欲望さへない訳ではなかつた」（三十八　復讐）と書かれているのは、このような背景があってのことです。
周囲の人々には公然の秘密となってしまった秀しげ子との関係を隠れ蓑として、芥川は野々口豊との関係を隠蔽しようとしたように思われます。遺稿の一つ『闇中問答』で、芥川は次のように自問自答していました。

或声　しかしお前は正直だ。お前は何ごとも露れないうちにお前の愛してゐる女の夫へ一切の事情を打ち明けてしまつた。
僕　それも譃《うそ》だ。僕は打ち明けずにはゐられない気もちになるまでは打ち明けなかつた。

豊の夫・光之助に豊との関係を打ち明けたのが何時のことであったのか、それを知るすべはありませんが、豊と光之助と芥川との間に、息詰まるほどの愛憎の心理劇が展開されたであろうことは疑えません。『闇中問答』では、「お前は誰の目から見ても、法律上の罪人ではないか？」との〈或声〉に「僕はそれも承知してゐる」と答え、さらに「しかしお前は贖《あがな》はない」との〈或声〉に「いや、僕は贖つてゐる。苦しみにまさる贖ひはない」と答えています。才気煥発、白皙《はくせき》の貴公子然としていた芥川が、三十代前半にして幽鬼の如き衰残の相貌を呈し、遂には自殺にまで追い込まれた背景には、宿命の女・豊との秘められた恋愛事件があったのです。

大正一〇年の暮れ、人妻である豊への断ちがたい愛執に悶々としながら、豊の夫・野々口光之助への殺意を妄想するなかで、『藪の中』は執筆されたのではないでしょうか。したがって、多襄丸は南部修太郎ならぬ作者・芥川であり、真砂は秀しげ子ならぬ野々口豊であり、金澤の武弘は芥川ならぬ豊の夫・光之助でなければなりません。このような恋愛の辿るであろう成り行きを、芥川は自分なりに予測してみたに違いありません。その報告書が、小説『藪の中』ではなかったでしょうか。このように考えてくると、その後の事態がいかように展開しようとも、いずれも武弘の死で終わる三つの物語（「多襄丸の白状」、「清水寺に来れる女の懺悔」、「巫女の口を借りたる死霊の物語」）の結末には、作者芥川の願望（豊の夫に対する殺意）が投影されていたわけです。

（五）

『藪の中』に影響を与えた先行作品として、わが国の『今昔物語』以外にも、フランス十三世紀の物語“La Fille du Comte de Pontieu”（『ポンチュー伯の娘』）、ロバート・ブラウニングの“The Ring and the Book”（『指輪と本』）、アンブローズ・ビアスの“The Moonlit Road”（『月明りの道』）など、十指にあまる欧米の文学作品が指摘されています。たとえば、ビアスの『月明りの道』からは、当事者三人の独白（陳述）を併置する構成と霊媒（巫女）をして死者を語らせる手法を学んだことは、諸氏の比較文学的考察が明らかにしたところです。しかしながら、その結果、『月明りの道』では真相が解明されるのに対して、『藪の中』では謎が深まったまま幕を閉じる結果に終わっています。

O・ヘンリー（William Sydney Porter 1862~1910）の小説“Roads of Destiny”（『運命の道』）と芥川の『藪の中』との類似性に着目して、前者の後者への影響を明らかにしたのは、仁平道明でした。『藪の中』に関する比較文学的考察の中では、最も重要な研究成果と思われますので、O・ヘンリー『運命の道』のあらすじを紹介しておきましょう。

『運命の道』あらすじ

片田舎ヴェルノアで羊飼いをしているダヴィッドは恋人イヴォンヌと喧嘩したことがきっかけで、詩人としての名声を求めて、パリへの旅に出る。

左の道

九マイルほど行くと、道は広い道に直角に突き当たり、迷ったダヴィッドは左の道を選ぶ。道中、泥濘《ぬかるみ》にはまり込んだボオペルテュイ侯爵の馬車を手助けしたことから、ダヴィッドは侯爵と同じ宿に泊まることになる。ボオペルテュイ侯爵は姪のヴァレーヌを連れており、ヴァレーヌにダヴィッドとの結婚を命ずる。その訳は、その日、ヴァレーヌが老いたヴィルモール伯爵との婚礼を拒んだので、腹を立てた侯爵が、城を出て最初に出会った男と結婚するよう、ヴァレーヌに命じていたからである。美しいヴァレーヌに心奪われたダヴィッドは、彼女に結婚を申し込む。哀れな境遇にあるヴァレーヌは、ダヴィッドの誠意に動かされて、その申し出を受諾する。侯爵は早速司祭を呼び、婚礼の儀式を執り行うが、なおもヴァレーヌを口汚く罵り続ける。今は妻となったヴァレーヌを守るため、決闘を申し込んだダヴィッドは、侯爵の銃で心臓を打ち抜かれ、絶命してしまう。

右の道

九マイルほど行くと、道は広い道に直角に突き当たり、迷ったダヴィッドは右の道を選ぶ。五日後、パリに着いたダヴィッドは、古ぼけた家の屋根裏部屋を借りて、毎日詩作にふける。ある日、かつてこの家に住んでいたと語る、美しい女性と知り合う。その女性に心奪われたダヴィッドは、彼女に頼まれて王宮へ手紙を届ける。この女性はケブドー伯爵夫人といって、ボオペルテュイ侯爵を首謀者とする国王暗殺グループの一人で、何も知らぬダヴィッドを利用して、王宮内にいる同志との連絡を図ったのである。結局、ダヴィッドは国王の腹心ドマール公爵に捕まり、公爵の命ずるままに国王と同じ服装をさせられ、国王の馬車に乗せられ、深夜のミサに向かう途中、待ち受けたボオペルテュイ侯爵によって射殺されてしまう。

本道

九マイルほど行くと、道は広い道に直角に突き当たり、迷ったダヴィッドは今来た道を引き返す。ダヴィッドがヴェルノアに帰り着いたときには、放浪への憧れは消え、喧嘩したイヴォンヌとも仲直りして、三か月後に二人は結婚する。それから一年後、死んだ父親から羊と家を相続したダヴィッドは、再び詩作に没頭し、羊飼いの仕事を怠るようになる。狼に食べられて、羊は日ごとに数を減らし、イヴォンヌはダヴィッドにつっけんどんとなる。心配した公証人パピノーが、詩人としての将来を判定してもらうよう、賢者ジョルジュ・ブリルをダヴィッドに紹介する。ブリルから詩人としての才能がないと判定され、羊飼いの仕事に専念するよう忠告されたダヴィッドは、書き溜めた詩の原稿をストーブに放り込み、狼を殺すために買った銃で自殺してしまう。ダヴィッドが自殺に使った銃には、ボオペルテュイ侯爵の紋章が彫り込まれてあった。

『運命の道』も『藪の中』も、共に発端にあたる前半部分があり、その後に一人の男の三様の死を語る三つの話が続く、という構成となっています。その上、いずれの作品も「一人の男の三様の死が、順序まで同じくしてほぼ同じ死に方になって」(海老井英次)います。したがって、『藪の中』が『運命の道』を下敷きとしていることは、仁平道明の言うとおり、疑う余地がありません。ただし、『運命の道』の場合は、三つの話がいずれも同じ主人公(ダヴィッド)の死で終わっていますが、『藪の中』の場合は、三つの話が同一人物(武弘)の死で終わってはいても、その人物(武弘)が三つの話共通の主人公とは言えないのです。すなわち、〈多襄丸の白状〉の場合、その主人公は多襄丸であり、〈清水寺に来れる女の懺悔〉の場合、その主人公は真砂であり、〈巫女の口を借りたる死霊の物語〉の場合は、武弘を主人公と考えるべきです。要するに、『藪の中』は、後半部三つの話のそれぞれの語り手を主人公とする、オムニバス小説ということになります。

『運命の道』の主人公ダヴィッドは、三つの異なった状況の中で、それぞれ異なった死を遂げますが、それら三つの異なった死の原因には共通点があります。すなわち、自らの才能への過信と女へのだらしなさです。このような弱点を持った人間は、それに無自覚な限り、何をしようと失敗や挫折を免れることはできない――『運命の道』のテーマはこんなところにあるのではないでしょうか。

（六）

『藪の中』は三編の独立した話からなるオムニバス小説です。「多襄丸の白状」は、抗し難い女の魅力に引きずられるように犯罪行為に走り、その挙句、破滅してゆく男の性《さが》を白日の下に曝すところに、テーマは置かれています。次に、「清水寺に来れる女の懺悔」には、暴漢によって陵辱され、夫からは蔑みと憎しみの目で見られた妻の絶望が、夫婦心中の目論見へと発展してゆく心理ドラマが描かれています。暴漢の残忍で非情な行為が夫婦間の愛情と信頼とを破壊してしまったわけで、極限状況における夫婦間の絆の脆弱さを抉り出すところに、そのテーマを見出すべきでしょう。最後に、「巫女の口を借りたる死霊の物語」では、妻の裏切りと背信が夫の絶望を招き、夫を厭世死へと導く顚末《てんまつ》が描かれており、そのテーマは女の性《さが》への不信を物語るものとなっています。

『藪の中』がそれぞれ異なったテーマをもつ三つの物語を併置したものであることは、疑う余地がありません。問題なのは、なぜ同一人物（金澤武弘）の死で終わっているのか、ということです。武弘の死因について、海老井英次は次のように論じています。

最後に、これら三つの死に分化した武弘の死は、妻真砂の胸中に秘められていた願望の現実化したものと見ることができる。〈事実〉としては曖昧な状況の中で、彼女の夫への〈殺意〉だけは常に〈加害者〉に聞きとられており、誰が実行したかは問わず、彼女の〈殺意〉は武弘を死に至らしめる。この場合、ドラマは真砂の〈女であること〉から始まっており、当然の帰結として〈男であること〉が武弘の死因である。

鋭い読みであり、とりわけ後半部分には、異議をさしはさむ必要を感じません。ただし、妻の夫への〈殺意〉が明らかなのは、「巫女の口を借りたる死霊の物語」の場合だけであって、「多襄丸の白状」の場合は、妻の言葉（「あなたが死ぬか夫が死ぬか、どちらか一人死んでくれ、二人の男に恥を見せるのは、死ぬよりもつらい」）が結果的には夫を死に至らしめたにせよ、それを〈殺意〉と呼べるかどうか、躊躇われるところです。この場合は、むしろ女の自己保身と見るべきではないでしょうか。また、「清水寺に来れる女の懺悔」の場合、妻は夫の心の中を「どんなに無念だつたでせう」と思いやりながら、夫の方に走り寄っており、〈殺意〉とは逆の心情にあります。彼女が夫と心中を図ろうとしたのは、夫の目に彼女を「蔑んだ、冷たい光」を見て、絶望した結果であって、夫への〈殺意〉からではありません。失敗に終わったとはいえ、心中死の目論見は愛情の一形態には違いないからです。

武弘の死因は、「多襄丸の白状」では、女をめぐる男同士の決闘の結果であり、「清水寺に来れる女の懺悔」では、手を下したのは妻であっても、妻と合意（少なくとも、心中死を望む妻の申し出を拒まなかったという意味で）の心中死であり、「巫女の口を借りたる死霊の物語」では、妻の背信・裏切りに絶望した結果の自殺です。これら三つのケースには、主人公の死因にこれといった共通点があるわけではありません。三つの異なった物語が、いずれも同一人物（武弘）の死で終わるのは、作者にとって、それが実生活上の願望の投影であったことは、既に述べたとおりです。

死を与えられたのは、武弘だけではありませんでした。「多襄丸の白状」において、多襄丸は真砂の「一瞬間の、燃えるやうな瞳を見」たばかりに、自ら年貢の納め時を迎えてしまったわけです。「どうせ一度は樗《おうち》の梢に、懸ける首と思つてゐますから、どうか極刑《ごくけい》に遇はせて下さい」という多襄丸の言葉には、虚勢だけとはいえない、強い自己処罰の意志を読み取ることが出来ます。「清水寺に来れる女の懺悔」の場合も、真砂に与えられるのは心中死、次いで自殺の試みであり、とどのつまりは救済なき懺悔の念でありました。つまり、妻に背かれて自殺した武弘は別にして、「優しい気立でございますから、遺恨など受ける筈はございません」と言われる武弘を、結果的には死に至らしめたことで、多襄丸も真砂も、共に自責の念、自己処罰の念に追い込まれているのです。

『藪の中』の後日談になりますが、山崎光夫『藪の中の家』、高宮檀『芥川龍之介の愛した女性』の両著は、芥川の甥・葛巻義敏の妹左登子の文章を紹介し、野々口豊をめぐる芥川晩年の動向を明らかにしています。それによると、大正一五年一二月二八日に口実をもうけて妻文と長男也寸志を鵠沼の借家から田端の自宅に帰した芥川は、留守番として来てくれた葛巻義敏に「僕は小町園の御内儀《おかみ》さんと逃避行をする。居所がきまったらお前には知らせるから薬（睡眠薬）だけは送って呉れ」と言い残して、大晦日に自動車で出かけた、ということです。ところが、元日の深夜、悄然として帰宅した芥川が葛巻に語ったことには、「若しかすると私は殺されるかも知れないけれど、貴方についてゆきます」と小町園の御内儀さんに言われて、「この人をそんな目に会わせる資格が自分にあるだろうか？」と思った、というのです。芥川が自殺したのはその半年余り後のことですが、その自殺には、多分に自己処罰的な意味がこめられていたはずです。

小町園の女将・野々口豊は「若しかすると私は殺されるかも知れない……」と語ったとのことですが、この言葉は彼女が夫の光之助からいかに愛されていたかを物語るものです。芥川を愛してしまった豊の苦悩も計り知れぬものがあったでしょうが、と「貴方についてゆきます」と「この人をそんな目に会わせる資格がいわれた芥川の心中も複雑であったに違いありません。自分にあるだろうか?」と芥川は思ったようですが、「そんな目」とは豊を死の道連れにする自らを「世紀末の悪鬼」(『或ことであったでしょう。愛する女を死の道連れにと考えたのは、阿呆の一生』)と呼んだ芥川その人でしたが、愛する女を死の道連れには出来ないと考えたのは、モラリストとしての芥川でした。同時にまた、芥川は「女人は我我男子には正に人生そのものである。即ち諸悪の根源である」(『侏儒の言葉』)と考える冷徹な理知の人でもありました。

『藪の中』は難解な小説と見なされてきましたが、これまで検証してきたように、作者芥川の私生活上の問題(小町園の女将・野々口豊との秘められた恋愛)を重ね合わせることで、見えてくるものがあるのではないでしょうか。『藪の中』は芥川が野々口豊と恋愛関係に入ってほぼ二年後に書かれたものですが、豊の夫・光之助を巻き込んでの、当事者三人の悲劇的な結末が、この小説では三通りに予測されていました。そのいずれもが、武弘の死で終わっていますが、海老井英次の表現に倣えば、これらの三つの死に分化した武弘の死は、妻の真砂ならぬ作者芥川の胸中に秘められていた願望の現実化したものと見ることができます。それゆえに、作者である芥川の罪意識も強く、芥川の分身としての多襄丸は、自己処罰への願いを口に、早々と舞台から姿を消してしまいます。ちなみに、遺稿『侏儒の言葉』の中で、「罰せられぬことほど苦しい罰はない」というアフォリズムを、芥川は記していました。

事件の後、残された夫婦がどのような運命を辿るのか、「清水寺に来れる女の懺悔」と「巫女の口を借りたる死霊の物語」との二編は、芥川なりにその運命を予測したもの、と言えるでしょう。その両者共に、夫より妻の方が、生への執着の強さにおいて勝っていた、とは言えないでしょうか。「女人は我我男子には正に人生そのものである。即ち諸悪の根源である」――これも『侏儒の言葉』の中に見られるアフォリズムですが、この場合の「諸悪」なる言葉は、芥川にとって、「生活欲」とほぼ同義語ではなかったでしょうか。『侏儒の言葉』には、「人間的な、余りに人間的なものは大抵は確かに動物的である」という一文も見られます。『藪の中』の執筆から五年後、芥川は野々口豊との〈逃避行〉を断念し、さらにその半年余り後には、孤独な自殺を遂げました。その死が野々口夫妻を破局的な悲劇から救ったことは確かでしょうが、その後の長い波乱に富んだ人生を、野々口豊はどのような思いで生きたのでしょうか。

〈引用文献一覧〉

中村光夫「『藪の中』から」（『すばる』創刊号）昭和45・6

吉田精一『芥川龍之介』新潮文庫　昭和33・1（初出　三省堂　昭和17・12）

吉田精一『現代文学と古典』至文堂　昭和36・10

福田恒存「公開日誌〈4〉―『藪の中』について―」（『文学界』24巻10号）昭和45・10

大里恭三郎『芥川龍之介―『藪の中』を解く―』審美社　平成2・12（初出『常葉女子短期大学紀要』8

昭和51・12）
大岡昇平「芥川龍之介を弁護する―事実と小説の間―」（『中央公論』85年13号　昭和45・12）
久保田芳太郎「『藪の中』」（菊池・久保田・関口編『芥川龍之介研究』明治書院）昭和56・3
小穴隆一「『藪の中』について」（『芸術新潮』昭和25・11（『二つの絵―芥川龍之介の回想』中央公論社
昭和31・1所収）
瀧井孝作「純潔――『藪の中』をめぐりて――」（『改造』）昭和26・1
芥川文述、中野妙子記『追想芥川龍之介』筑摩書房　昭和50・2
高宮檀『芥川龍之介の愛した女性』彩流社　平成18・7
海老井英次『鑑賞日本現代文学　芥川龍之介』角川書店　昭和56・7
山崎光夫『藪の中の家　芥川自死の謎を解く』文芸春秋　平成9・6

III
反転する近代の寓話
―井伏鱒二『山椒魚』―

（一）

　井伏鱒二は短編小説『山椒魚』を『井伏鱒二自選全集第一巻』（新潮社　昭和60・10）に収録する際、結末部分の十数行を削除しましたが、この改稿は多くの読者から驚きと当惑とをもって迎えられました。『山椒魚』が最初に発表されたのは、昭和四（一九二九）年、「文芸都市」五月号でしたが、その初出稿とされる『幽閉』の発表は、さらに遡って大正一二（一九二三）年、「世紀」七月号誌上においてでしたから、それ以来、実に六十年余り後の改稿ということになります。それまでにも、この作品を単行本に収録するに際して、作者は度々手を入れてきたようですが、それらは文章表現上の細部にとどまっており、さほど問題にはされませんでした。しかしながら、『井伏鱒二自選全集』（以下〈自選全集本〉と呼ぶ）における改稿は、作品解釈への再検討を迫るものであるだけに、さまざまな論議を呼んだのも無理からぬことでした。

作家の野坂昭如は次のように述べて、〈自選全集本〉の改稿に異議申し立てをしました。

小説なんて、書いてしまえばそれまででしょう。昔々に書いて、「山椒魚」と「黒い雨」と、もちろん井伏さんの作品の、ぼくは愛読者である。しかし、最後のところで、これを変更する、それが物書きの良心なんていわれると、冗談じゃないといいたい。井伏さんの作品は、古典として今後語りつがれるのであろう。二十一世紀の読者が、井伏さんの作品の、「山椒魚」を読んで、それなりの感銘を受ける、まことにめでたい。しかし、ぼくらはどうなるのですか。井伏さんがお書きになった「山椒魚」で、どれほどの人間が、人生というものについて考えたか、お判りですか。文学作品というものは、あくまで、これを読む人間との関係によって成り立つと、ぼくは思う。失礼ながら、井伏さんはもうすぐ死ぬでしょう。その最後っ屁のような感じで、これをこんな風に変えますというのは、これが骨董品ならいい、文学の場合、事情はまったくちがう。

〈自選全集本〉における『山椒魚』の改稿が、なぜ「冗談じゃないといいたい」のか、野坂昭如は十分に説明していませんが、野坂以上に激しい口調で「私は思わず、無慙、無謀と口走った。これは、もはや改訂というような生易しいシロモノではない。破壊ではないか」と批判したのは、文芸評論家の古林尚でした。その論拠について、古林は次のように述べていました。

山椒魚がおずおずと、「もう駄目なやうか?」と質問したり、蛙が「自分を鞭撻」して、「今でもべつにお前のことをおこつてはゐないんだ」と答えたりするくだりは、無限におかしい。そして哀しい。この会話の部分には、核戦争後の超大国の指導者の感慨をさえ予想させる辛辣な味があって、人間の愚かしさをみごとに抉りだしていて、ここを読むたびに息がつまりそうになるほどの感動を覚える。被害者の蛙が「今でもべつに……」と答えているからには、両者のいじましい対決は行きがかり上そうなっていただけであって、根底にはお互いに友情を秘めあっていたということにもなろう。それが、二年間もの長い葛藤のあげく、和解のきざしが見えかけた時には、もはや空腹で動けない、というのでは残酷である。ひどすぎる。けれども、それが人間というものの浅ましい正体なのであろうか。この反問の部分が消滅したのでは、山椒魚と蛙の関係は単なる〈いじめ〉の問題に縮小されてしまい、底が浅くなってしまう。

『山椒魚』という作品を、争いを好む人間の愚かしさ・浅ましさを風刺的に描いた寓意小説として、古林は読み取っているようです。そのような前提に立って、結末部分の山椒魚と蛙の和解場面の削除を「破壊」と難じたのです。
『山椒魚』のように、発表以後半世紀余の間に不朽の名作としての声価をかちえた作品の場合、作品に対する思い入れも、読者によってまちまちでしょう。「『山椒魚』の末尾削除は、もしかすると八十七歳になった作家の、人間と現代文明への絶望ではなかったか」とするのが、「天声人語」（「朝日新聞」昭和60・10・10）の筆者の受け止め方ですが、大方の読者は「要するに私には十分納得がゆかないんです」という安岡章太郎同様、作者の真意を測りかねたに違いありません。
ところで、井伏鱒二自身は、こうした疑問に対してどのように答えていたのでしょうか。前記「天声人語」は、その間の消息を次のように記していました。

東京・荻窪の自宅を訪ねると、井伏さんは困ったように「ボクはどうすりゃいいのかね。もう刷っちゃったし」といった。「動物なんだから、幽閉されたらそのままの方がいい」「横光利一は最後がうまかったけど、ボクのはよくない」「あれは失敗作だった。もっと早く削ればよかったんだ」

また、井伏鱒二は河盛好蔵との対談で、「しかし、例えば『山椒魚』の最後のところの対話で終っているのを十数行ほど削られたそうですが、それはどういうことだったのですか？」との河盛の問いに対して、「どうしようもないものだもの。山椒魚の生活は」と答えています。作者自身のこれらの言葉も意味深長で、さまざまな解釈を呼びそうです。「どうしようもないものだもの。山椒魚の生活は」――この言葉にこめられた井伏鱒二の思いとは、一体いかなるものだったのでしょうか。

（二）

『幽閉』（同人誌『世紀』大正12・7）は、『山椒魚』同様、岩屋に閉じ込められてしまった山椒魚の悲しみを描いた短編小説です。二年半の倦怠の限りの生活の間に、身体が大きくなって、岩屋から脱出できなくなった山椒魚は、「僕程不幸な者は三千世界にまたとあらうか。悲しいことだ」と嘆きます。脱出の試みが不可能であることを思い知らされた山椒魚は、「けれども見様一つによつては、これまでの二年半の間の生活とちつとも異らない、悠暢な、何者にも撹拌されない生活を続けて行くことが出来るともいはれやう。さう見れば、まんざら棄てた境涯でもないらしい。第一我々の生活は、わざわざ岩屋から出て行つて暮すほどの価値あるものであるだらうか。何うであらう」と考えることで、自らの運命を甘受しようとします。岩屋の外の自由の世界にあって、群れから離れまいと右往左往するめだか達を、山椒魚は哀れんでもみます。また、孤独と無聊に苦しむ山椒魚は、岩屋の中に紛れ込んできた一尾のえびを、親しい友人として遇します。夜空に蛍の光と星の瞬きを眺めながら、山椒魚がえびに向かって、「兄弟、明日の朝までそこにぢつとして居てくれ給へ。何だか寒いほど淋しいぢやないか？」と語りかけるところで、『幽閉』という小説は幕を閉じています。

『幽閉』は、「薄ぼんやりの生活を送つて、ぐづでのろま」の山椒魚と、その周囲に出没するめだか、蛙、水すまし、えび、蛍などの生き物を描いた作品です。杉苔がおびただしい花粉を撒き散らす岩屋の中で、えびは産卵をしようとし、「川下から川上に向つて幾匹ともなく飛んで行」く蛍もまた、交尾と産卵に忙しく、長い冬が終わって、自然界は今まさに生殖活動のさなかにあります。「僕程不幸な者は三千世界にまたとあらうか」との嘆きには、「何にしても自分も年をとつたものだ」とつぶやく山椒魚の、深い孤独感がこめられています。「ぐづでのろま」で傷つきやすい自意識をもった、この自閉的な山椒魚とは、いったい何者でしょうか。『幽閉』を発表した大正一二年、二十五歳の井伏鱒二は、無名で定職もなく、早稲田大学への復学の道も、前年に断たれていました。

兄が私を小説家か詩人にしたいと思ひついたのは、いつごろのことであったか私には思ひ当るところがない。中学時代の私の受持の先生に、お伺ひでも立てた上のことかもわからない。易を見てもらふやうなことはしなかつたらう。いづれにしても兄貴としては、出来の悪い舎弟が八方塞がりにならないうちに、どこか一つ息の出来る穴を確保さしてやりたいと思つてゐたのだらう。私自身にしても、さうさしてもらひたいといつたやうな気持であつた。

大正六年九月、十九歳で早稲田大学予科に編入学した動機について、井伏の『半生記——私の履歴書——』はこのように記しています。それから二年後、井伏は同大学文学部仏文科に進みましたが、それは小説家になるためでした。

私たちは月に一回か二回、肩口先生の自宅を訪問し、文学談をきいて先生を崇拝してゐた。しかし肩口氏は体質的に非常に気の毒な人で、たまたま人のゐないところで教へ子を見ると目の色を変へ、身ぶるひする発作を起すことがあるといふことであつた。これは医学の書物にも云つてあるやうに難病の一つだと云はれてゐる。或とき肩口氏は、恩賜館の三階研究室に学生を一人づつ呼び寄せて口頭試問をした。学生は順番の来るまで教室で待機してゐるのである。そこで私の順番が来て研究室に行くと、肩口氏は私の下宿の町名番地をたづねて手帳に書きとめたが、途端に例のその発作を起さうとした。これはたいへんだと私が仰天して逃げ出さうとすると、肩口氏は腕をのばして私の襟首をつかんだ。猛烈な握力であつた。それを捥ぎとつて私がドアを明けてとび出すと、肩口氏も廊下にとび出した。（中略）私のこの処置は肩口氏の誇を傷つけたにちがひない。肩口氏はまた俥夫に手紙を持たしてよこし、さつそく先生の自宅に出頭すべしと強硬に云つて来た。吉江教授もあの生徒は怠けものだと云つてゐたと、意味ありげなことを書き、いまにも落第させかねないとおどかし文句が書いてあつた。そこには常識で判断できない異常な性格が見えた。もはや私は先生の講義のときには教室に行かなくなつてゐたが、先生の授業を受けないものは落第させられることになつてゐた。学校内で先生は非常な勢力家であつた。（井伏鱒二『雞肋集』より）

「肩口先生」とは、自然主義評論で知られるロシア文学者、早稲田大学文学部長を務めた片上伸（ペンネーム・天弦）のことです。その片上教授の「難病」とは、何であったのでしょうか。生涯、井伏鱒二はその真相を明らかにしなかったようですが、相馬正一によれば、片上教授の「難病」とは、同性愛志向に基づくセクハラ行為であったようです。その被害にあった学生は井伏にとどまらず、そのために中途退学を余儀なくされた学生はかなりの数に上った、ということです。つまり、同性間のセクハラ事件によって、被害者であった井伏鱒二の方が早稲田大学を追われた、というのが事の真相であったようです。

大正一〇年一〇月、井伏鱒二は早稲田大学を休学して、瀬戸内海に浮かぶ広島県因島に引きこもり、翌大正一一年三月、兄の勧めで上京し、復学の手続きをとりますが、片上教授の反対にあって、結局退学に追い込まれてしまいます。早稲田大学文学部仏文科の同級生で、井伏の無二の親友であった青木南八が、肺結核のために急逝したのは、それから間もなくのことでした。それより以前に、井伏は女子美術学校の女生徒に失恋して、癒やしがたい心の傷を抱えていた、とのことです。時代は世界的な経済不況に見舞われて、深刻な社会不安が拡大しつつありました。井伏青年は、「どこか一つ息の出来る穴」を見つけようにも見つけられない、鬱屈した心境にあったものと思われます。まさに「八方塞がり」の状態にあったわけです。

——神様、あゝ貴方はなさけないことをなさいます。

彼はさう呟いて岩屋の口から、外の流れを見た。（中略）それ等の藻の茎の間には、また何十尾とも数しれぬ目高が流れに逆つて、雨上りの地面の砂鉄の流れの跡の様に、ほの黒く泳いでゐる。（中略）彼等は左によつたり右によつたり、こゝを先度と流れにおし敗かされまいとしきりに努力して泳いで、また決して群からは離れまいとした。

——目高達は何の理由で、間違つてよろめいて出た奴の後をばかりお手本にするんだ。

彼は——山椒魚は恰かも目高達よりは一歩悟入してゐるつもりで苦々しく呟いた。（『幽閉』）

目高達を眺める山椒魚の視線は、言うまでもなく作者自身のものであり、山椒魚を閉じ込めた「岩屋」とは、当時の作者が置かれていた閉塞的な社会状況の比喩でもあったわけです。また、ここに描かれている目高達の行動には、時流に乗り遅れまいと右往左往する、国民大衆の強い集団志向が反映されているようです。

『山椒魚』は、いま残っている僕の習作のうちでは最初の作品だ。二十一歳、予科二年の夏休みに、『やんま』『ありぢごく』など、すべて動物に関する短いものを七つ書いて青木南八に郵送した。その一つが『山椒魚』だ。実はこれはその頃読んだチェホフの『賭』に感激して書いたもので、『賭』のモチーフである。人間の絶望から悟りへの道程を書こうと思ったので？　もっとも悟って行くところは書こうとすると、自分に裏づけがないからどうしても説明になるのでやめた。（中野好夫編『現代の作家』より）

『山椒魚』並びにその前身である『幽閉』のテーマを考える上で、作者自身が語った言葉は重要です。チェーホフの『賭』は一八八九年一月、「ノーヴォエ・ヴレーミャ」紙に『おとぎばなし』という題で発表され、一九〇一年、全集収録の際に改稿され、結びの第三章がそっくり削除されました。『賭』という小説のストーリーは、死刑と終身禁錮と、いずれがより人道的であるかとの問題をめぐって、二百万ルーブリの賭けをした青年法学者が、賭けをした相手の実業家の離れで十五年間の幽閉生活を送る、というものです。十五年後、賭けに負けて、大金を払うことが困難となった実業家は、幽閉されている法学者を殺そうとして、自宅の離れに忍び込みます。すると、眠りこけた法学者の傍らには、彼の手になるメモが置かれてあり、そのメモには十五年にわたった幽閉生活のあらましが綴られており、その最後は次のような言葉で結ばれていたのでした。

あなたの本はわたしに叡智を与えてくれました。疲れを知らぬ人間の智慧が、何世紀もかかって創りだしたすべてのものが、小さな一つの塊りに凝縮され、わたしの脳中におさめられているのです。わたしは、自分が世のだれよりも賢いことを知っています。

だからこそ、わたしは、あなたの書物を軽蔑し、地上の幸福のすべてや叡智を軽蔑するのです。何もかもが、かげろうのように、はかなく、空しく、かりそめの夢であり、いつわりにみちているのです。あなたがたは傲慢で、賢明で、美しくともよい、しかし死は、そのようなあなたがたをも、床下の鼠と同じように地表から払いさってしまうでしょうし、あなたがたの子孫や、歴史や、あなたがたの世の天才たちの不滅性は、この地球とともに、凍結してしまうか、あるいは燃えつきてしまうのです。

あなたがたは正しい分別を失い、まちがった道を歩んでいます。あなたがたは虚偽を真実と、醜を美と、とりちがえているのです。（略）

あなたがたが生きるための拠りどころとしているものに対する、わたしの軽蔑を実地に示すために、わたしは、かつては楽園のようにあこがれ、今や心からさげすんでいる二百万ルーブルの金を、拒否するものです。この金に対する権利を放棄するため、わたしは約

束の期限の五時間前にここを立ち去ります。それにより、わたしはこの取り決めを破棄するのです……（原卓也訳）

かくして、その翌朝、幽閉されていた法学者は、二百万ルーブルを要求することなく、どこかへ姿をくらませてしまいます。

井伏鱒二はチェーホフの『賭』をガーネットの英訳本で読み、そこに「人間の絶望から悟りへの道程」を読み取り、その影響の下に『幽閉』の執筆を思い立ったものと思われます。ただし、「悟って行くところは書こうとすると、自分に裏づけがないからどうしても説明になるのでやめた」と作者自身語っているように、山椒魚がえびに向かって、「兄弟、明日の朝までそこにぢつとして居てくれ給へ。何だか寒いほど淋しいぢやないか？」と語りかけるところで、この小説は幕を閉じています。関良一の言うように、『幽閉』は「一人称の世界」であり、「外界から遮断された山椒魚の感傷的な『独白』」に終始しており、作品全体が「感傷の靄に包まれている」ことは否めません。『幽閉』の山椒魚とは、作者井伏鱒二の青年期の自画像に他ならなかったのです。

チェーホフの『賭』では、世俗的な栄達や物質的な欲望など、「地上の幸福のすべて」を「かげろうのように、はかなく、空しく、かりそめの夢であり、いつわりにみちている」と見なしており、ある種、老荘的な世界観を語ったもの、ということができるでしょうか。『賭』

の主人公は、十五年にわたる幽閉生活の結果、「地上の幸福のすべてや叡智を軽蔑する」と述べていますが、『幽閉』の山椒魚も、「我々の生活は、わざわざ岩屋から出て行つて暮らすほどの価値あるものであるだらうか」と呟いており、『幽閉』が『賭』の影響のもとに書かれたことは確かです。井伏自身も語っているように、青年時代の井伏は、八方ふさがりの閉塞感の中で、老荘的な悟りを求めていたに違いありません。

『幽閉』を発表した大正一二年、井伏鱒二は早稲田大学時代の友人・能勢行蔵の紹介状を手に作家・田中貢太郎を訪ね、中国の史書からの故事熟語の由来を書く下請け仕事を貰い、それで生活費の援助を受けた、ということです。短編小説『寒山拾得』(『陣痛時代』大正15・1)は、井伏の老荘的あるいは禅的な世界への接近を物語る作品です。

そのころ私は同人雑誌「陣痛時代」の同人であつた。早稲田の級友十数名が同人として集まつてゐたが、八箇月ばかり刊行した後に私をのぞくほか全同人が左傾して、雑誌の名前も「戦闘文学」と改題した。同人諸君は私にも左傾するやうに極力うながして、たびたび最後の談判だといつて私の下宿に直接談判に来た。しかし私は言を左右にして左傾することを拒み、「戦闘文学」が発刊される前に脱退した。この雑誌の同人諸君は後になつて一同「戦旗」に合流した。

私が左傾しなかつたのは主として気無精によるものである。私は非常に怠けものであつた。「陣痛時代」の同人になる前に四谷の聚芳閣といふ出版所に勤めてゐたが、怠け癖があるため私は勤めきれなかつた。（井伏鱒二『雞肋集』より）

左傾すること、すなわちマルクス主義思想を奉じて社会主義革命運動に投ずることは、大正末期から昭和初年にかけて、わが国の知識人を捉えた時代思潮でした。左翼陣営に走らなかったことを、井伏は「気無精」や「怠け癖」のせいにしていますが、時流に同調しないことは、相当にエネルギーの要ることであったはずです。

――『戦闘文芸』という雑誌は？

井伏　『陣痛時代』が『戦闘文芸』になったのです。（中略）昭和二年、春から秋まで私が荻窪八丁通りの酒屋へ下宿していたころのことです。私のいま住んでいる家には十月ごろに入りました。そのころ、同人が四、五人やって来て、私と談判するのです。私に左傾しろ、というのです。

――どういうふうにして談判するんですか。

井伏　左翼でなきやだめだ。そのとき私は老子を読んでいたのですが、そんなものは古い、（笑声）左傾しろといつて。老子なんていうのはわからなかったのですが、読んでいれば気持ちが落ちつくから。マルクスを読めというのです。ちょっと待ってくれといったのですが、急にその気持ちになれないから。

右に引用したのは、古林尚のインタビューと、それに答える井伏の回顧談です。「決して群からは離れまいと」する目高達を、「何の理由で間違ってよろめいて出た奴の後をばかりお手本にするんだ」と嘲笑する山椒魚、それは老子を支えとして時流に抗した、若き日の井伏鱒二その人に他ならなかったようです。

（三）

『幽閉』を発表してからほぼ六年後の昭和四年、井伏はこれを改稿して『山椒魚』と改題、『文芸都市』三月号に発表しました。作者三十一歳の時でした。狭い岩屋に閉じ込められた山椒魚の嘆きを描いた初出稿『幽閉』と比べると、『山椒魚』の方は、その後日談として、岩屋に紛れ込んだ蛙と山椒魚との対立、さらには両者の和解という新たなストーリーを加えています。また、『幽閉』の叙情的・詠嘆的な語り口から『山椒魚』のユーモアとペーソスを湛えた語り口へと、その文体も変質を遂げています。ことさらに生硬な漢語、さらには欧文直訳文体の導入は、その現われと言うべきでしょう。

出口なき閉塞状況である「岩屋」に呻吟する山椒魚、その山椒魚を相対化する視点として、蛙という第三者を導入したことの意味は大きい、と言えます。「よくない性質を帯びて来た」

山椒魚に、「岩屋の窓からまぎれこんだ一ぴきの蛙」を対峙させ、対立から和解へ、憎しみから許しへとストーリーを発展させた『山椒魚』（『文芸都市』昭和4・5）の成立に、井伏を早稲田大学から放逐した片上伸の死（昭和三年三月）という事実が介在したことは、注目されます。ちなみに、井伏の早大退学後、学内には片上教授排斥運動が起こり、その結果、大正一三年六月に片上は早大教授・文学部長の職を辞して、ロシアに旅立ってしまいます。翌大正一四年に帰国した片上は、それから三年後に、四十代半ばの短い生涯を終えたのでした。

山椒魚も蛙も、共に大正期末から昭和初年代を生きた自閉的知識人の戯画像に他なりません。加害者の山椒魚も、被害者の蛙も、また「互いに流れに押し流されまいと努力」する目高達も、共に「不自由千万な奴ら」であることに違いはないとする、既に老成の感ある『山椒魚』の作者には、状況を脱出不可能な「岩屋」として認識する諦観が、牢固として根を下ろしていたものと思われます。

「際限もなく拡がつた深淵」のなかで、「ああ寒いほど独りぼつちだ！」とすすり泣く山椒魚の悲劇的状況を、一転して諧謔味を湛えた不条理劇に仕立てたところに、『山椒魚』の作者の手柄はあった、と言えましょう。また、その結末をほのぼのとした和解と許しとで締めくくった背景には、片上教授の訃報に接した井伏の感傷が何がしかの影を落としていた、とは言えないでしょうか。少なくともわが国では、死者に鞭打たぬことを美徳とする気風が支配的ですから、片上教授の死を知った井伏は、師を許そうと思ったに違いありません。この場合、山椒魚は片上教授であり、蛙は井伏ということになります。あるいは、そこに作者の私的体験を超えて、恩讐を超えた和解（または許し）という、大正期人道主義思潮の投影を指摘することもできるでしょうか。広範な読者層に支持された当時の作品群を見渡してみれば、菊池寛『父帰る』（大正６・１）、同『恩讐の彼方に』（大正８・１）、志賀直哉『和解』（大正６・10）、同『暗夜行路』（大正10・１～昭和12・４）、武者小路実篤『友情』（大正８・８）、など、いずれも恩讐を超えた和解（または許し）が主題とされていました。『山椒魚』の文壇的成功は、こうしたわが国の伝統的な精神文化に根ざしていたからでしょう。

作品はひとたび作者の手を離れれば、読者の自由な鑑賞に任されます。山椒魚と蛙との会話の部分に、「核戦争後の超大国の指導者の感慨をさえ予想させる辛辣な味」を読み取ったのは古林尚でしたが、とりわけ『山椒魚』のような寓意小説の場合は、読者の数だけ多様な解釈の生まれる余地があるでしょう。しかしながら、既に検討してきたように、作品の成立事情を考慮すれば、狭い岩屋の中に閉じ込められた山椒魚の物語から、政治的大状況の寓意を引き出すことは、少し無理があると言わざるを得ません。少なくとも、作者自身の創作意識に添う限り、山椒魚も蛙も、共に作者並びにその周辺にいた文学者たちの、戯画化された姿であることに間違いはないでしょう。

今、私は旅行中だから、確かな年月を呼び起す参考書がない。「文芸都市」が廃刊になる前後のころ、「一九二九」といふ同人雑誌と「１９２９」といふ同人雑誌が、雑誌の名前のことで争つてゐた。「一九二九」は自分たちの方が正統だから、お前たちは一日も早く題名を変へろと云ひ、一方、「１９２９」の方は、我々は初めから「１９２９」にしてゐたので、お前たちにとやかく云はれる理由はない。そんな愚劣なことを云つてゐるひまに、もそつと気のきいた小説を書いてみろと云ひ返してゐた。

どちらも左翼系の同人雑誌でなかつたが、鬱屈の気持をそんなところにも持つて行つてゐたやうだ。結局、「一九二九」の責任者秦一郎が、「１９２９」の責任者小野松二に対決を申込み、秦と小野がお互に同人二名を連れて銀座の資生堂で会見した。（井伏鱒二『作品』のころ」より）

井伏によってスケッチされたこのエピソードなどは、まさに『山椒魚』後半の、山椒魚と蛙との対立場面を彷彿とさせるようです。短編小説『山椒魚』は、まさしく「鬱屈」のあまり「よくない性質を帯びてきた」山椒魚、すなわち出口なき「岩屋」的状況の中で肥大化した自我を持て余す文壇生息者、さらには知識人一般への批判がこめられており、何よりも作者自身に向けられた苦い自己省察をこそ、読み取るべきではないでしょうか。もちろん、その背後には、わが国の広範な民衆の置かれた閉塞状況が、大きな影を落としていたわけです。

斯くて今や我々には、自己主張の強烈な欲求が残つてゐるのみである。自然主義発生当時と同じく、今猶理想を失ひ、方向を失ひ、出口を失つた状態に於て、長い間鬱積して来た其自身の力を独りで持余してゐるのである。既に断絶してゐる純粋自然主義との結合を今猶意識しかねてゐる事や、其他すべて今日の我々青年が有つてゐる内訌的、自滅的傾向は、この理想喪失の悲しむべき状態を極めて明瞭に語つてゐる。——さうしてこれは実に「時代閉塞」の結果なのである。

既に早く明治四三年八月、「時代閉塞の現状」と題して書かれた石川啄木の文章の一節に、「山椒魚」の置かれた「岩屋」的状況は、的確に表現されていました。

山椒魚と蛙との対立から和解に至るプロセスには、何一つ論理的な筋道や必然性があるわけではありません。そもそもの対立の契機は、蛙が岩屋に紛れ込むという偶然によるものです。要するに、相手は誰でもよかったわけです。しいて理由を求めれば、山椒魚のもたない自由（水中を勢いよく往来することのできる自由）を、蛙が持っていた、というように過ぎません。

悲嘆にくれてゐるものを、いつまでもその状態に置いとくのは、よしわるしである。山椒魚はよくない性質を帯びて来たらしかつた。そして或る日のこと、岩屋の窓からまぎれこんだ一ぴきの蛙を外に出ることができないやうにした。蛙は山椒魚の頭が岩屋の窓にコロツプの栓となつたので、狼狽のあまり岸壁によぢのぼり、天井にとびついて銭苔の鱗にすがりついた。この蛙といふのは淀みの水底から水面に、水面から水底に、勢ひよく往来して山椒魚を羨しがらせたところの蛙である。誤つて滑り落ちれば、そこには山椒魚の悪党が待つてゐる。

山椒魚は相手の動物を自分と同じ状態に置くことのできるのが痛快であつたのだ。

「一生涯こゝに閉じ込めてやるんだ！」（『山椒魚』）

何といういじましさ、何というおぞましさでしょう。しかしながら、誰がこの山椒魚を嗤うことができるでしょうか。かくのごとき〈虐めの構造〉は、わが日本の社会が、異質なもの・異端なものに不寛容な限り、言い換えれば均質的・等質的・集団志向的である限り、真に克服されることはないでしょう。人間が〈個〉として真に解放されない限り、つまり鬱屈し、屈託し続ける限り、〈虐めの構造〉が克服されることはないでしょう。

山椒魚と蛙との関係は、明らかに加害者と被害者との関係です。何の落ち度もない蛙を、山椒魚は死にまで追い詰めてしまうのですから。そして、蛙の死を、すなわち己の絶対的優位を確認して、初めて山椒魚は「友情を瞳に込めて」、蛙に向き合うことができたのです。

「それでは、もう駄目なやうか？」

相手は答へた。

「もう駄目なやうだ。」

よほど暫くしてから山椒魚はたづねた。

「お前は今どういふことを考へてゐるやうなのだらうか?」

相手は極めて遠慮がちに答へた。

「今でもべつにお前のことをおこつてはゐないんだ。」(『山椒魚』)

昭和四年版『山椒魚』の結末部分です。古林尚は「この会話の部分には、核戦争後の超大国の指導者の感慨をさえ予想させる辛辣な味があって、人間の愚かしさをみごとに抉りだしていて、ここを読むたびに息がつまりそうになるほどの感動を覚える」と言いますが、現代の読者はどうでしょうか。少なくとも、筆者の接してきた多くの学生たちにとっては、この幕切れほど理解に苦しむ箇所はないようです。山椒魚を許した蛙の気持ちがわからない、と言うのです。「お前は今どういふことを考へてゐるやうなのだらうか?」との山椒魚の言葉は、言外に「お前はおれのことをひどく怒っているだろうな。とても許してはくれないだろうな」との思いが込められています。山椒魚のこの気持ちが相手に正しく伝わったことは、「今でもべつにお前のことをおこつてはゐないんだ」との蛙の返答で明らかです。このような言葉のやり取りを、我々は〈察しの文化〉と呼んできました。蛙が山椒魚を許すことができたのは、山椒魚の悲しみが、蛙には痛いほど理解できていたからです。自分が山椒魚の立場にあったら、同じようなことをするだろう、だから山椒魚の罪は許そう、と思ったに違いありません。「武士は相身互い」という言葉がありますが、このような心の働きを大切にしてきたのが、わが国の伝統的な精神文化ではなかったでしょうか。こうした山椒魚と蛙との〈和解〉のもつ意味について、川崎和啓は次のように論じています。

あるいはそれは、年月の経過が人間にもたらす〈成熟〉と呼んでいいかもしれない。〈生誕→生育→成熟→死滅〉という、年毎に経めぐる自然の営為に自己を重ね合わせた精神にもたらされるものは、一切の葛藤やいらだちの放下であり、生あるものへのいつくしみや親和の情である。「山椒魚」でも、二年間に及ぶ不毛な「口論」の背後では、両者のこのような〈成熟〉が奥深く進行していたと考えてよい。（略）

ところで、このような〈自然〉の営為に重ねられた精神や〈成熟〉がもたらす和解の仕方は、もちろん日本的なものである。あの「今でもべつにお前のことをおこつてはゐないんだ」という言葉のもつ新鮮な感動は、たぶん西欧人には理解できないものである。論理ぬきの理解や和解ほど彼らに縁遠いものはないからだ。しかし、〈成熟〉がそのまま相手への〈赦し〉につながるという心的構造は、日本の伝統的な感性の中ではきわめて〈自然〉なものであって、たとえば志賀直哉の「和解」における、主人公と父との〈和解〉の中にも、それははっきりと現われている。

『山椒魚』が不朽の名作として、これまでわが国の広範な読者から支持されてきた理由について の、これは実に見事な分析と言うべきでしょう。

（四）

文学作品を人生観上の教訓として読み、またはそのようなものとして児童に教える立場からは、山椒魚と蛙の和解で物語の幕を閉じる方が望ましいのかもしれません。しかしながら、八十七歳の井伏はそうした作為を若き日の匠気として退けました。「あれは失敗作だった。もっと早く削ればよかったんだ」（河盛好蔵との対談「自選を終えて」）とは井伏自身の言葉ですが、それでは、山椒魚と蛙の和解で終わる結末部分を、井伏は何時頃から削除しようと考えていたのでしょうか。

片上伸教授との関係において、被害者であった井伏は、加害者であった相手を許すことができました。しかしながら、井伏の九十五年にわたる長い生涯の中で、どうしても許すことのできない相手、否、許してはならない相手がいました。言うまでもなく、日中戦争の開始から太平洋戦争の終結まで、わが国の国家権力そのものであった軍部です。太平洋戦争開戦に先立つ昭和一六年一一月二二日、陸軍徴用員として大阪の中部軍司令部に入隊を命ぜられた井伏は、その後、陸軍報道班員として日本軍のマレー半島陥落作戦に従軍、さらに現地住民に対する占領政策への協力を余儀なくされました。ほぼ一年にわたるマレー半島での徴用生活によって、井伏は戦争の悲惨、とりわけ日本軍の蛮行を、厭というほど見せつけられたようです。戦後に書かれた小説『遥拝隊長』（『展望』昭和25・2）は、軍隊生活と戦争が一人の庶民を狂気にまで追いやる悲劇を描いて、わが国戦争文学の傑作と呼べるものです。作中、一兵士をして「マレー人が、わしや羨ましい。国家がないばつかりに、戦争なんか他所ごとぢや」と言わしめていますが、一庶民の視点から戦争の不条理をついて、肺腑をえぐる言葉です。

戦後も三十年余りを経過して、井伏は『徴用中のこと』と題する文章を雑誌『海』に足掛け三年、二十九回にわたって連載しました。八十歳になる井伏にとって、この長大な従軍ルポルタージュの執筆は、戦争体験の風化とわが国政治情勢の右傾化に対する、精一杯の抵抗であったに違いありません。

「良民証。――国籍、姓名、年齢、家族の人員数。――右の者、夙に日本人に好意を有し、日本人と厚誼を結びたき希望を持つ良民につき、保護を加へられ度し。年月日。昭南タイムズ編集兼発行人。日本人各位。」

私の発行した「良民証」や「安居証」は、大体そんな文章になつてゐた。それを書かせに来る人たちのうち、四人に一人ぐらゐは日本の補助憲兵にひどい目に遭はされた話をした。たいてい似たやうな話であつた。夜になつて、日本のMPが家のなかに闖入して狼藉を働いて行く。なかには手まね身ぶりで話すのがゐた。MPが主婦の寝室へ入つて来て、小銃の先でベッドのダッチ・ワイフを跳ねとばしたと、仕方話で喋り、「英国兵は申すまでもなく、豪州兵でさへも主婦の寝室には決して立入らなかつたものだ」と云ふのがゐた。なかにはまた、「娘を外に引きずり出して、何十分かのあとに、こんなものを持たして帰した。これがそのときの証拠品である」と云つて、私のテーブルの上に十セント軍票を何枚か置いた。（『徴用中の見聞』）

占領地治安の任に当たった日本軍憲兵の行状を、井伏はこのように記録しています。日米開戦と同時に英国領マレー半島を攻略した日本軍は、昭和一七年二月一五日にシンガポールを陥落、同市を「昭南市」と改名し、抗日義勇軍兵士と抗日団体所属者の摘発に当たりました。その結果、多数の華僑（中国人居留者）が虐殺された、と言われています。戦後の戦犯裁判で、英国側はこの事件だけでも三万人の犠牲者が出たと言い、日本側は犠牲者の数を六千人と主張したそうです。虐殺された人のうち、最年長者は七十八歳、最年少者は十二歳とのこと、南京大虐殺から四年余り後の出来事でした。アジアを白人支配の軛から解放すること――それが太平洋戦争開戦の大義名分であったはずですが、戦場における日本軍の残虐行為は、目に余るものがあったようです。

井伏の『徴用中のこと』によれば、昭和一七年四月二九日、昭南市役所で催された天長節の式典で、現地小学生に「雲にそびゆる高千穂の……」という唱歌を歌わせた後、壇上に立った山下奉文司令官は、大勢の現地人を前に、「今日よりマレーの住民は、みんな日本人である。故に、陛下に対し奉り、忠節を尽さねばならぬ」との訓辞を述べたということです。

「陛下の赤子」とは何か。大和民族以外にこのことばが通用すると思いこんで疑わなかったのは、軍や政府の中枢部だけであったろうか。そういう単純さは、島国の中に充満していた筈である……

井伏同様、軍に徴用されて、シンガポールに滞在していた中島健蔵の文章（『回想の文学』第五巻「雨過天晴」から）です。この中島の文章を紹介することで、一部の戦争指導者のみならず、日本国民全体が負うべき戦争責任について、井伏は重い口を開いた、と言えるのではないでしょうか。責任を一部の指導者や軍部に押し付けただけで、あの忌まわしい戦争への総括を怠るとすれば、そのような国民が再び同じ過ちを犯さないという保証はないわけです。「どうしようもないものだもの。山椒魚の生活は」――昭和六〇年、日本社会がバブル経済に狂奔する時代を背景に、呟かれた井伏の言葉です。八十七年の長きにわたって、日本人と日本社会を見つめ続けてきた老作家の言葉の重みを、私はこの呟きに感じ取ります。

井伏鱒二に『石地蔵』と題する詩があります。

風は冷たくて
もうせんから降りだした
大つぶな霰は　ぱらぱらと
三角畑のだいこんの葉に降りそそぎ
そこの畦みちに立つ石地蔵は
悲しげに目をとぢ掌をひろげ
家を追ひ出された子供みたいだ
（よほど寒さうぢやないか）

お前は幾つぶもの霰を掌に受け
お前の耳たぶは凍傷だらけだ
霰は　ぱらぱらと
お前のおでこや肩に散り
お前の一張羅のよだれかけは
もうすつかり濡れてるよ（『厄除け詩集』）

井伏自身に言わせれば、「我が身の不仕合はせを、霰に打たれる石地蔵に托したつもり」（『荻窪風土記』）とのこと、昭和初年における青年・井伏の心象風景と考えるべきでしょう。それからほぼ六十年、新井満との対談において、「こういう時代（地球的規模における環境破壊が進行する現代――筆者注）に井伏さんが、いったいどんな楽しみで日々を生きていらっしゃるのか、お聞きしたかったんです」との新井の問いかけに、井伏は「僕はないな。今はもう一つもないわ」（新井満「特別インタビュー　井伏鱒二『黒い雨』あとさき」）と答えています。この井伏の心中を思いやるとき、何やら惻々と胸に迫るものを感ずるのは、私一人だけではないでしょう。近代化の達成と、それが引き起こした伝統的な社会基盤の崩壊、さらには地球的規模における自然環境の破壊は、われわれ日本人が長年にわたって築き上げてきた調和的な文化様式そのものを、今や根底から揺るがしているように思われます。

『山椒魚』は井伏鱒二の私的体験から生まれた小説でしたが、作者の手を離れた時から、日本人ならびに日本社会の底流にある問題を掬い取った作品として、多くの読者の共感を得てきました。それゆえに、時代の推移や社会構造の変化に伴って、多様な解釈を可能にもしてきました。自らの書いたものに全責任を負うべき作家としては、あの惨たらしい戦争を日本軍の占領地で目撃しただけに、被害者である弱者の蛙が加害者である強者の山椒魚を許す物語は、その作家的良心が許さなかった、と考えるべきではないでしょうか。「あれは失敗作だった。もっと早く削ればよかったんだ」――『山椒魚』結末部の改稿騒動の中で発せられた井伏の言葉です。不朽の名作として、その声価の定まった作品に対する、全否定とも受け取れるこの激しい言葉は、シンガポールでの徴用生活以来、作者の中で何度も呟かれていたに違いありません。

〈引用文献一覧〉

野坂昭如「窮鼠のたか跳び　112」(『週刊朝日』昭和60・10・25)
古林尚「偏執狂めいた加筆訂正魔」(『週刊読書人』昭和60・12・9)
(哲)「『山椒魚』改変　噴き出す異議」(『朝日新聞』昭和60・10・26夕刊)
井伏鱒二・河盛好蔵「対談・自選を終えて」(『波』昭和60・10)
井伏鱒二『半生記――私の履歴書――』(『日本経済新聞』昭和45・11・1～46・2・2、『井伏鱒二全集第二十五巻』筑摩書房　平成10・7　収録)
井伏鱒二『雞肋集』鷺ノ宮書房　昭和21・7　(『井伏鱒二全集第六巻』筑摩書房　平成9・6　収録)
相馬正一『井伏鱒二の軌跡』津軽書房　平成7・6
中野好夫編『現代の作家』岩波書店　昭和30・9
『チエホフ全集　第八巻』中央公論社　昭和35・2(訳者　原卓也)
河盛好蔵『井伏鱒二随聞』新潮社　昭和61・7
関良一「山椒魚」(松本武夫編『井伏鱒二「山椒魚」作品論集』クレス出版　平成13・1――初出『言語と文芸』昭和35・10、36・3――)
井伏鱒二・古林尚「昭和十年代を聞く」(『文学的立場』第2号　昭和45・6)

井伏鱒二「『作品』のころ」(『作品』第1巻第1号　昭和55・11、『井伏鱒二全集　第二十六巻』筑摩書房　平成10・10　収録)
川崎和啓「『山椒魚』の成立と『賭』――昭和六十年版『山椒魚』への道――」(『昭和文学研究』第19集　平成1・7)
井伏鱒二『徴用中の見聞』(『徴用中のこと』と題して、『海』昭和52・9〜55・1に連載、『井伏鱒二全集　第二十六巻』筑摩書房　平成13・10　収録)
井伏鱒二『荻窪風土記』新潮社　昭和57・11
新井満「特別インタビュー　井伏鱒二『黒い雨』あとさき」(『すばる』平成1・8)

Ⅳ 甦った棄老伝説

―深沢七郎『楢山節考』―

（一）

深沢七郎の小説『楢山節考』は雑誌『中央公論』の昭和三一（一九五六）年一一月号に第一回中央公論新人賞受賞作として掲載され、翌年二月に中央公論社から単行本として出版されました。出版されると、たちまちベストセラーとなり、当時としては破天荒の三十五万部が売れた、ということです。その翌年（昭和三三年）には、木下恵介によって映画化され、同年の日本映画ベストテン二位、キネマ旬報ベストテン一位、東京都民映画コンクール銀賞、と興行的にも成功をおさめました。さらに、それから二十五年後の昭和五八（一九八三）年には、今村昌平によって再度映画化され、こちらはカンヌ国際映画祭での最高賞（バルムドール大賞）を受賞、国内外での観客動員にも成功したようです。

小説であれ映画であれ、『楢山節考』が話題を呼んだのは、七十歳を迎えた老人がわが子によって山へ捨てられるという、衝撃的なストーリーによるものでした。この作品に登場する又やんという老人は、いったんは山に捨てられたものの、生きたい一心から我が家に舞い戻り、挙句の果ては、自分の倅《せがれ》によって荒縄で罪人のように縛られ、楢山への途中、七谷から谷底へと突き落とされてしまいます。しかしながら、この小説の主人公は、かくのごとき哀れな又やんではなく、自らの意志で率先して楢山行きを果たす、おりんという老婆でした。

楢山行きに先立ち、おりんは石臼の角に歯をぶつけて、自身の歯の一部を折ってしまいます。楢山に行かねばならぬ年齢になっても、歯の丈夫なことが恥ずかしくて、そのことで孫のけさ吉たちにからかわれることに耐えられなくて、そのような行動に出たのでしたが、同時にそれは断ち難い生への執着を断ち、楢山行きを決意するための行動でもあったのでしょう。鈍る倅の辰平を励まして、楢山行きを決意し、山に入ってからは作法に従って一言も口を利かず、やがて降り出した雪に埋もれて、白狐のように一点を見つめながら、念仏を唱えるおりんの姿には、読者（観客）の肺腑《はいふ》を衝くものがありました。

当時、この小説に厳しい批判を投げつけた文芸評論家の一人に、奥野健男がいます。

『楢山節考』は近代的自我と《ママ》批判精神とかいうものと、完全に無縁な作品であると思う。

作者は早く楢山に行きたいというおりんばあさんの気持を、美しいものとそのまま肯定して書いている。そこには不自然さに対する疑いなどまったくない。このことが読者をして、あり得ない不思議な存在をあり得るが如く錯覚させる。（略）

読者は『楢山節考』に感動したというより、自分の潜在意識の中にあった姥捨伝説にふるえたのだ。その意味でこの作品は、芸術作品というより効果的な素材といえる。そしてぼくにとってこの作品の出現が意味する最大の興味は、山下清や谷内六郎のような理性的あるいは論理的な判断力の欠如した感覚世界にだけ生きているタイプの人間が美術や音楽だけでなく小説の世界にも登場したということである。

奥野健男によれば、『楢山節考』は不自然かつ異常な作品であり、その異常さは作者における「幼時への退行現象」、あるいは前近代的なるもの（封建遺風）への「本卦帰り《ほんけがえ》」に起因する、というのです。この奥野の見方は、中央公論新人賞の選考委員であった三島由紀夫の、同選考委員三人の座談会における次の発言とも通底するものでした。

最後の別れの宴会のところなんか非常にすごいシーンで、あそこを思い出すと一番こわくなる。そのこわさの性質は父祖伝来貧しい日本人の持っている非常に暗い、いやな記憶ですね。妙な、現世にいたたまれないくらい動物的な生存関係、そういうものに訴えてわれわれをこわがらすのであって、ポーの恐怖小説みたいな知的なコンポジションはない。だからこの小説の恐怖の質というものはあまり高いものでない。

三島由紀夫は、同じ座談会の席上で、「僕は当選に全然異論はないけれども、いやな小説だね。好感が持てない」とも、「やみの世界だね。母体の暗い中に引き込まれるような小説だね」、とも語っていました。

『楢山節考』のストーリーが姥捨（棄老）伝説に基づくものであることは言を待ちませんが、わが国に伝わる棄老伝説は、子どもたちに親孝行の大切さを教えるための教訓譚でした。すなわち、昔、ある国で、親孝行な息子が殿様の命に背いて年老いた親を屋敷内に匿いますが、その結果、経験豊かな老人の智恵が国難を救うことになり、殿様は大いに反省して、老人を遺棄せよとの通達を撤回した、というお話です。これとは趣を異にする棄老譚が、平安時代に書かれた『大和物語』にありますが、こちらの方は、嫁と姑（この場合は親代わりに養育してくれた伯母）との確執がテーマです。信濃の国更級《さらしな》に住む男が、妻の執拗な要請によって、いったんは伯母を高い山に置き去りにしたものの、悲しみに耐えきれず連れ戻しにゆくというストーリーで、姥捨山という地名にちなんだ物語です（平安時代末の『今昔物語集』にも、ほぼ同じような話が書かれています）。

それにしても、老人を遺棄するという風習は、わが国で実際に行われたことでしょうか。ここで思い起こされるのは、柳田国男の『遠野物語』に記録された、次の一章です。

山口、飯豊、附馬牛の字荒川東禅寺および火渡《ひわたり》、青笹の字中沢ならびに土淵村の字土淵に、ともにダンノハナといふ地名あり。その近傍にこれと相対して必ず蓮台野といふ地あり。昔は六十を超えたる老人はすべてこの蓮台野へ追ひやるの習ひありき。老人はいたづらに死んでしまふこともならぬゆゑに、日中は里へ下り農作して口を糊《ぬら》したり。そのために今も山口土淵辺にては朝《あした》に野らに出づるをハカダチといひ、夕方野らより帰ることをハカアガリといふといへり。（『遠野物語』一一一）

ダンノハナというのは共同墓地のことです。遠野の山口集落の場合は、集落を挟んでダンノハナも蓮台野も隣接しており、楢山とは事情がよほど違っているようです。想像するに、蓮台野は六十歳以上の老人が集団生活をした場所であり、現代の老人ホームに相当するのではないでしょうか。「昔」というのが何時のことかわかりませんが、この『遠野物語』にヒントを得た小説に、村田喜代子の『蕨野行《わらびのこう》』があります。江戸時代、それも飢饉の続いた頃、長年住み慣れた家を出て、蓮台野ならぬ〈ワラビ野〉での生活を始めたレンという老女の、嫁ヌイとの間に交わした往復書簡という形をとって、飢えと寒さに苦しみながら、寄り添い、助け合って生きる老人たちの姿を感動的に描いた作品です。

とりわけ東北地方において、人々が度重なる飢饉に襲われたことは、よく知られています。そのような極限状況の中で、いかに悲惨なことが行われたか、容易に想像できることです。真っ先にその犠牲となったのは、社会的弱者としての子どもであり、また女性であったことは、〈間引き〉と呼ばれた新生児の扼殺《やくさつ》や少女の人身売買の歴史が物語っています。しかしながら、『楢山節考』に描かれたような棄老の風習は、三島由紀夫の言うように、「父祖伝来貧しい日本人の持っている非常に暗い、いやな記憶」にあることなのでしょうか。

伝説では、姨捨《おばすて》は、いまの姨捨山放光院長楽寺の姨岩の上へ老人を置いてきたのである。または、姨岩から突落して捨てたともいうそうである。が、それは事実ではなく、姨捨の伝説は中国から伝えられたものだし、原話は印度の伝説で、この信濃の姨捨山は地名だけだそうである。

親を捨てるなんて、とんでもないことである。中国や印度の輸入伝説なら舶来のお話で、日本人はそんな残酷な歴史は持っていないことに誇りを持ってもいいのである。

ここに引用したのは、『楢山節考』の作者深沢七郎自身の書いた文章です。このように、「親を捨てるなんて、とんでもないこと」、「日本人はそんな残酷な歴史は持っていないことに誇りを持ってもいい」と考えている作者が、しかも、その私生活において、大の母親思いで、親孝行であった作者が、なぜ『楢山節考』のような棄老小説を書いたのでしょうか。

ここで、『楢山節考』について書かれた、日本近代文学の研究者山田博光の文章を紹介してみましょう。

（二）

戦後は、制度的にも思想的にも親を捨てる風潮が助長された。結婚とともに親子の戸籍の分離、長子相続制の廃止という新民法の制度は、子供の親からの独立、裏がえせば親捨てを支える結果となった。思想的にも、個人の確立、自由が唱えられ、親子の断絶が助長された。「厭がらせの年齢」の娘たちは、そのような世相を背景に、自分たちの生活を妨げる老母を邪魔ものあつかいし、次々とたらいまわしをする。老母うめ女の唯一の生きがいは、無情な娘たちの生活の前に立ちはだかり、いやがらせをすることのようである。現代社会には姥捨山という便利なものはないから、この「厭がらせの年齢」のうめ女のあり方が、現代社会における姥捨てである。

他方、「楢山節考」はいつの時代の話であるかあいまいであるが、私たち日本人の過去に、つい最近までこのようなことがあったと錯覚するような書きぶりとなっている。しかし私は、深沢七郎が過去への関心からではなく、戦後の世相にあった親捨ての風潮に触発されてこの作品を書いたものと思う。しかも、自らを親の世代に身をおいて、このようでありたいとおりんという人間像を生み出したのではなく、自らを子の世代において、うめ女的親を拒否し、おりん的親を願望して、生み出したのではないか。その意味で、「楢山節考」は、一見いっさいのエゴイズムが否定された世界であるように見えながら、親捨てを合理化する子供のエゴイズムがしのびこんでいるといえる。確かにおりんは、うめ女より美しい。しかし、それはあくまで子供の世代のエゴイズムが生み出した幻想にすぎない。

「戦後の世相にあった親捨ての風潮に触発されてこの作品を書いたものと思う」までの前半部は、妥当な作品理解と言うべきですが、「自らを子の世代において（中略）おりん的親を願望して」云々の後半部は、『楢山節考』を誤読したもので、作者に対する誤解も甚だしいと言わなければなりません。虚心に作品を読めばわかることですが、『楢山節考』の作品世界には、親捨ての是非をめぐって、その子どもの自由意志の入り込む余地は皆無です。村の掟《おきて》を破った場合、どのような事態が待っているのか、又やんの最期が雄弁に物語っています。それ以上に凄《すさ》まじいのは、他人の食料を奪った雨屋一家への村人全員による集団リンチの場面です。いかなる共同体であろうとも、その共同体の掟が至上命令であることは、戦時下における徴兵忌避や戦場からの離脱が極刑を必至としたことでも、明らかなことです。

それにしても、かつて日本の農村で、他人の食料を奪った者とその家族に対して、このようなむごい集団リンチが実際に行われたのでしょうか。また、〈ねずみっ子（ひ孫）〉を抱いて育てた女性を〈ひきずり女（淫乱な女）〉と罵って、盆踊り歌にまで唄って嗤《わら》いものにする村人たちの存在を、われわれは過去の日本に想定することができるでしょうか。楢山行きを拒んだ又やんに対するその倅の仕打ちといい、おりんの丈夫な歯を嗤いものにする孫のけさ吉の言動といい、『楢山節考』には村民同士の連帯感はおろか、家族間の情愛すら稀薄のように見受けられます。このような『楢山節考』の世界は、はたして三島由紀夫の言うように、「父祖伝来貧しい日本人の持っている非常に暗い、いやな記憶」の反映だったのでしょうか。

民俗学者の谷川健一によれば、「相互扶助という一点からみれば、封建時代は近代よりはまさっていたのである。（略）封建時代とは服従と庇護とが同義語として一体化した時代であり、双務的な関係を前提とする社会であった」、とのことです。いざという時、家臣が主君のために、また一揆の指導者が農民のために命を差し出すことができたのも、このような社会の存在を前提にしなければ、説明できないことでしょう。幕末から明治初期にかけて、わが国を訪れた多くの外国人の目に、貧しくはあってもこの上なく幸せそうに見えた日本人の姿は、谷川のこの一文を前にすれば、よく理解できることです。既に明らかなように、『楢山節考』は昔話や伝説からではなく、資本主義の経済システムに組み込まれた、近代日本の農村の現実から発想された小説であったのです。

拙作「楢山節考」は姥捨の伝説から題材を得たので信州の姥捨山が舞台だと思われているようだが、あの小説の人情や地形などは、ここ山梨県東八代郡境川村大黒坂なのである。もちろん現在のここの風習ではなく、もっと以前のこの土地の純粋な人情から想像してあの小説はできたのだった。（略）私の生れたのも同じ東八代郡の石和町だが、地形的にかなり離れていて、はじめてこの村を訪れたのは終戦当時だった。（略）

今のひとには想像もできないだろう。戦争中は「食べる」ことはそれほどの魅力があったのである。そのころ私がこの村に遊びに来て、何日も泊めてもらったりしたのも「米のめしがたべられる」という魅力があったからだとおぼえている。その泊めてもらっているうちにこの村の人達の生活に接して、それは、教育とか、教えられたとかいう細工を加えられた人間の生き方ではないもの、いかにして生きるべきかを自然にこの村の人たちは考えだしていると私は気がついたのだった。真似ではなく、自然に発生した――土から生れたとでもいうべき人間の生きかたなのだと私は知った。そんなこの村の人たちを私は好きになってしまったのだった。小説を書く者はだれでもその小説の主人公を好きなのである。

悪人が出てきても悪に対する理解を抱いて書いているはずである。私がこの村の人たちが好きになったのは、生きていくぎりぎりの線上にわいた人情、風習――それこそ、原始の味も残されていると気がついたからである。（「《楢山節考》舞台再訪」）

『楢山節考』が遠い過去の姥捨伝説ではなく、近代日本の農村にその材を得たものであることは、右に引用した作者自身の文章でも明らかです。小説では「信州の山々の間にある村」が舞台となっていますが、そのモデルとなったのは山梨県東八代郡境川村大黒坂であったわけです。深沢は「この村の人たちを私は好きになってしまった」と書いていますが、この「好きになった」は「作家的興味を魅かれた」と解すべきでしょう。終戦当時、あらゆる物資も食料も窮乏するなかで、そこでの人間関係がいかに厳しく、また険しいものであったか、想像に余りあるものがあります。

深沢七郎には、『魔法使いのスケルツオ』と題する、ごく初期の小説があります。末尾に「ずっと昔、戦時中だったかな、諧謔《かいぎゃく》小説を書こうとして」との但し書きが付されていますから、『楢山節考』と同じように、この小説も山梨県の農村がモデルとなっている、と考えて間違いはないでしょう。主人公はブドウなどを行商しながら、九十歳を越す姑と暮らすおつまという老女です。おつまには四十歳前後の二人の息子がいますが、長男の隆太郎は酒飲みで働くことが嫌い、幾度嫁を貰っても納らず、この頃は町の料理屋の女中と一緒になって、そこの女中部屋に寝泊りをしながら、母親に金の無心を繰り返しています。次男の方も、東京の生活が苦しくて、たびたび母親に無心に来ます。この長男の母親に対する無心の仕方は尋常ではありません。

隆太郎はその風呂敷をひろげるとおつまの身体をごろっと転がせて包んでしまった。おつまは無抵抗で品物みたようになっていた。

「さあ殺せ！」

と包の中で口だけは強がりを云っていた。

隆太郎はその包を持ち上げた。それだけでは腹の虫が納まらなく、ぐるぐると振り廻しはじめたのである。

包の中のおつまは目が廻るばかりではなく身体の重みで腰から下が切られるように痛かった。

「うわー、うわーん」

と泣いてみせて、強がっていたが、

（本当に死んでしまうかも知れない）

と思った。

深沢七郎の小説は、この『魔法使いのスケルツオ』に限らず、社会の底辺に生きる人々の「生きていくぎりぎりの線上にわいた人情、風習」に表現を与えたもの、と言うべきでしょう。『魔法使いのスケルツオ』の場合、作者は明らかに哀れなおつまに寄り添って、彼女の悲しさ、切なさ、無念さを描いています。と同時に、また一方では、息子に痛めつけられた腹いせから、姑に食事を与えず、結果的に姑を死に至らしめたおつまの所業をも、容赦なく描いています。それでは、おつまの息子隆太郎の無慈悲で無軌道な行動を、作者はどのように見ているのでしょか。事実を投げ出したようなこの小説の書きぶりから、作者の立場を窺い知ることはできませんが、エッセイの中で、深沢は次のように述べていました。

子供を産むなんて、本当に意気地のない人間がやることだと思いますよ。子供がなにか将来自分のためになるだろうっていうような、自分一人では生きてゆけないような、そんな気持で子供を育てるなんて、そして、親孝行しろなんて、なんて欲深い親だろうって思うよ。生活水準があがっているから親孝行なんてできやしないよ。人並みの生活をしてゆかねばならないのに、自分の稼いだお金を親にやるなんて、そんなこと出来やしないよ。（略）いま、生きていくことが大変だから可哀そうだと思うもの、だいたい自分だけでも、生まれてきて馬鹿みたいだもの。生きていて、ちっともいいとは思わないもの。（「非行も行いの一つだと思う」）

まるで親不孝な隆太郎の代弁者のようなことを書いていますが、まさに「悪人が出てきても悪に対する理解を抱いて書いているはずである」、と書いた深沢だけのことはあります。親孝行という倫理規範を、親子を取り巻くさまざまな要因（親子関係、経済基盤など）を無視して、絶対的美徳として強制する儒教倫理の理不尽さを、深沢は指摘したかったのではないでしょうか。深沢のこの指摘が的外れでないことは、親孝行の名の下に、廓などに売られた女性たちの悲惨な歴史が、何よりも雄弁に物語っています。

さて、ここで想起されるのが、『楢山節考』の登場に先立って、昭和三十年下半期の芥川賞（第三十四回）を受賞した、石原慎太郎の『太陽の季節』という小説のことです。この小説は、拳闘（ボクシング）部に所属する高校生の、スポーツと賭け事と女遊びに明け暮れる、無軌道で無頼な青春を、乾いたタッチで描いたものでした。

人々が彼等を非難する土台となす大人たちのモラルこそ、実は彼等が激しく嫌悪し、無意識に壊そうとしているものなのだ。彼等は徳と言うものの味気なさと退屈さをいやと言う程知つている。大人達が拡げたと思つた世界は、実際には逆に狭められているのだ。彼等はもつと開け拡げた生々しい世界を要求する。

『太陽の季節』の作者最大の主張は、この一文に集約されている、と言えるでしょう。戦後も十年が経過して、戦後世代とその親たちとの間には、超えることの出来ない大きな世代間ギャップが生じていました。「もつと開け拡げた生々しい世界」とは、旧来の禁欲的な倫理規範（儒教道徳）とは異なった、おのれの欲望に忠実な生き方、を意味していたに違いありません。

『太陽の季節』の出現こそは、わが国がそれまでに経験したことのない経済的繁栄、並びに大衆消費社会の到来を予告するものでした。

それにしても、昭和三十年という時点では、『太陽の季節』に登場する津川龍哉のような青年は、ごく限られた、裕福な階層以外には存在しませんでした。


家で夕飯を済まし、くたくたの体を横にした龍哉が思わず、

「あゝ参つた。でも矢張り二等の方が楽だな。練習のある間は二等のパス買おうかな。」

と言うと、父は読んでいた夕刊を音を立てて下すと言った。

「何を言うんだ、冗談じゃない。お前は学生だぞ生意気な。そんなスポーツなら止めてしまいなさい。第一パパはそんな金持じゃないぞ。」

〝――金持じゃない？〟

彼はこの瞬間父を心から憎んだ。


龍哉が彼の父を「心から憎んだ」のは、彼の父が二等車（現在のグリーン車に相当します）のパスを息子に買ってやれるほどの金持ちでなかったからなのか、それとも学生（被扶養者）の二等車での通学を身分不相応とする道徳観の持ち主であったからなのか、どちらともとれますが、いずれにしても、龍哉にとって、金持ちでないこと、あるいは禁欲的であることは憎むべ

きことなのです。このような主人公の主張と行動とを鮮明に打ち出した『太陽の季節』は、徹頭徹尾、強者（勝者）の論理あるいは欲望貫徹型の論理によって貫かれていた、と言えるでしょう。この『太陽の季節』に芥川賞を与えるべきか否か、選考委員の意見は分かれたようですが、結局、賛成五人（舟橋聖一、石川達三、井上靖、川端康成、中村光夫）、反対四人（佐藤春夫、丹羽文雄、瀧井孝作、宇野浩二）で、その受賞が決まりました。賛成にまわった中村光夫の「石原氏への受賞に賛成しながら、僕はなにかとりかえしのつかぬむごいことをしてしまったような、うしろめたさを一瞬感じました」という言葉は、わが国のその後の世相ならびに文壇の推移を考えるとき、誠に感慨深いものがあります。

『太陽の季節』が文壇に迎えられなかったら、さらにはその主人公を地で行くような、〈太陽族〉と呼ばれる若者たちが社会の表層に現われなかったら、はたして『楢山節考』は書かれたでしょうか。戦争で焦土と化したわが国は、戦後十年にして復興を成し遂げ、経済大国への道を歩み出したわけですが、その恩恵に浴したのは一部の階層に限られて、都市工場労働者も農山漁村に働く人々も、その大多数は見捨てられたままでした。農村から都会へ集団就職した若者たちの鬱屈した青春は、その後、丸山健二の小説『僕たちの休日』などに描かれることになりますが、こうした社会的構図は明治以降繰り返されてきたことの拡大再生産であった、と言うことができます。したがって、『太陽の季節』の主人公の傍若無人な振る舞いが、広く勤労大衆や社会の底辺に生きる庶民の共感を得ることは、ありえないことでした。そのような〈無告の民〉の、声なき声の代弁者として登場したのが、深沢七郎ではなかったでしょうか。

（三）

『楢山節考』の発表直後、この作品に肯定的評価を与えた文学者の一人に、正宗白鳥がいます。この文壇の長老は当時七十八歳になっていましたが、『楢山節考』について、「私はこの小説を面白ずくや娯楽として読んだのじゃない。人生永遠の書の一つとして心読したつもりである」、とまで絶賛しました。正宗白鳥はまた、この小説に関して、「動物的人間も綿々として後をつづけ、人生悠久の姿がおのずから浮んでいるのが面白い」、とも書いていました。白鳥といえば、厭世主義的な人生観の持ち主と見なされてきた文学者ですが、それは彼の生まれ育った環境（瀬戸内海に面した岡山県の一寒村）によるところが大であったでしょう。明治四十一年に書かれた白鳥の小説『五月幟《さつきのぼり》』には、次のような一節があります。

彼れには村が恐いのだ。盂蘭盆《うらぼん》とか氏神祭とか、四季折々の賑ひには屹度《きっと》下駄が飛び鉈《なた》が飛び、血塗《ちまみ》れ騒ぎの起るに定つたこの殺伐な村が恐い。何だつて皆んなが仲よく面白く暮さんのだらう。

『五月幟』に限らず、白鳥の初期小説の主人公にとって、「殺伐な村が恐い」のは、限られた漁獲資源をめぐる漁場の悶着が絶えないからであり、また、村の若い女たちが女工などになって集団離村した後の、残された女をめぐる男同士の争いが絶えないからです。要するに、村の絶対的貧困がそこに住む人々を「殺伐な」人間関係へと追い込んでいるのであって、これこそまさしく近代日本の農山漁村の現実であり、『楢山節考』の世界そのものと言えるのです。世代こそ異なれ、文壇の最長老正宗白鳥が、その晩年に、新進作家深沢七郎と親密な交友関係を結んだのは、両者の文学的土壌の共通性によるところ大であった、と言うことができるでしょう。

谷川健一がつとに論じたように、〈無告の民〉とは、「自分の苦しみを告げ知らせるところのない人たち」のことです。「表現の手段をもった知識人や権力をにぎった支配者と、それ以外の人たちの間には越えられぬ断層がある」、と谷川は述べていますが、もしも「表現の手段をもった知識人」が「権力をにぎった支配者」と癒着してしまえば、〈無告の民〉の不幸は測り知れないものがあります。その不幸の予感が、深沢七郎をして『楢山節考』を書かせた、とは言えないでしょうか。改めて言うまでもなく、〈無告の民〉の代弁者たることこそ、小説家本来の使命であるはずです。

ここで、再び谷川健一の言葉に耳を傾けてみましょう。

> 近代日本の文化は、庶民の生活のなかから文学と思想の源泉を汲みあげようとしたこと

がすくなかった。庶民の生活はそれがどのような形をとるものであれ、文学や思想とは無縁のものとみなされあやしまれなかったのである。このことが日本近代の文化の体質を脆《ぜい》弱《じゃく》なものにしていることの反省も十分にはおこなわれなかった。（略）しかし日本の農村は慢性の飢餓状態にさらされてきたのであり、飢餓の夢魔は農民の胸を去ることがなかった。古古米や古米の処理になやむ今日からみれば信じがたいことであるが、わずか三十七年前の昭和九年には、東北の天地には六十万人から百万人におよぶ飢えた農民が、県当局の食べ方の指導を受けて、草根木皮や木の実をかじって命をつないでいた。幾万という娘たちが、身売りのために東北の寒村から出ていった。（「近代文化と庶民生活」）

昭和九年は、二十歳の深沢七郎が両目失明の不安と胸部疾患に苦しみながら、定職もなく、放浪・流転の日々を送っていた年です。そのような深沢の経歴が、「庶民の生活のなかから文学と思想の源泉を汲みあげ」ることを可能とする、稀《け》有《う》な作家の誕生につながった、と言えるでしょう。

谷川健一が指摘したように、「日本近代の文化の体質」の脆弱さは、『楢山節考』をめぐるいわゆる「文化人」たちの言説にも、見て取ることができます。文学研究者や文芸評論家のなかには、『楢山節考』の作者を精神薄弱者視する人も、少なくありませんでした。おそらくこのような事情と無縁ではないでしょうが、『楢山節考』の映画化に当って、映画監督木下恵介は原作に決定的とも言える改変を加えていました。

原作では、幕切れ近くで、辰平が楢山へ母親を送り届けての帰途、自分の父親を谷底へ突き落とす又やんの倅の姿を、遠くから目撃する場面があります。その場面、映画では、老父を谷底へ突き落とそうとする又やんの倅と遭遇した辰平が、義憤に駆られて又やんの倅と争い、相手を谷底へ突き落としてしまう、という展開に変えられていました。その結果、辰平は善玉で又やんの倅は悪玉、つまり、映画『楢山節考』は勧善懲悪型の人情劇とされてしまったのです。木下恵介によれば、親と合意の〈楢山行き〉は善で、親が不承知の〈楢山行き〉は悪、すなわち、〈楢山行き〉は当事者親子の裁量に任された行為、とでも見做されたのでしょうか。これは原作への手直しなどという生易しいものではありませんでした。それかあらぬか、木下恵介の映画『楢山節考』は、中央線姨捨駅を汽車が通過すシーンで幕を下ろしていました。かくのごとき残酷な親捨ての風習は、現代の文明社会とは無縁な、遠い昔の出来事だった、と木下監督は言いたかったのでしょう。

この映画を見た深沢七郎は、当時、次のような感想を漏らしていました。


おりんや、けさ吉の考え方や行動が、あそこではほんとうなのであった。辰平だけがいわば異端者であり、玉やんはそれへの同情者である。この二人のことが、みんなたいていい好きになるらしい。劇化でも、そうなるようにしたらしい。しかし、それが狙いには狙いだが、そこのところがもっとクローズアップされなければ、この映画は（社会に「害毒」を流してしまう？）と思った。（『楢山節考』の映画」）

辰平や玉やんは心優しい善意の人、すなわちヒューマニストですが、『楢山節考』の世界にそのような人は存在しない、と深沢は言いたかったのでしょう。さらにはまた、飢餓状態が日常である村では、けさ吉のように生きてゆくしかなく、またおりんのように死んでゆくしかない、と言いたかったのではないでしょうか。

今村昌平の映画『楢山節考』は、木下恵介の映画よりもさらに原作を改変したものでした。すなわち、深沢のいわゆる諧謔《かいぎゃく》（艶笑）小説『東北の神武たち』と『楢山節考』とを合体させたのです。『東北の神武たち』は農家の次三男の性的飢餓を主題とした小説ですが、言うまでもなく、食の飢餓と性の飢餓とはレベルの違う問題です。『楢山節考』でおりんが楢山行きを急いだのは、雪が降る前に、さらにはねずみっこ（ひ孫）の生まれぬ先にとの思惑もさることながら、新たに辰平の後妻玉やんとけさ吉の嫁松やんを加えて、おりんの家族はこの冬が越せるかどうか、深刻な食糧事情にあったからです。このような飢餓状況では、性の問題は深刻な事態とはなりえないでしょう。したがって、今村版『楢山節考』では、愛する老母をなぜ楢山へ遺棄しなければならないのか、肝心のところが焦点のぼやけたものとなってしまいました。

「早く楢山に行きたいというおりんばあさん」を、奥野健男は「あり得ない不思議な存在」

と言いましたが、そうでしょうか。私には、『楢山節考』のおりんは、ひたすら〈あの世からのお迎え〉を願う、日本のどこにでもいる、ごく普通の老婆のように思われるのですが……いや、何も老婆をもちだすには及びません。『楢山節考』のおりんと太平洋戦争末期の神風特攻隊員、両者は自らの意志で、率先して死地に赴いた点で、ぴったりと重ならないでしょうか。いずれも遠い過去のことだとの批判を受けるなら、抗議の焼身自殺が続くチベット僧や中東での自爆テロ実行犯を例に挙げてもいいでしょう。後者の政治的信念や強い抗議の意志は、前者とは無縁なものかもしれませんが、自らの意志で、喜んで死を受け容れる姿勢において、両者に違いはないはずです。

ところで、おりんは昔から守られてきた村の掟を疑うことのない女であり、村の掟は「世間」という強制力をもって、おりんの意識と行動の規範となっていました。「世間」とは、川本三郎の言を借りれば、「近所の目」と言ってもよいものです。

深沢七郎の描く人間たちは、ほとんどが、知識人ではなく庶民だが、泥臭い日常生活をまさに「虫や植物」のようになって生きている庶民にとって何よりも怖ろしいのは「近所の目」である。彼らの生活は、近所の人間たちの評価によって大きく左右される。個人の自我より、内面よりも、「近所の目」のほうが、庶民にとってははるかに大事になる。極端にいってしまえば、庶民にとっては独立した確固たる自己などない。庶民はいつも他人の目に気を使いながら生きている。

まさに川本三郎の言うとおり、おりんは庶民中の庶民であり、おりんの自我は世間、すなわち「近所の目」そのものです。したがって、村の掟を疑うことなど、おりんにはありえないことでした。楢山を神さんの住む山と信じて疑わぬおりんにとって、楢山で神さんに迎えられることは、生涯最大の目標であり、楢山に遺棄されることは、おりんの意識においては、決して不幸なことではなかったのです。否、それどころか、至福のうちに、おりんは死を迎えたに違いありません。かつて神風特攻隊員が祖国のために、愛する家族のために、欣然《きんぜん》として自爆死を遂げたように……それを無知迷妄と嗤うのは、己一身の生命と財産を至上とする、戦後的価値観によるものです。実は、そのような戦後的価値観の持ち主は、すでに『楢山節考』のなかに登場していました。銭屋の又やん、その倅、おりんの孫のけさ吉、その嫁の松やんなど、登場人物の大半が、そうした人々であったのです。

銭屋の又やんは、その屋号が象徴するように、戦後的価値観の体現者です。したがって、頑強に〈楢山行き〉を拒んだあげく、自分の倅によって谷底に突き落とされてしまいます。又やんの最期は作中で最も残酷な場面ですが、辰平が楢山で見た白骨累々たる光景も、それに劣るものではありませんでした。

少し下って行って辰平は死骸につまずいて転んだ。その横の死人の、もう肉も落ちて灰色の骨がのぞいている顔のところに手をついてしまった。起きようとしてその死人の顔を見ると細い首に縄が巻きつけてあるのを見たのだった。それを見ると辰平は首をうなだれた。「俺にはそんな勇気はない」とつぶやいた。

おりんを楢山に置いて、辰平が一人で山を下る場面です。「俺にはそんな勇気はない」とありますが、その「勇気」とは、親を殺す（早く楽にしてあげる）勇気なのか、それとも二十五年後を予測して、その時自分が自殺する勇気なのか、どちらとも解釈できます。いずれにしても、山中に遺棄された老人にとって、死ぬことも容易ではありません。おりんの場合は、「塩屋のおとりさん運がよい／山へ行く日にゃ雪が降る」、と歌われたおとりさん同様、楢山に着いてまもなく雪が降ってきます。楢山行きの作法に違反して、おりんのところへ引き返した辰平が、「おっかあ、雪が降って運がいいなあ」と叫んだのは、雪が降ると、からすが姿を消すからであり、さらには「寒い山の風に吹かれているより雪の中に閉ざされている方が寒くないかも知れない」からです。要するに、与えられた条件の中での、望みうるかぎりの安楽死（眠っている間に死ねる）と尊厳死（からすに啄まれずに済む）が、おりんに与えられた、というわけです。からすの大群に襲われた又やんの〈黒い死〉と、雪に包まれたおりんの〈白い死〉と、対照的な二つの死を描いて、この小説は幕を下ろします。

（四）

深沢七郎が『楢山節考』を書こうと思った動機は、「『おりん』のような老婆が好きで、ただ好きでという気持だけで書いた」（『言わなければよかったのに日記』）、ということです。また、深沢は次のようにも書いていました。

好きな人を、好きなようにする、それが書くことの魅力なのである。だから、『楢山節考』のおりん婆あさんは私の好きな多くの老人たちの考えかたを、ひとりにしぼってまとめたのである。おりん婆あさんのような人はどこにもいない。だが、どこにもいる老人たちに少しずつ似ているところがある筈である。そんな意味でおりん婆あさんの考えかたに最も似ている人物は勿論、私の一番好きな婆あさん――私の母親である。（「『深沢七郎傑作小説集』あとがき」）

深沢七郎がそれほどまでに老婆を好きなのは、秋山駿との対談（「私の文学を語る」）で明かしたように、老婆の「あきらめきったところ」に惹《ひ》かれたからでした。「あきらめきった」とは、絶望の果ての自己放下（諦念）を意味する言葉です。若い頃からさんざん人生の辛酸を舐《な》めて、この世の地獄を見つめてきた人ならではの老婆観です。

おりんのモデルは作者自身の母親であったわけです。末期の肝臓癌を宣告された母親について、深沢は「今は捨てられるんじゃないけど、ガンでもう見放されちゃってね。そういう場合になったらこんなような気持になるんじゃないかしらと思って」（木山捷平・深沢七郎「秋の夜譚」）、と語っていました。逃れることのできない死を、人はどのように受け容れるべきか、『楢山節考』はこのような課題に応えた小説でもあったのです。深沢七郎の実弟深沢貞造も、「私は『なに人も楢山へ登らなければならない宿命を持っている』と信じます」（「亡き母と楢山節」）、と書いていました。

『楢山節考』という小説は、その題名のとおり、「楢山節」についての考察というスタイルをとって、ストーリーが展開していきます。「楢山節」とは、おりんの住む村で年に一度の楢山祭りの折に歌われる歌であり、同時に村の盆踊り歌でもあります。その歌詞を一つ一つ紹介しながら、そしてその意味を解説しながら、物語は展開していくわけですが、この点に注目したのが詩人の鈴木志郎康でした。

これらの歌はすべて飢餓に絶えず脅かされているものがその脅威から少しでも逃れようとしている気持を表わしたものなのである。こんな歌を次々に並べ立てるということは、飢餓に脅かされていないものに対する敵意以外ではないのだ。といっても、深沢七郎が敵意をあらわしているというのではない。彼はこの小説を書くに当っては、やはりおりん婆さんの気高さを書こうとしたのだろうが、しかしその気高さというものが飢えと強いられた死というものに対したところに現われてくることを、書いて突きつけるような形態を取らざるを得なかったというところに、敵意が出て来てしまうのである。(「ゆるがす言葉に向かって又は極私的深沢七郎摑み」)

『楢山節考』の民話風の語り口の背後に、鈴木志郎康は〈敵意〉を感じ取っていました。たとえてみれば、飽食の時代の日本人が、アフリカの大地で飢えに苦しむ人々の映像を、繰り返し見せ付けられて、その映像の背後に〈敵意〉を感じ取るようなものです。考えてみれば、『楢山節考』が発表されたのは、われわれ日本人が戦中戦後の飢餓状況から解放されて、そのつらい体験を忘れようとしていた頃のことでした。それでは、今日、われわれは飢餓と無縁でしょうか。

ここで、再度、鈴木志郎康の深沢七郎論に耳を傾けてみましょう。

私は自分の飢餓を恐れて、約束事を果たすために身体を使うのである。それで私はもう生活に於いて目いっぱいなのだ。意識はそのことばかりに向かって行く。そして、私の感覚は塞がれてしまい、欲望は余計なものとなってしまうのである。ところが、実は私は今日現在、現実には飢えてはいないのだ。私が恐れている飢餓というのは、実は私に押しつけられている脅し文句なのである。その脅しを行なっているものこそ、正に私がその中に置かれている制度以外ではないのだ。深沢七郎が、言葉として「楢山節考」の中で飢餓を並べ立てていることは、飢餓という脅し文句を使っている制度そのものに対する敵意から に外ならない。飢餓の恐れがなければ、将来のことをぐだぐだ考えることもなく、東京のプリンスたちのように、そのときそのときを自分の感覚と欲望のままに生きて行くことが可能なのだ。

「東京のプリンスたち」とは、深沢七郎の小説『東京のプリンスたち』(昭和34年)に登場する高校生(いわゆる非行少年)たちのことですが、この場合、石原慎太郎『太陽の季節』の主人公と置き換えてもいいでしょう。鈴木志郎康は「飢餓の恐れがなければ」と書いていますが、「東京のプリンスたち」の前には虚無の深淵が広がっており、したがって、彼らいわゆる非行少年たちの行動は利那的にならざるを得ないのでした。

「飢餓という脅し文句を使っている制度」に関して、『楢山節考』では一言半句の言及もされてはいません。従容として死出の旅立ちをしたおりんの姿は、健気《けなげ》とも気高いとも形容できますが、彼女にそのような行為を強いた村の掟、すなわちその掟を必至とした社会制度について、それを知る手掛かりは与えられていないのです。同じ作者の手になる長編小説『笛吹川』では、貧しい農民たちとその支配者であるお屋形様(武田家)が対峙《たいじ》されていました。とは言え、

『笛吹川』の作者が階級対立の歴史観に立っていたわけではありません。土に生きる農民も覇権を争う戦国大名も、生滅と興亡を繰り返す無常なる存在として描かれており、『楢山節考』の世界となんら変わるところはないのです。したがって、正宗白鳥が「動物的人間も綿々として後をつづけ、人生悠久の姿がおのずから浮んでいるのが面白い」と述べたのは、『楢山節考』へのもっとも的確な批評でした。

今から四十年ほど前に、哲学者の鶴見俊輔はポール・エーリッヒ、オルダス・ハックスリー、オルテガなどの人口問題に関する著作を紹介しながら、次のように述べていました。

人間みなにとって十分な資源があるのに、制度が悪いために、この資源の活用ができないのだという説は、今もおこなわれている。この「豊かさのなかの貧しさ」という説は、世界の実状に合っていない。「貧しさのための貧しさ」というほうが適切だろうとハックスリーは言う。制度は、貧しさをさらに貧しいものにかえてゆく力となっているということだ。

このようにしてエーリッヒやハックスリーのえがく現代の世界は、意外に深沢七郎の「楢山節考」に近い。この小説が発表された一九五六年の日本では、文明からおきざりにされた山里の話を書いたものと思われていたこの作品は、食料の量が足りないので老人が早目に自発的に死んでゆくことを当然と思うような貧しい社会を描くことによって、実は現代の世界そのものをえがいていたのだ。(「楢山節考の世界」)

鶴見俊輔がこの文章を書いた時点で、世界の人口は三十数億でしたが、その鶴見が「今では三十五年たつと地球上の人口は倍になる」と書いたとおり、現在の全世界の人口は七十億とも八十億とも言われています。今、世界各地で起こっているさまざまな紛争も、その根底にあるのは深刻な食糧およびエネルギー危機の問題にある、と言えるでしょう。世界有数の経済大国であるわが国も、長引く経済不況を初め、その抱えている問題の深刻さは例外ではありません。鶴見はさらに「世界の貧しさとさらに貧しくしている制度にたいする抗議をすすめてゆかなくてはいけないだろう」と述べる一方で、「文明の無限の進歩の幻想をはぎとって世界の現状を見るならば、死をうけいれる覚悟は、あらためて人間の教養の一部にならなくてはいけないだろう」とも述べていました。

鶴見俊輔は『楢山節考』を「現代の世界そのものをえがいていた」小説と見做《みな》しましたが、この小説がさらに切実なリアリティをもって読者に迫ってくるのは、これから先の近未来社会においてではないでしょうか。日本思想史研究者の赤坂憲雄も、『楢山節考』を〈未来〉の物語と見做していました。

一見フォークロアの習俗や伝承に寄り添う素振りをみせながら、深沢七郎が描いた姥棄て譚は、むしろ伝承のなかに反復される〈過去〉の姥棄ての否定のうえに、〈未来〉にむけて物語のあたらしい地平を切り拓こうとしたものだ。（「異相の習俗・異相の物語――『楢山節考』を読む」）

「預言者世に容れられず」という諺がありますが、〈不都合な真実〉を口にする人に対して、いつの時代も世人は不寛容です。『楢山節考』などの作品によって、数々の誤解にさらされた深沢七郎は、その約三十年後、おりんの待つ〈楢山〉へ旅立って行きました。それからさらに四半世紀が過ぎた今日、人類はさらに終局的な破滅への進行速度を早めている、私にはそう思われてならないのですが……

〔引用文献一覧〕
奥野健男「楢山節考」（『日本文学の病状』五月書房　昭和34・1）
伊藤整・武田泰淳・三島由紀夫「〈座談会〉新人賞選後評」（『別冊新評　深沢七郎の世界』新評社　昭和49・7）―初出は『中央公論』昭和32・8―
村田喜代子『蕨野行』（文芸春秋　平成6・4、文春文庫　平成10・11―）
深沢七郎「千曲川」（『深沢七郎集　第七巻』筑摩書房　平成9・8―初出『週刊朝日』昭和39・6・26―）
山田博光「『楢山節考』」（『国文学解釈と鑑賞』第37巻7号　至文堂　昭和47・6）

谷川健一「伝統の変貌と持続」（『谷川健一全集　22』冨山房インターナショナル　平成22・12―初出『日常性の思想3　青春・暴力』芳賀書店　昭和43・11―）
深沢七郎「《楢山節考》舞台再訪」（『別冊新評　深沢七郎の世界』（新評社　昭和49・7―初出『朝日新聞』昭和44・11・27―）
深沢七郎「非行も行いの一つだと思う」（『人間滅亡の唄』徳間書店　昭和41・12）
「第三十四回芥川賞選評」（『芥川賞全集　五』文芸春秋　昭和57・6）
正宗白鳥「また一年」（『中央公論』昭和31・12）
正宗白鳥「珍しい新作『楢山節考』」（『読売新聞』昭和31・10・18夕刊）
谷川健一「無告の民」（『谷川健一全集　22』冨山房インターナショナル　平成22・12―初出『ドキュメント日本人　7　無告の民』学芸書林　昭和44・4―）
谷川健一「近代文化と庶民生活」（『谷川健一全集　22』冨山房インターナショナル　平成22・12―初出『朝日新聞』昭和46・2・22、3・1―）
深沢七郎「『楢山節考』の映画」（『深沢七郎集　第八巻』筑摩書房　平成9・9―初出『キネマ旬報』昭和33・6―）
川本三郎「『近所の目』にさらされて」（『深沢七郎全集　第二巻　月報2』筑摩書房　平成9・3）
深沢七郎『言わなければよかったのに日記』（中央公論社　昭和33・10―初出『中央公論』昭和33・8～9―）
深沢七郎「『深沢七郎傑作小説集』あとがき」（『深沢七郎集　第八巻』筑摩書房　平成9・9―初出『深沢七郎傑作小説集　第一巻』読売新聞社　昭和45・3―）
深沢七郎・秋山駿「私の文学を語る」（『盲滅法　深沢七郎対談集』創樹社　昭和46・11）
木山捷平・深沢七郎「秋の夜譚」（『盲滅法　深沢七郎対談集』創樹社　昭和46・11）

深沢貞造「亡き母と楢山節」（『深沢七郎選集　2　月報』大和書房　昭和43・3）
鈴木志郎康「ゆるがす言葉に向かって又は極私的深沢七郎摑み」（『公評』第8巻10号　昭和46・10）
鶴見俊輔「楢山節考の世界」（『展望』昭和46・3）
赤坂憲雄「異相の習俗・異相の物語―『楢山節考』を読む」（『ユリイカ』第20巻12号　昭和63・10）

第二部　新しく読み新しい魅力を発掘する

近藤典彦

I　性的モチーフを読む
――石川啄木「道」――

啄木の小説には後世に残るほどの傑作は少ない。小説家として大成する前に夭折したからである。それでも何編かの佳品があり、「我等の一団と彼」のような大きな可能性を孕んだ未完の傑作もある。

「道」（一九一〇年二月稿）は「我等の一団と彼」（同年六月稿）の直前に書かれた小説で、ちゃんと原稿料も入った（売れた）上、後の評者たちの評価もそれなりに高い佳品である。

これをわたくしは作者石川啄木の実生活の中に据えて、以下のように読んだ。

一九一〇年（明43）一月一三日の東京毎日新聞に啄木は詩「騎馬の巡査」を載せた。このころつまり一月中旬と思しき時期に節子は懐妊している。

一八日節子は函館にいる妹宮崎ふき子に手紙を書く。その一部。（ふき子は啄木の親友宮崎郁雨のところに嫁した。）

　年末には御心づくしの送り物ありがたくいただきました。お蔭で京子の物や私のなくてはならない品々買ひました。おくればせながら御礼申し上げます。兄さんはどうして居られるでせうね――。ふきさんは少しもおんもらし下さらないから、毎日毎日どうして居らつしやるだらうと思ふて居ります。どうぞ兄さんに御つたへ下さいませ。一たいにふきさんの手紙はあまりあつさりしてただ安否を知らせるぐらゐのものですのね――。兄弟は他人の初まりと申しますが私たちはさうなりたくないものだと思ひます。ふきさんも何もかくさず聞かして下さいよね――。お願ひですから。

郁雨ふき子の婚姻届はどうしてかまだ出ていない。その事情の許で姉に送金してくれたのだ。ふき子にとってはつらく複雑な事情がありそうだ。新婚の夫郁雨の「神経衰弱」はつづいている。郁雨と姉の関係もうすうす気づいているかも知れない。そのふき子に節子は「兄さん」のことを知らせよ、知らせないのは「他人の初まり」みたいだとまで言う。

それからわが家の事情を記す。

　父が上京して一家五人、婆さんは相変らず皮肉でいや味たつぷりよ。私は年取つてもあんな婆さんにはなるまいと思ふて居ります。父は酒を毎晩ほしがるし、仲々質屋と縁をきる事はむづかしい様ですよ。何時もピーピーよ。

啄木は「全時間をあげて……一家の生活を先づ何より先にモツト安易に」しようと働いているのだが（一九一〇年一月九日大島経男宛書簡）、節子はいつもの愚痴をくりかえす。おまけに一禎の酒の件までが加わる。たしかに一禎の酒の要求は、当時の勤め人の家計にあってはひどい贅沢である。金品は無ければいくらでも堪え忍ぶことのできる一禎だが、有りそうだとなればなんの顧慮もなくせびるのだ。この人の金銭感覚はここでは触れないが異常である。

一月二四日に郁雨ふき子の婚姻届が出され、ようやく正式の夫婦になった。

二月初めに啄木は小説「道」を脱稿。起稿は一月下旬であろうか[1]。

> ○○郡（岩手郡―引用者）教育会東部会の第四回実地授業批評会は、十月八日の土曜日にT――村（玉山村―引用者）の第二尋常小学校で開かれる事になつた。選択科目は尋常科修身の一学年から四学年までの合級授業で、謄写版に刷つた其の教案は一週間前に近村の各学校へ教師の数だけ配布された。
>
> 隣村のS――村（渋民村―引用者）からも、本校分校合せて五人の教師が揃つて出懸ける事になつた。

「道」の書き出しである。「五人の教師」が「T――村の第二尋常小学校」で開かれる「第四回実地授業批評会」に朝早くに出掛け、夕方遅く帰ってくるまでの言動がこの小説の骨格である。

その五人は今井多吉（二二歳、准訓導）、矢沢松子（年齢を示していないが多吉とほぼ同年齢、赴任してきたばかりの女教師）、校長（三五、六歳）、雀部《ささべ》（五〇歳くらい、主席訓導）、目賀田《めがた》（六〇歳くらい、分校の准訓導）である（年齢はすべて数え年。以下同じ）。

S――村小学校を出発するにあたって、若い多吉と松子が三里（約12㎞）の山坂を下駄で行くと言う。高齢の目賀田がとがめる。若い二人は言うことを聞かないで出発となる。

老人が先に若い二人が後になって行くが、後の二人ことに多吉は三人の「老人《としより》」たち（多吉は校長も老人に含める）を酷評しながら行く（後述）。

一行はT――村の第二尋常小学校に到着し、やがて実地授業が始まる。

ここまでが前半部分にあたる（分量的には約60％）。

後半部分。場面は一転して、若いふたりは「もうS――村に近い最後の坂の頂」で老人三人を待っている。夕方五時に近い。

場面は再転して実地授業批評会の情景にもどる。

授業後の批評会は思いがけない展開となった。「頭の禿げた眇目《かため》の教師」（名前は無く、××となっている）が実地授業の批評とは無関係の発言を始めたのである。この会に列席の独身の女教師山屋と自分との間に男女の関係があるとの噂《うわさ》を立てた者がいる。しかもその噂を郡視学に密告した者がいる。自分は郡視学に呼び出され詰責された。噂を立てた者、密告した者はこの会の参加者の中にいるに違いない（それは雀部《ささべ》にちがいない）と、××は言わんばかりであった。

なんとか批評会は終わり、一行は帰ることになったが、相当酒が入った「老人《としより》」たちとくに目賀田）は、往きと反対に歩みがのろく若いふたりに遅れることがはなはだしくなった（そのうち近道しようとしてかえってより遅れる）。

若いふたりは日が暮れてしまうまで谷川の橋の上で「老人」たちを待った。その間にふたりの男女は微妙で危うい会話を交わし、また××の先ほどの発言をめぐって意見を述べ合う。多吉は××の発言に容赦のない嘲りを浴びせる。

そこへ近道に失敗した「老人」たちが追いついてきた。目賀田がいちばん疲れていた。そして松子から紙をもらって藪かげに入り糞をたれた。

その間校長と雀部《ささべ》は今日のことについて会話を交わすが、ふたりともすっかり疲れていて会話は欠伸《あくび》まじりになる。

四人は目賀田を待って道ばたにある石材にめいめい腰を下ろす。多吉は闇の中で巻煙草を吸い始める。その煙草の先にぽかりぽかりと光る火を松子はじっと見つめている。

啄木自身がこの小説についてこう書いている。

……あれは決して乗気のした作ではないが、僕一流の徹底的象徴主義（？）なんだよ。つまらぬ事をだらだら書いただけだが、然しそれだけの事実によつて、老人と若い者との比（数学で所謂）を表はしたつもりだつた。

これについて上田博は言う。[2]

啄木は別のところで、文芸は「作者の哲学（中略）から人生乃至其一時代を見たところの批評の具体的説明でなければならぬと思ふ」（明43・1・9、大島経男宛書簡）と語っており、文学における世代の問題を人生批評、時代批評と考えていたことを窺わせる。しかし、意図する構想やテーマの大きさに比して、形象はきわめて貧弱である。……「道」には……「はてしなき議論の後」に見るような深い歴史的認識はない。

と。

啄木は最初の上京時の一九〇二年（明35）一一月二三日からイプセンの *John Gabriel Borkman* を読みかつ翻訳までしようとした。この意向にも見られるように、「世代の問題」・「青年と老人」の問題への関心はその頃から高く、それは「はてしなき議論の後」（一九一一年）を経て「病室より」の「唯一の言葉」（一九一二年）にいたる関心なのである。

にもかかわらず、確かに上田の指摘は正鵠を得ていると言わざるを得ない。啄木はこのテーマで書くにあたって、*John Gabriel Borkman* やツルゲーネフ（相馬御風訳）『父と子』、夏目漱石「それから」等をも念頭に置いているはずなのである。それを「僕一流の徹底的象徴主義（?）」で書いたはずなのである。なぜイプセン・ツルゲーネフ・漱石作品のような「時代批評」となっていないのか。ともかくもう少し読み進めてみよう。

「道」を読んで驚くのは今井多吉の（それは作者のものでもある）「老人《としより》」批判が異常にきびし

い点である。

たとえば半町ばかり先を行く校長が道ばたの花を摘んで帽子に挿すと、多吉は松子を相手にこう評する。

『何《ど》うです、あの帽子に花を挿した態《さま》は？』多吉は少し足を早めながら言ひ出した。『脚の折れた歪んだピアノが好い音を出すのを、死にかかつたお婆さんが恋の歌を歌ふやうだと何かに書いてあつたが、少々似てるぢやありませんか。貴方が僕の小便するのを待つてゐたよりは余程《よつぽど》滑稽ですね。』

校長は三五、六歳だというのにここまで言われなくてはならないのか。その校長の妻が六人目を懐妊中だと言ってまた小馬鹿にする。校長夫婦の性欲をあざ笑っているのだ。

坂の下で待つ三人に追いついた多吉は先ほど松子と坂の上から見下ろした光景を三人に向かってこう告げる。

『怒つちや可けませんよ。――貴方方が齢の順で歩いてゐたんでせう？　だから屹度《きつと》あの順で死ぬんだらうつて言つたんです。ははははは。上から見ると一歩一歩《ひとあしひとあし》お墓の中へ下りて行くやうでしたよ。』

最年長の目賀田が不愉快になったのは当然だ。

多吉（そして作者）の老人批判は酷薄である。

なぜここまできついのか。小川武敏が解明している。[3]

啄木のいう〈老人と若者の比〉〈老人と青年の関係〉とは、いわゆる世代論にほかならず、文学上では父と子の問題として扱われるテーマである。とすれば、当然ツルゲーネフのロシア文学からの影響が考慮されねばならないだろうし、事実、上京以来の読書歴にこれらの作者が含まれているが、直接のモチーフはもっと身近な、彼の父の姿から得た文字どおり父と子の関係にあると思われる。

啄木は一九一〇（明治四三）年の日記は四月分しか遺してしないが、その冒頭すなわち四月一日の項に、前年暮れ野辺地から上京して来て同居することになった父一禎について、「人間が自分の時代が過ぎてからまで生き残つてゐるといふことは、決して幸福なことぢやない。殊にも文化の推移の激甚な明治の老人達の運命は悲惨だ」と記している。悲劇的な一家離散の後、ようやく念願の家族揃った生活をしはじめて三ヶ月目である。その生活への言及の第一声が、このような内容であったことは、よほど父の姿に衝撃を受けたと思ってもよいだろう。……

前年末に父を迎えて一息ついた啄木が、残余の人生に対して既に何等の希望も持たぬ無気力な父の姿勢に改めてやりきれぬ思いを抱いたとしても無理はない。しかもその思いは衝撃や驚きではなく一種憎悪に近いものだったのではあるまいか。小説『道』に形象化された老人の姿には、このような父に対する無言の反撥が根底にあったと思われるのである。

同時に、父一禎の行動も、家族を放置して家長としての責を全うしなかったという点では、前年までの啄木の態度と軌を一にしている。その結果、啄木は妻の家出という手痛い批判を受けたのだが、一方で父の血を受け継いだ自分の姿に思い当たるべきであったし、事実思い当たったに違いない。

小川の分析はみごとに「道」の核心にふれている。

父一禎の金銭感覚（布施と借金の思想）・生業の軽視（勤めに出る気なし）・家族扶養義務の軽視・人間観（人は教化の対象）・責任と直視の回避の性行、は啄木の魂に食い込み、それを剔抉するためにかれは地獄の苦しみをしたのだった（その最後の記録が「ローマ字日記」だ）。剔抉が終わったのはつい三ヶ月前である。

上京した父一禎は、決別したはずの自分の権化のように映ったと思われる。あのいとわしい自分にこのような形でまみえようとは、というのが啄木の実感だったであろう。

一禎にとって息子は布施をくれる檀家総代といったところであろう。何か仕事をして家計の足しにしようなどという気持ちは微塵も無い。家族扶養義務などとうに捨てていた。かくて責任と直視を回避する一禎の性行は完全形だ。

小川が言うように啄木の「その思いは衝撃や驚きではなく一種憎悪に近いものだった」と思われる。啄木が「道」で描いた「老人達《としより》」への酷薄とも言える批判はこう解釈すれば腑に落ちる。田山花袋は『生』において自分の老母を「皮剥の苦痛」に耐えながら描いたが、これにヒントを得かつ学びつつ、目賀田・校長・眇目《かため》の教師××の三人（後述）に父一禎を写したのだ。

啄木は内実と描写方法は自然主義的であるが「父」を全く出さないで「私小説」を書いたことになる。これを称して「僕一流の徹底的象徴主義（?）」といったのであろう。

花袋はその代表的な自然主義小説『生』において「皮剥の苦痛」なしには母を描けなかったが、啄木はその苦痛なしに父を描けたように見える。しかも一禎は明治四三年を生きている老人の一人とはいえ見てきたように極めて特殊な老人である。これをいくら批判しても「文化の推移の激甚な明治の老人達の運命」を描くことにはならないのではないか。したがって上田博が言ったように「『道』の形象はきわめて貧弱であ」り、「『道』には『はてしなき議論の後』に見るような深い歴史的認識はない」という評価に落ち着かざるをえないのである。しかし啄木が上田や小川の求めるような意味での「世代論」をテーマに「道」を書こうとしたのか、という問題は残っている。

この問題はひとまず措いて次に進もう。

小川武敏はいう。「こういった老人と若者のメイン・テーマに絡みながらもうひとつのサブ・テーマが『道』に存在する。それは性的な主題である。[4]」

小川の考察に導かれつつ、この面から「道」を読んでみよう。その場合の隘路はテキストの伏せ字である。「新小説」四月号のテキストによると伏せ字には主に二点リーダー「‥」が使われている。二点リーダーを活字一字分として、伏せ字部分と推定できる箇所を数えると、一六箇所計二九四字分もある。その外にダッシュを用いた伏せ字が四箇所、計一二字分ある。二

○箇所計三〇六字分はひどい。啄木が郁雨宛書簡（一九一〇年四月一二日）でふれているのはそのことだ。

『道』――あれには方々に……………だの――だのが沢山あつたらう。あれは皆「新小説」の奴等が禁止を恐れての仕事だ。随つて意味のつゞかぬところもあるよ。

「風俗壊乱」という凶器を振り回して性に関する表現を徹底的に抑圧する国家権力を恐れ、春陽堂の編集部も神経質に自主規制したわけである。しかしこの伏せ字は「道」のサブテーマの読みを損なうことおびただしい。伏せ字部分の推定的復元なしに「道」を読み評価しては著者に対して公正を欠くであろう。以下伏せ字部分を含む引用にあたっては試験的にわたくしの復元例を入れることにしたい。

性的な主題は、多吉が校長夫婦の性を揶揄する部分などに既に姿を見せていた。本格的には実地授業批評会冒頭における眇目《かため》の教師××の発言をきっかけに展開される。（**太字体**は近藤の復元試案）

一同何を言ひ出すのかと片《かた》づをのんだ。常から笑ふ事の少い眇目《かため》の教師は、此の日殊更苦々しく見えた。そして語り出したのは次のやうな事であつた。――先月の末に郡役所から呼出されたので、何の用かと思つて行つて見ると、郡視学に別室へ連れ込まれて意外な事を言はれた。それは外でもない。自分が近頃**ここにゐなさる山屋《やまや》さんと理無《わりな》い仲にある**（二点リーダー「‥」19字分）といふ噂があるとかで、それを詰責されたのだ。――

「実に驚くではありませんか？ 噂《うはさ》だけにしろ、何しろ私が先づ第一に、独身で斯《か》うしてゐなさる山屋さんに済みません。それに私にしたところで、教育界に身を置いて彼此三十年の間、自分の耳の聾《つんぼ》だつたのかも知れないが、今迄つひぞ悪い噂一つ立てられた事がない積りです。（中略）私は学校に帰つて来てから、口惜しくつて口惜しくつて、男泣きに泣きました。」

（中略）

一同は顔を見合すばかりであつた。と、多吉はふいと立つて外へ出た。そして便所の中で体を揺《ゆすぶ》つて一人で笑つた。苦り切つた××の眇目《かため》な顔と其の話した事柄との不思議な取合せは、何うにも斯うにも可笑しくつて耐《たま》らなかつたのだ。

老人の性（性欲）への嘲笑である。老人の性はなぜこんなに笑われねばならないのだろう。作者の批判（嘲笑）の立脚点が分からない。おそらく「私小説」的に読むことだけが解釈を可能にする。

一禎という人は性的にも野放図なところがあったし、身体強壮でもあったようだ。その一禎（この時かぞえ六〇歳）が上京して久し振りに老妻カツ（六三歳）と再会したのだった。襖一つ隔てた隣室から拒否するカツと執拗に求める一禎との悲喜劇的なやりとりの聞こえてくることがあったのかも知れない。となると、作者啄木の老人の性への嘲笑は、父の性に対する批判の転写ということになる。

このようにわたくしが勘ぐるのにも傍証はある。

三人の「老人《としより》」は批評会後に出た酒を楽しんだ。その後また大きな農家に呼ばれてそこでも酒が出された。目賀田はとくに飲んでとくに酔った。多吉は松子に向かってこう評する。

僕も年老《としよ》つて飲酒家《さけのみ》になつたら、ああでせうか?実に意地が汚い。目賀田さんなんか盃より先に口の方を持つて行きますよ。

一禎こそ「年老《としよ》つて飲酒家《さけのみ》になつた」人であろう。節子の先の手紙を再度引く。「父は酒を毎晩ほしがるし、仲々質屋と縁をきる事はむづかしい様ですよ。何時も時日《ママ》もピーピーよ。」三人の「老人《としより》」とくに目賀田（六〇歳前後）へのきつい批判はこうした一禎と不可分であろう。老人の性への批判にも同様のことが言えると思われる。

小川の言う「性的な主題」は若い人の問題へと展開する。

谷川の橋の「危なげに丸太を結つた欄干に背を」もたせて、三人の「老人《としより》」を待つ多吉と松子は微妙な会話を始める。その橋からS――小学校まではもう「十一二町しかな」い。

時間は日暮れ近く、場所は人気の無い村はずれ、男も女も満で言えば二一か二。女が赴任して「一月《つき》と経」っていないのだから、ふたりのつきあいはきわめて浅い。その男女の会話として読むとかなりきわどい。松子は独身だが多吉は妻帯か否か不明である。しかしセリフの内容からすれば、ただの独身男とは思えない。

「此処で待つて来なかつたら何《ど》うします?」

「私は何うでも可くつてよ。」

（中略）

「そんなら何時まででも待ちますか？」

「待つても可いけれど……」

「日が暮れても？」

「私何うでも可いわ。先生の可いやうに。」

恋人同志ではない交際の浅い若い男女の会話にしては、男の探るような言葉、女の誘いを待つような受け答え。

多吉は日が暮れて真っ暗になったら山賊が出てきてあなたに襲いかかるかも知れない、とからかってみるが、女は動じない。そこで多吉はこう切り出す。

「それぢや若し……若しね。」

「何が出ても大丈夫よ。」

「若しね、……」

「ええ。」

「罷めた。」

「あら、何故？」

「何故でも罷めましたよ。」

多吉は真面目な顔になつた。

「あら、聞かして頂戴よう。ねえ、先生。」

多吉がなにかきわどいことを言い出すのを松子はむしろ期待しているかのようだ。

「**真個《ほんと》に言つて了へば嚇《おどか》し過ぎだろう**（二点リーダー「‥」16字分）。」と多吉は思つた。

そして、「罷めましたよ。貴方が吃驚するから。」

松子は大丈夫と言い張る。日が沈んできたらしい。辺りがぼうっとしてきた。松子は突然くっくっと一人で笑い出した。笑っても笑っても止めなかつた。

多吉は「女には**皆娼婦**（——2字分）の性質があるといふが、真個《ほんと》か知ら。」とふと思う。[5]

話題を前任の女教師のことに転じて「女は**皆娼婦**（——2字分）の性質を持つてるつて真個ですかつて言つたら、貴方とはこれから口を利かないつて言はれましたよ。」などと言う。

そしてさっき「罷めた。」件に戻る。

「僕が貴方を**抱き締め**（「——」4字分）ようとしたら、何《ど》うしますつて、言ふ積りだつたんです。あははは。[6]」

「可いわ、そんな事言つて。……真個《ほんと》は私も多分さうだらうと思つたの。だから可笑しかつたわ。」

其の笑ひ声を聞くと多吉は何か的《あて》が脱《はず》れたやうに思つた。そして女を見た。周匝《あたり》はもう薄暗かつた。

「まあ、何《どう》しませう、先生？こんなに暗くなつちやつた。」と暫くあつて松子は俄かに気が急き出したやうに言つた。

多吉には、然し、そんな事は何うでもよかつた。女といふ（「――」4字分）ものが、急に解らないものになつたやうな心持であつた。[7]

多吉は（作者啄木も）すべての女性に「娼婦の性質」があるのではないか、と疑う。

「娼婦の性質」は「娼婦性」と言い換えてもいいであろう。

「娼婦」という職業は相手を選ばず性交に応ずるのが基本である。「娼婦性」は本来的には「娼婦」という特殊な職業にある限りで備えているべき女性の性的あり方およびそれに付随する態度・振る舞い（媚び、誘惑など）の謂いであろう。言い換えれば、性交相手を余り選ばない性向とそれに付随する媚びや誘惑的言動とでもなろう。「娼婦」である女性個々人の生来の性向を指す言葉ではない。

「娼婦」の中にも「娼婦性」を生得としては持たない人がたくさんいるだろう。まして女性全体でいえば「娼婦性」を持たない人は無数にいるはずである。しかし「娼婦性」を持つ人もたくさんいるはずである。

多吉が感じているのは、多吉の誘惑的言動にあるものを期待し、その言動に応じて男の気を惹こうとする女の態度である。これは若い女性の性欲の発動の一形態であって多吉の誘惑的挑発的言動（こちらは若い男性の性欲発動の一形態）と表裏をなす。これを「娼婦性」と呼ぶなら、多吉という男にも「娼婦性」に相当するものがあることになろう。ナンセンスに行き着く。
一つの問題がある。多吉は独身の男なのか、妻帯者なのか、である。若いうぶな男には言えないセリフ、浮かばない疑問でありすぎる。渋民時代の啄木が妻帯者であったように多吉を暗黙のうちに妻帯者として設定しているのであろう。となると松子の多吉に対する態度は妻有り男性に対するものとなる。微妙に「娼婦性」に触れてくるともいえる。

とはいえ松子にその傾向が若干窺われるからと言って、「女には皆娼婦の性質がある」と飛躍できるものではない。

啄木が問題として提起したテーマは女の性・性欲の奥深さであろうと思われる。

なぜこんな問題を出してきたのか。小川武敏はそこに「妻節子の存在」を見る。小川は言う[8]。節子の家出事件は夫に対する批判どころではない。「残された節子の手紙を見るに、かなり以前から啄木への愛情はほとんど無くなっているとしか思えないのである。」「最後の上京の時点で節子の心は大きく郁雨の方へ傾いていたと思うべきだろう。むろん精神的にだが、節子は夫より郁雨を求めていたのであり、家出事件後、再び啄木のもとへ帰ってきてからも、その節子の気持に変化は見られない。」と。そしてこう述べる。

……啄木が、こういった妻の気持に気づかなかったとは思えない。

……つづめて言えば啄木はこの時、妻の中に見知らぬ〈他人〉を発見したのである。

おそらく、これも小説『道』執筆の隠されたモチーフであったと思われる。ただ、この妻節子に対する不安と疑惑は、さすがの啄木も正面から主題として扱うには抵抗があったようで、表面上は老人と若者のテーマに覆われてしまっている。しかしこの前後には、妻に対する根深い感情のもつれを暗に示すような断片がいくつか見られる。『道』の直前書かれた「騎馬の巡査」では、第三連に、

数ある往来《ゆき》の人の中には
子供の手を曳《ひ》いた巡査の妻もあり
実家《さと》へ金借りに行つた帰り途《みち》、
ふと此の馬上の人を見上げて、
おのが夫の勤労《つとめ》を思ふ。

と描かれている。常日頃、生活の不如意を嘆いているらしい妻は、当然実家に借金させるような〈夫〉を不甲斐なく思っているだろうが、しかし須田町の街角で忙しく交通整理をしている巡査を見て、〈おのが夫の勤労《つとめ》を思ふ〉のである。いうまでもなく、ここには夫啄木の自責の念が反映しているとともに、〈夫の勤労《つとめ》〉をわかってくれという哀しい願いもこめられていよう。たしかにこの時期、啄木は生活再建のためにできる限りの努力はしていたのである。にもかかわらず妻節子が、一月一八日の手紙にあるように、情けない、

面倒くさい、という心境で夫の願いに冷淡な無関心を示し続けていたとすれば、啄木のやりきれなさは想像に余りあるといってよい。最も身近な存在である父のみならず、安心しきっていた妻の姿から得たこういう衝撃は、人生および人間認識の深刻な変化を彼にもたらし、たとえば〈人間、この不可解なるもの〉への開眼がなされたと思われる。[9]

詩「騎馬の巡査」は一月一三日の東京毎日新聞に載った。小川の詩の読みは小説「道」を読み解くうえで貴重な意味を持ってくる。

小川はさらに、「妻に対する不信と疑惑」は「道」に近接して書かれた小説断片「信者の家」の小学教師の妻や「我らの一団と彼」の高橋の妻の、性的醜聞としても書かれていると指摘する。

かくて「道」は妻節子が夫である自分以外の男性（現実には宮崎郁雨）と性的関係を持ちうる女性であるのか、という問題をも孕んでいるのである。

多吉と松子のきわどい会話は「眇目《かため》の教師」××と女教師山屋の問題に転じ、あのふたりはやはり性的関係があるのではないか、郡視学に密告したのは雀部ではないかというところへ落ち着いて行く。[10]

五〇歳くらいの××とおそらくまだ二〇代と思われる独身女性山屋との関係は、老人の性の問題であるとともに若い女性の性の問題でもあり、こちらは松子のひいては節子の性の問題に連関している。[11]

さて、近道に失敗した三人の「老人たち」があらぬ方向からへとへとになってふたりに追いついてくる。

最後の数行はこうである。

水の音だけがさらさら聞えた。

「己はまだ二十二だ。――さうだ、たつた二十二なのだ。」多吉は何の事ともつかずに、そう心の中に思つて見た。

そして巻煙草に火を点けて、濃くなりまさる暗《やみ》の中にぽかりぽかりと光らし初めた。

松子はそれを、隣りの石から凝《じつ》と見つめてゐた。

「道」の幾人かの登場人物の芯に石川家の二人があることはすでに見た。目賀田・眇目《かため》の教師××・校長の中に一禎が、松子・山屋の中に節子が浮かんでくるのであった。では多吉の芯にはどんな啄木がいるのか。父に批判的な啄木、妻に疑惑を抱く啄木がいた。そして末尾の数行の多吉には、どんな啄木がいるのか。若さをたよりに一家を養いつつ、自身の進路を模索する啄木を見るべきであろう。

「濃くなりまさる暗《やみ》の中にぽかりぽかりと光」る巻煙草の火は、多吉の心中の表現である。それを「凝《じつ》と見つめ」る松子のなかに啄木家の誰の何を見るべきか。小川の「騎馬の巡査」の考察が貴重なヒントになる。今年の一月つまり先月の九日に啄木は大島経男宛の書簡でこう書いた。「父も母も妻も子も今は皆私の許にまゐりました、私は私の全時間をあげて（殆んど）

この一家の生活を先づ何より先にモツト安易にするだけの金をとる為に働いてゐます、」云々。凝視する松子の目は、夫啄木の自己変革がどれだけのものであるのか、若い夫は今後どこに向かおうとしているのかを見極めようとする若い節子の目なのであろう。

以上のように読むことがなぜ可能か。

「道」執筆時に啄木が手本にしたのは自然主義の作品わけても田山花袋の『田舎教師』とその文体であった(「道」は「田舎教師」群像でもある)。これについては上田博の精細な分析を参照されたい[12]。

花袋の影響は『田舎教師』だけではない。すでに見たように『生』の影響はあきらかである。外に花袋の『妻』もヒントになっているはずである。啄木は前年末に書いた「巻煙草」において、『田舎教師』を絶賛し花袋が自分の妻を描いた『妻』を酷評している。が、啄木が松子や山屋を通して妻節子を描こうとするきっかけに花袋の『妻』があったことは疑いない。

啄木が「道」において書こうとしたのは世代論あるいは世代間の緊張ではなかったのである[13]。もっとずっと自然主義的・私小説的世界、一家の内での年老いた父と若い息子の位置(老人と若い者との比)および老若男女の性の問題にすぎなかったのである[14]。ただきわめて自然主義的内実の小説でありながら、また平面描写を含む花袋の文体を摂取しつつも、「私小説的」手法は一切とっていない。そこが啄木の言う「僕一流の徹底的象徴主義(?)」なのであろう。「道」には確かに私小説的なある種のいやらしさは無い。

このことと関連してモデルの問題にふれておこう。この小説では作者はいわゆるモデルを使っていない。代用教員ものの「雲は天才である」「足跡」「葉書」においては、啄木の代用教員時代の実在人物がモデルとなっていることが明瞭であった。しかし「道」では、多吉＝啄木、松子＝堀田秀子、前任女教師＝上野さめ子、校長＝遠藤校長、雀部主席訓導＝秋浜訓導等々が成り立たないほどに、人物は実在した人たちとは引き離されて造型されている。たしかに実在人物からたくさんの材料を借りてはいるが、それらはあくまでも作者が構築する虚構のための材料であるに過ぎない。

このことも私小説化をまぬがれた一因であろう。

「道」は以上のように読むとけっこう面白いと思うが、いかがであろう。

最後にこの小説がいかにも石川啄木らしからぬ、視野の狭さを呈していることについてふれておこう。

昨年末の一二月二二日夜、啄木は「文学上に於ける自然主義の運動」を「時代精神の要求に応」じた運動と見なし、その「時代の精神は、休みもせず、衰へもせず、時々刻々進み且つ進んでゐる」と言い、さらに「……彼此考へ合せて目を瞑ると、其処に私は遠く『将来の日本』の足音を聞く思ひがする。私は勇躍して明治四十三年を迎へようと思ふ」と書いていたのだった。自然主義はすでに解体期にはいっており、かれらの言う「現実」・「人生」・「道徳」等々はすでに皮相で卑小であった。啄木はこの自然主義を摂取しようとしたのである。

さらに自然主義に関するこの錯誤の本質的な原因は当時の啄木の「哲学」にある。かれは今田中王堂の忠実な学徒なのである。かれは保守的で非現実的な王堂に従って「国家とか何とか一切の現実を承認して、そしてその範囲に於て自分自身の内外の生活を一生懸命に改善しよう」[15]と誠実につとめているのである。盛岡中学校四年生以来、啄木がこれほどの視野狭窄に陥ったことはないし、これ以後もない。

これらが「道」の世界の限界を形づくった。

かのグローバルな視野を持ち「国民生活《ナショナルライフ》」を常に直視する生活者石川啄木がいつまでも自然主義や王堂「哲学」の圏内に留まっているはずがない。

啄木は「道」を脱稿した直後の二月六日か七日に、P・クロポトキン著・平民社訳（実は幸徳秋水訳）『麵麭の略取』（平民社）を読んだ。[16]（同書は大逆事件以後昭和初期にかけて国禁の書の随一とも呼ばれた発禁本である。）

〔注〕

1　金田一京助宛一九一〇年二月一九日付啄木書簡に「二週間以前、一度中島氏を訪問いたし候。座に鼻頭平かなる春風老のあり、……小説『道』について中島氏の好意を得、翌日春陽堂に田舎の村長然たる後藤宙外氏を訪ねて金に代へ候」とある。「中島氏」は中島孤島。訪ねたとき先客（内山舜）がいたというのであるから、孤島の宅を訪ねたのであろう。「二週間以前」といえば計算では二月五日（土）。この日か六日（日）の訪問であろう。「道」の原稿を持参しているから、その脱稿は二月五日か四日といったところであろう。

2 上田博『啄木 小説の世界』（双文社出版、一九八〇年）一六三ページ。

3 小川武敏『石川啄木』（武蔵野書房、一九八九年）一四二～一四三ページ。

4 小川武敏前掲書一四八ページ。

5 ――の2字分を小川は「娼婦」と推定している（前掲書一五一ページ）。これにしたがった。次の――2字分についても同じ。

6 ――の4字分を小川は「抱き締め」と推定している（前掲書一五一ページ）。これにしたがった。

7 ――4字分を小川は「女といふ」と推定している（前掲書一五一ページ）。これにしたがった。

8 小川武敏前掲書一五二～一五五ページ。これらの卓見が一九八三年に既になされていたことは注目されてしかるべきであろう。

9 小川武敏前掲書一五四～一五五ページ。詩「騎馬の巡査」の部分については誤植をあらため、ルビを加えた。

10 ただし小説全体の流れの中に見える雀部は××を陥れるために密告をするような陰湿な男ではない。郡視学と雑談かなんぞの席で、こんな噂があると言ったらしい。郡視学が事を荒立てたので、××を窮地に追い込み、××は「密告」したのが雀部とにらんで怨んだのである。雀部は全体的には快活で気配りもできる人物として描かれ、狂言回しを好演している。

11 「山屋」という姓からは「金矢（信子）」が連想される。啄木は岩本実が清水と一緒に蓋平館に転がり込んできたとき、岩本から妙な噂を聞いた。ローマ字日記五月二日の条にこう記している。「小学校では和久井校長と金矢の信子さんとの間に妙は関係が出来、職員室で焼きもち喧嘩したこともあるという。

そして去年やめてしまった信子さんは、どうやら腹が大きくなっていて、近頃は少し気が変だという噂もあるとか！」（原文はローマ字）和久井校長は遠藤校長の後任で、金矢信子は啄木の後任であったらしい。当時二〇代半ばで独身の和久井校長と信子の恋愛は後ろ指をさされるべきことではない。啄木は岩本の噂話を信じてしまったようだ（『一握の砂』でも「今日きけば／かの幸うすきやもめ人／きたなき恋に身を入るるてふ」とうたっている）。「山屋」には誤解の上に立つ「金矢（信子）」が投影しているととってよいであろう。

12　上田博前掲書一六七〜一七四ページ。

13　今井泰子は言う（『石川啄木論』（塙書房、一九七四年）二八五ページ）。「『道』」の主題は末尾近くの言葉『己はまだ二十二だ。――さうだ、たつた二十二なのだ』に尽きる。夢を失った老人や中年者の生活態度との対照において青年教師が抱く心懐である。」上田博は言う「（「己はまだ二十二だ」云々とつぶやく）彼の背後にその世代固有の問題性格が見えてこないのである」と（上田博前掲書一六四ページ）。小川武敏は今井・上田の評を受けてこう言う（小川武敏前掲書一四三〜一四四ページ）。「……若者の未来の展望のない点も作者自身そういう将来が見えなかったことを示すのだろう。あるのはただひとつ、若さに対する自負のみに過ぎず、老人への批判も侮蔑もその裏返された意識にほかならない。しかし、若さのみを恃むのは、考えてみれば哀れな心情というべきではあるまいか。」三者の評は正鵠を得ているかに見える。しかし啄木がこの小説の主題にしたのが「己はまだ」若いという心懐でもなく、若い「世代固有の問題」でもなく、「若さに対する自負」でもないとすれば、三者の評は微妙に正鵠を外したことにならないだろうか。

14　注11に同じ

15　大島経男宛書簡、一九一一年二月六日。『石川啄木全集』⑦―三四一ページ。

16　近藤典彦『国家を撃つ者 石川啄木』（同時代社、一九八九年）第三章「一九〇九年、一〇年の交・国

家の発見」。この小著では『麵麭の略取』を読んだのが何時か特定できなかった。(読んだのは一九〇九年一〇月中旬から一九一〇年二月一三日の間とした。同書一四〇ページ。)しかし現在執筆中の「石川啄木伝」において啄木の思想動向をより綿密に追って来た結果、時期は「道」の脱稿以後で「性急な思想」(二月一三、一四、一五日東京毎日新聞に掲載)執筆以前となった。それは一九一〇年二月六日以後二月一二日以前である。新聞への寄稿から掲載までの時間と「性急な思想」の起稿・脱稿の時間とを勘案すると、『麵麭の略取』を読んだのは二月六日か七日頃と推定される。

II

幸徳秋水二著の衝撃

―芥川龍之介「羅生門」―

わたくしは一九七四年～一九九四年の間に、成城学園中学校で何度か、同高校では一度、「羅生門」を国語教材として扱った。高校で扱ったとき（一九九〇年前後）を境に、芥川嫌いになった。「羅生門」の主題がまったく読み取れなかったからである（無精にも教材研究もろくにしなかったせいである）。そしてかれの作品からも遠ざかってしまった。

とはいえ、名作「羅生門」が気にかからないはずもない。幸徳秋水『帝国主義』を読んでいたとき、同書最後の一文が妙に引っ掛かった。

　吾人の前途は唯黒闇々たる地獄あるのみ。

「羅生門」末尾のくだりを思い浮かべた。

芥川龍之介と幸徳秋水、そんな取り合わせがありうるのだろうか。この思いは二、三年の間わたくしの暗中を模索していた。

一九九四年一月、「大逆事件の真実をあきらかにする会ニュース第33号」（94／1／24）で佐藤嗣男氏の「文学事象としての大逆事件―芥川龍之介の場合―」を読んで「羅生門」と『帝国主義』の間に小さな道ができた。

同じ九四年の九月、幸徳秋水『社会主義神髄』の中にも「羅生門」を見た。

研究テーマの一つとして「羅生門と秋水の二著」をあたためて行くことにした。

ところが石川啄木研究にはまったままのわたくしはこれに取り組む機を見いだせなかった。

成城大学大学院非常勤講師としてわたくしは二〇〇八年度後期の近代文学演習を担当していたが、受講者の一人に山下芳治氏がいた。もろもろの事情があって氏に叙上のテーマと資料を提供した。氏はこれをもとに修士論文「芥川龍之介と幸徳秋水　『羅生門』を中心に」を仕上げ、院の前期課程を修了した。

山下氏は院を修了できたし、わたくしは自分のアイディアが山下氏のお蔭でそれなりの形を成したので、このテーマについては一往放念した。ところが縁あって本稿の執筆に至った。

一　幸徳秋水受容の素地

芥川には幸徳秋水受容の素地があった。意外なほどあった。以下に先ずこれを確認したい[1]。

「ヒサイダさん」　芥川の「追憶」という文章（1926／4～1927／2）の中に「久井田卯之助」という一節がある。

　久井田と云ふ文字は違つてゐるかも知れない。僕は唯彼のことをヒサイダさんと称していた。彼は僕の実家にゐる牛乳配達の一人だつた。同時に又今日ほど沢山ゐない社会主義者の一人だつた。僕はこのヒサイダさんに社会主義の信条を教へて貰つた。それは僕の血肉には幸か不幸か滲み入らなかつた。が、日露戦役中の非戦論者に悪意を持たなかつたのは確かにヒサイダさんの影響だつた。

　ヒサイダさんは五六年前に突然僕を訪問した。僕が彼と大人同志の社会主義論をしたのはこの時だけである。（彼はそれから何箇月もたたずに天城山《あまぎさん》の雪中に凍死してしまつた。）しかし僕は社会主義論よりも彼の獄中生活談などに興味を持たずにはゐられなかつた。

「夏目さんの「行人」の中に和歌の浦へ行つた男と女とがとうとう飯を食ふ気にならずに膳を下げさせる所があるでせう。あすこを牢の中で読んだ時にはしみじみ勿体ないと思ひましたよ。」

　彼は人懐こい笑顔をしながら、そんなことも話して行つたものだつた。

日露戦争当時といえば「ヒサイダ（実は久板《ひさいた》）さん」は二五、六歳くらいの社会主義者。芥川は江東《えひがし》尋常小学校高等科の二、三年生（満一一、一二歳）か府立三中一年生（満一三歳）。

「日露戦役中の非戦論者」は平民社に拠った社会主義者幸徳秋水・堺利彦を事実上指している。つまり後年の回想で、芥川は一二、三歳のとき自分は非戦論者・社会主義者幸徳・堺に「悪意を持たなかつた」と言うのである。

「ヒサイダさん」こと久板卯之助〈1878/4/16〜1922/1/21〉とはいかなる人物か。小松隆二『大正自由人物語』[2]を主な典拠として略歴を記しておこう。

京都市の出身。家業は老舗の旅館。そこの隠居所は木戸孝允、西郷隆盛等が隠れ家につかったという。家運は明治になってしだいに傾き、卯之助も苦労したらしい。前述のように一九〇三年（明36）前後は東京にいて、芥川の実父新原《にいはら》敏三の営む牛乳搾取販売業・耕牧舎で働いていた。その後京都に戻り、また各地を働きつつ放浪し、ふたたび上京。

大逆事件後また京都に戻り、つぎの上京の機を窺っていたらしい。

一九一三年（大2）六月にはすでに東京にいたことが資料的に確認されている。大逆事件後の冬の時代を凌ぎ再起を目指す堺利彦・大杉栄らの社会運動に参加。望月桂（画家、漫画家。1887/1/1〜1975/12/13）とも親交を結びかれを社会主義・無政府主義に導いた。

久板は労働者の中に入り、労働者のために啓蒙活動する道を追求し望月の協力を得て「労働青年」を編集・発行した（1916/10〜1917/11）。その全七号に貫通するものは「下積み労働者への愛情、彼らによる自覚ある労働と生活の追求、その先にある新社会への志向などの信念や訴え……」であるという（小松）。この久板に惹かれた一人に和田久太郎がいる。（和田はのちに大杉栄虐殺当時の戒厳令司令官福田雅太郎を狙撃。失敗して無期懲役になり、獄中で自殺したアナキスト。）和田は久板に附いて日暮里の貧民街に一緒に住み込む。亀戸の労働者街に住み込んだ大杉栄は二人を亀戸の家に呼び共同生活をはじめた。

久板は和田の協力を得て「労働新聞」を発行（1918／5／1〜8／1）。この新聞の第四号で久板は新聞紙法違反で五カ月間の獄中生活。

無政府主義・社会主義の仲間たちから深く愛された久板卯之助は芥川が書いているとおり、一九二二年（大11）一月二一日天城山中猫越《ねっこ》峠を越えようとして凍死した。

芥川が江東尋常小学校高等科二年生か三年生と思われる時期に、「真ちゃん江」という戯曲のプロット風のものを書いている。「真ちゃん江」には、芥川の初期文章中でただ一編、異色の文字が溢れている。

真ちゃん江

ポロパウメエウスボロータム

真ちゃん　冗談ぢやァないぜ　人を哲学士だなんてその上我敬愛する文界の魔王バイロン
を仏国レデーに比するなんて　酷いよ　しかし脚本はうまいね　未来の益田太郎冠者は君
だよ　僕がその後を一寸

序幕　野口邸内

こゝは橋町野口真造邸内の体なり主人真造はある一大事業を企てそれが為資金に迫り高利貸《アイス》の金を借りし為（中略）折角企てし大事業も之が為にゼロとなる（以下略）

二幕目　秩父山中

真造失望のあまり旅行を企て（中略）**秩父山中**に至る　山に山賊あり　長は秋永国造と云ひ元薩藩士たり　真造山路に至るに及びて之を捕へ旅金を出せと迫る真造依然「己は死にに来たのぢや早くころせよ」と敢て動ぜず秋永その剛胆に感じ**山塞**に伴ふ

三幕目　東京帝国ホテル

こゝに**社会党の大会**を開く　首領覆面王（エヘン）一世の女丈夫ローズ嬢と共に出席し其他天下の傑士雲の如く集る　こゝに**無法なる警官侵入して大会を禁止す党員不諾**　こゝに格闘を生じこの模様よろしく幕

四幕目　武州大宮公園（以下略）

五幕目　吉田衛生試験所（以下略）

六　秩父山中

爆裂弾略々なりこの試験所を設る為覆面王ローズ夫人斎藤大佐吉田博士等秩父山中にわけ入る　折柄旅行中の岡本棚橋に会し二人とも**党の一員となる**　こゝに銃声ひゞくに一同驚きその方に向ふ　所へ上手熊笹の中より山賊の首領秋永国造出で相互相談し秋永又**党員**と

なる件にて幕

七幕目　同山塞

一同**山塞**に来り野口を説く野口きかず己は死ぬ工夫をしてゐるのぢやと云ふ覆面王然らば党の為に死せと遂に野口又一**員となる**件にて幕（**入党**がちとつゞくけれど）

八幕目（以下略）

九幕目　**社会党万歳**

日本社会党の一団空中飛行艇に駕して一種強力なる**爆裂弾**をとばして全欧州の大都会を悉く破壊する件で幕

社全党員の目標（以下略）

以上

ＲＡ生

物騒な文字が躍っている（太字部分）。当時「社会党」なる言葉そのものが治安維持法下の「共産党」にも似た響きをもつ〝危険〟で過激な言葉であった。小学生のつかう言葉ではない。「ヒサイダさんに社会主義の信条を教へて貰つた」ことの一端が垣間見える。芥川少年は口頭でも話を聴いたであろうが、「ヒサイダさん」からもらった「平民新聞」を読んでいる。太字の言葉はほぼこれに拠る知識と思われる。

週刊「平民新聞」は、平民社を結成した幸徳秋水・堺枯川によって一九〇三年（明36）一一月一五日に創刊された。創刊号一面トップを飾る「宣言」は、自由＝平民主義、平等＝社会主義、博愛＝平和主義を打ち出した。日露開戦を間近に控えて平和主義・非戦論を主張するのは幸徳・堺の大いなる勇気と見識の賜であった。

この創刊号の第二面が「独逸社会党大会」で、全五段中のほぼ四段抜きである。最後の五段目が「万国社会党大会」の記事である。

第二号（一九〇三年一一月二二日）第五面には「爆裂弾」なる語が見える。また「米国の富豪山塞に立籠もり兵を置いて」云々の記事もある。秩父山中の山賊の「山塞」だの「爆裂弾」だのはこの紙面にヒントを得てなったものであろう。

こうして小学生の芥川が「ヒサイダさん」からもらった「平民新聞」創刊号・第二号を読んでいたと推定しうる。

「ヒサイダさん」がいつまで芥川の実父の耕牧舎で働いていたのかは分からない。あまり長くはいなかったのではないか。日露戦争は一九〇四年（明37）二月にはじまるが、同年四月頃から平民社運動への弾圧が激烈をきわめ、社会主義者はみな仕事先にまで官憲の干渉を受けるようになる。

久板卯之助は京都に戻り、一九〇六年（明39）三月には平安教会で受洗している。翌〇七年一〇月、満二九歳で同志社神学校別科に入学し、〇八年（明41）二月には退学した。

その後久板は「都会を離れ、自然の中にとびこみ、丹波（須知）のあたりの牧場で働くなど、新しい光を求めて各地を放浪」した。そうした生活の中で社会主義運動のために「真剣に上京を考えるようになる」（小松隆二前掲書）。（これには一九〇八年六月の赤旗事件が関わるか？）。

この間に久板は三〇歳そして三一歳になっている。

一九〇九年（明42）のことと思われる。久板は芥川の実父新原敏三を訪ねて来た。耕牧舎でまた働かせてもらえまいか、と。そしてどのくらいの期間か分からないが、耕牧舎で働いていたらしい。その時期にすっかり成長した龍之介と会い、話し合うことが少なくなかったらしい。（こう推理しないと、すぐあとで見る「日光小品（温き心）」の読み解きができないのである。さらに、こう推理すると、府立三中五年生（1909／4〜1910／3）後半の芥川における「ヒサイダさん」復活の理由が説明できるのである。すなわちこの時期の三作品「日光小品」「猩々の養育院」「義仲論」の成立理由が整合的合理的に説明できるのである。）

以上の事実と推理を前提として三作品を読んで行きたい。


「**日光小品**（工場）」　一九〇九年（明42）一〇月二六日〜二八日日光方面への修学旅行があった。そのときのことを芥川は日記に綴ったらしい。後にその日記から抄録したのが「日光小品」であるという。「日光小品」のうちにある「工場」という短文は際だって印象的である。

黄色い硫化水素の煙が霧の様にもや〳〵してゐる　其中に職工の姿が黒く見える　煤びたシヤツの胸のはだけたのや　しみだらけの手拭で頬かぶりをしたのや　中には裸体で濡菰《ぬれこも》

を袈装《ママ》の様に肩からかけたのが　反射炉のまつ赤な光を湛えた傍に動いてゐる　機械の運転する響　職工の大きな掛声　薄暗い工場の中に雑然として聞える此等の音が　気のよはい私には一つ一つ強く胸を圧すやうに思はれる――裸体の一人が炉の傍に近づいた　汗でぬれた肌が露を置いた様に光つて見える　細長い鉄の棒で小さな炉の口をがたりとあける　紅に輝いた、空の日を溶した様な　火の流がずーうつとまつ直に流れ出す　流れ出すと炉の下の大きなバケツの様なものの中へぼとぼとと重い響をさせて落ちて行く、バケツの中が一杯になるに従つて火の流がはいる度に　はら〳〵と火の粉がちる　火の粉は職工のぬれ菰にもかゝる　それでも平気で何か歌を謡つてゐる
和田さんの「煒燻《ゐくん》」を見たことがある　けれども時代の陰影とでも云ふやうな　鋭い感興は浮ばなかつた　其後にマロニッツの「不漁」を見た時も矢張暗い切実な感じを覚えなかつた　が今　この工場の中に立つて　あの煙を見　あの火を見　さうしてあの響をきくと　労働者の真生活と云ふやうな悲壮な思が抑へ難い迄に起つて来る　彼等の銅のやうな筋肉を見給へ　彼等の勇ましい歌をきゝ給へ　私たちの生活は彼等を思ふ度にイラシヨナルな様な気がしてくる　或は真に空虚な生活なのかもしれない

日本のおける産業革命は一八八六年（明19）頃に始まり一九〇七年（明40）に完了した。産業革命は「機械の発明と利用を基礎にして資本制生産様式が全社会的に確立する過程」であり、「全社会を資本家と賃金労働者に分裂せしめてゆく」（石井寛治）。すなわち近代社会の基底を

担う新階級である賃金労働者すなわち近代労働者が歴史に登場する。

芥川が足尾で見たのはこの近代労働者の現場である。この府立三中の五年生が書いた短文は、次のような美術家・文学者の動向の中に置かれても光彩を放つ。

一九〇八年（明41）秋の第二回文展（文部省美術展覧会）で最高賞（第二等）を取ったのが和田三造の「煒燻」であった。石川啄木は「煒燻」に強烈な感銘を受けた。「老少四五の労働者あり、正に鋳鉄を鋳型に入れむとす。赤熱なる熔鉄の放光は四囲の人物を射て宛然赤鬼の如し……」と六百字近い感想を記している。翌〇九年の文展では荻原守衛の彫刻「労働者」が出展され、高村光太郎に深い感銘を与える。啄木は「労働者」の絵はがきをたくさん買い込んだ。やがて一一年（明44）詩「墓碑銘」で大逆事件で刑死した宮下太吉をうたう。「かれは労働者――一個の機械職工なりき。」と。

一九〇九年の芥川の短文「工場」にもどろう。かれは足尾銅山日光電気精銅所を見学したのだと思われる。この工場の前身をなした精錬所こそ鉱毒を川に空に山に吐き出し、足尾鉱毒事件という悲惨な公害と、田中正造等の闘いとを引き起こした源である。ついには谷中村が強制廃村となり、その同じ一九〇六年（明39）に前記精銅所が操業を開始したのである。そして翌〇七年（明40）二月足尾銅山の坑夫たちは永年要求してきた待遇改善が一向に進まないことに憤り、ダイナマイトを用いるなど、明治時代でもっとも激烈な労働争議を起こした。そしてこの争議は各地の鉱山での争議の起爆剤となった。

芥川が見学したのはその二年後の、坑内ではなく工場である。中学五年生の文章は、産業革命直後の日本の近代労働者がいかに苛烈な環境下で働いているかを、鮮烈に深刻に描写している。そしてそこに「時代の陰影（光のあたらない、暗い部分）」としての「労働者の真生活」を見、悲壮の感をさらには敬意をさえ覚えている。そしてもし「陰影」の部分こそが当代日本人の生活の根幹であるならば、自分たちの今の生活の方こそが「イラショナル（irrational＝不合理）」であり、空虚なのではないか、と反省する。

「真ちゃん江」以来約五年を経た「ヒサイダさん」の表出である。しかしこの間伏流していた「ヒサイダさん」の表出と見なすには、基底にある思想性があまりに深くその視点はあまりに鮮やかである。前述の通り修学旅行前に久板卯之助に再会し、かれの話してくれることから深い影響を受けていたと考えるべきであろう。足尾鉱山見学に際しては「日光小品（工場）」を書くための思想的裏付けと視点とができていたのである。

「日光小品」にはもうひとつの重要な短文がある。

「日光小品（温き心）」 それは「中禅寺から足尾の町へ行く路がまだ古河橋の所へ来ない所に　川に沿うた　あばら家の一ならびがある」で始まる。この「あばら家の一ならび」を巧みに写したのち、ある一軒に目を留める。

其中で一軒門口の往来へむいた家があつた　外の光に馴れた私の眼には家の中は暗くて何も見えなかつたが　其明るい椽《えん》さきには、猫背の御婆さんが　古びたちゃん〱を着て坐

つてゐた　お婆さんのゐる所の前が直往来《ぢき》で　往来には髪ののびた、手も足も塵と垢がうす黒くたまつた跣足《はだし》の男の児が三人で土いぢりをしてゐたが私たちの通るのを見て「やア」と云ひながら手をあげた　さうして唯笑つた、子供たちの声に驚かされたと見えて御婆さんも私たちの方を見た　けれども御婆さんは盲だつた

そこに暮らす子どもと老婆を見、次のような思いを抱く。

私はこの汚れた小供の顔と盲目の御婆さんを見ると　急にピーター・クロポトキンの「青年よ　温き心を以て現実を見よ」と云ふ言が思ひ出された。何故思ひ出されたかはしらない　唯　漂浪の晩年をロンドンの孤客となつて送つてゐる、迫害と圧迫とを絶えず蒙つたあのクロポトキンが温き心を以てせよと教へる心持を思ふと我知らず胸が迫つて来た、さうだ温き心を以てするのは私たちの務めだ　私たちは飽く迄態度をヒューマナイズして人生を見なければならぬ　それが私たちの努力である　真を描くと云ふ　それも結構だ　然し、「形ばかりの世界」を破つて其中の真を捕へやうとする時にも必ず私たちは温き心を以てしなければばならない　「形ばかりの世界」に因はれた人々はこのあばら家に楽しさうに遊んでゐる小児のやうな　それでなければ盲目の顔を私たちの方にむけて私たちを見やうとする御婆さんのやうな人ばかりではあるまいか

芥川は今日本の片隅で「『形ばかりの世界』に因はれた人々」を見た。すなわち人生をあるがままに受け入れて「現実」の一部となって生きている人々、である。この人たちに「温き心

を以てするのは私たちの務めだ」と思う。芥川は足尾の工場で「時代の陰影」を見たように、ここにも「時代の陰影」を見たのだと思われる。

「温き心」には二つの不思議な叙述がある。

一つは「ピーター・クロポトキン」の「言」をめぐる叙述。この叙述はクロポトキンの「青年に訴ふ」に基づくものと見なしうる。しかし「青年に訴ふ」が日本に紹介されたのは一九〇七年（明40）三月八日〜三一日である。大杉栄が「日刊平民新聞」に翻訳連載したのである。当時の発刊事情等を勘考すれば芥川少年がこの新聞を読むことはあり得ない。一九〇三年ころの「ヒサイダさん」にはもちろん「青年に訴ふ」に関する知識はない。したがって五年前に芥川少年が「ヒサイダさん」に教わったと言うことはありえない。それなのにどうしてこの時の芥川は「ピーター・クロポトキンの『青年よ　温き心を以て現実を見よ』と云ふ言」を知っていたのか。

二つ目は「漂浪の晩年をロンドンの孤客となつて」云々。これはクロポトキンの『ある革命家の手記』に拠る知識のはずである。この本の原書は輸入されているが翻訳はまだ無い。だからと言って芥川少年が自ら洋書を購読しその知識を得たとは考えにくい。いったいどうして知ったのか。

この二つの不思議は久板卯之助を介在させることで解決できる。つづきを読んでみよう。

芥川少年は「温き心」を欠いた自然主義文学へ疑問を呈したのちにこうつづける。

私は年長の人と語る毎にその人のなつかしい世なれた風に少なからず酔はされる　文芸の上ばかりでなく温き心を以てすべてを見るのはやがて人格の上の試錬であらう　世なれた人の態度は正しく是だ　私は世なれた人のやさしさを慕ふ

私はこんな事を考へながら古河橋のほとりへ来た　そうして皆と一緒に笑ひながら足尾の町を歩いた、

この「年長の人」を久板卯之助と考えると文中全てのくだりが理会可能となる。しかも「年長の人」に会ったのは五年前、というニュアンスは文中になく、むしろ比較的最近会った印象を漂わせている。さらに「年長の人と語る毎に」とある。どうやらある日一回だけの再会では無さそうである。久板卯之助は芥川の修学旅行前のある時期まで、耕牧舎で働かせてもらっていたと考えてこそ、「毎に」の字義が理会される。今も耕牧舎で働いているとさえ読める。

久板卯之助は、その人柄によって仲間から「キリスト」と呼ばれ愛されていたという。「儲け話など物質的なことや女性問題と無縁な清潔な生き方、それに長身の上に、愁いを含んで、いかにも日本人離れした風貌を仲間たちがキリストと呼んだものである」とのこと（小松隆二前掲書）。

芥川少年の久板卯之助への心酔ぶりは「酔はされる」「世なれた人のやさしさを慕ふ」といった表現に見て取ることができる。

さて、「工場」や「温き心」のようなことを思った芥川は帰宅後まもなく「ヒサイダさん」

にもらった「平民新聞」を取り出し熱心に読み直した。

その証拠を提供してくれるのが短いユートピア小説「猩々《しょうじょう》の養育院（Orangoutang's almshouse）」である（執筆は〇九年〈明42〉一一月か）。これを読んでみよう。

「猩々の養育院」「猩々」はオランウータン。「養育院」は、老人、病人、孤児等の保護施設。まえがきがある。「此一篇は、とある外国新聞記者のものしたる旅日記の一ひら」である云々と。

舞台は「南方あふりか」の「せうれらの河」の沿岸。「土人」の案内で「独木舟」に乗り河の対岸にわたる。いいものを見せようと「土人」が言う。何を?と聞くが笑って答えない。やがて美しい楽園のような南国の森の奥に入る。

「せうれらの岸」から三マイル（約10km）ほど入ったところで「土人」が言う。

「これぞまろうど（客人）の見参に入れまゐらせむと云ひたるOrangoutang's almshouse（猩々の養育院）なれ!!」と。以下にこう続く（注釈は近藤）。

如何に其名の奇しきことよ。土人はわが驚ける顔を快げに眺めつ「かまへて猩々の群を騒し給ひそ（騒がしてはいけません）。木かげよりのぞみ給へ。げに珍しきものに候はずや」。「さなり（ほんとうだ）。未だものの本にも、え見ざりし名なり。何とてかくは名づけたる」。我問をききて土人はさわやかにうち笑ひぬ。「聞き給へ。こは老ひたる、病める、さては幼き、猩々の群を、若き力ある猩々の養ひはぐくむ処なり（これは年寄りの、病気の、あるいは幼い、猩々たちを、若い力のある猩々たちが養育するところです)。さればかゝる名をこそ得たれ。此処を知るものは、我村人にても多からず。如何に興ある処よと思《ヲボ》させ給はずや」黄色き布を頭にまきたる土人は、誇りがに(誇らしげに)かなたを指さしぬ。

げに興ある処なりけり。棕櫚(しゅろ)にやあらむ、瑞《ミヅ》葉若葉の蓊蔚(おうい=草木の盛んに茂るさま)とひろごりたる木立の下に、大なる猩々の老ひたり(年寄りの大猩々)と覚しきが、悠々と横はれるに、稍小さげなる一つのするすると木伝ひつゝ、地に下り立てるを見れば手に黄なる木の実こぼるゝばかりに、すくひ持ちぬ(このやや「小さげなる」一頭の猩々は「黄なる木の実」おそらくバナナ、をどっさり持って配達をしているのだ)。さては土人の言はたがはざりけり、とうなづかれつ。小さき一つは再び木かげに隠れさりて、老猩々の、木の実を味へる姿の、そがひなる(後姿は)さながらに土人の翁の縄なへる後姿にも似たりけり。

現地の案内人(土人)はあそこの樹の枝をご覧なさい、と言う。自分が振り返ってみると丈たかき猩々の牝にやあらむ、高き梢に踞しつゝ(うずくまって)、ましら(猿)程の子猩々に添乳したるが、芭蕉の広き緑り葉のかげより見えたり(この牝猩々は孤児の猩々に乳を飲ませに来ているのだ)。「かしこにも」と更に土人の指さす方を見れば、眼つぶらに歯黄なる大猩々(これは病気の猩々である。ここで療養しているのだろう)の、木の葉木の枝折りしきて力無げに打ち臥しつゝ、時々腕をあげて、面近くとび来る青蜂の群を払ふなりけり。

まことにここは「猩々の養育院」なのである!!

「この養育院は広さ千二三百碼四方にわたりて、この内に養はるる猩々の数はかり難し。御国の養育院にかばかり大なるものありや。」とて土人呵々《カラカラ》とうち笑ひつ。

「碼」はヤード(91・44㎝)。一・一〜一・三㎞四方の大養育院だという。「御国」は文脈上大日本帝国を指す。オランウータンでもこんな立派な養育院を持つが、人間の国・大日本帝国はいかが?と。「猩々」=作者の風刺は痛烈である。

時うつるまゝに、われは此猩々王国の養育院を辞して、再びせうれらの河にそひつゝ、進むこととなりぬ。傍の紫の罌粟(けし)の一もとをつみて、後のかたみとしつゝ、土人と共に椰子(やし)の樹かげを去りし時、かへり見れば、我養育院は、はやくも木々の若葉にかくれて、唯見もしらぬ黒き蝶一羽、ひらくと舞ひ居たりき。(千九百三年の古雑誌より)

桃花源記か胡蝶の夢か。みごとな結びである。

府立中学五年生の作者・芥川龍之介はおそらく足尾の町外れの「あばら家の一ならび」と「そこに暮らす子どもと老婆」に触発されてこの小説を書いた。

一九〇九年(明42)という年に養育院のことが社会問題化していたのかどうか未調査であるが、松澤信祐「初期文章と社会主義」に引かれた「国家財政歳出総額」によると、一八九二年度を１００とした一九〇九年度の軍事費は７４５、一方救恤《きゅうじゅつ》費（救恤＝困窮者・罹災者などを救い恵むこと〈広辞苑〉）は49・４である。前年度の１５２・０の三分の一にさえ届かない。日露戦後の軍国主義ののさばり様をも表す。

さて、芥川が取ってあった「平民新聞」の創刊号（一九〇三年一一月一五日）第四面の上二段は「東西大都府の救恤事業」である。東京市（東の大都府）の養育院関係支出のあまりの貧弱を批判し、アメリカ諸都市（西の大都府）のこれに比べてはるかに豊かな支出を紹介する。

「平民新聞」第四号（一九〇三年一二月六日）第四面には「社会主義の詩人　ウキリアム、モリス」というモリスの紹介記事（約七百字）が載る。

「平民新聞」第五号（一九〇三年一二月一三日）第五面には「ニュージーランドの話（中）」がある。かの国の老後の非常に恵まれた養老年金制度を紹介する。その末尾にはこう記す。「年を取つて働きが出来ず、……せんかたつきて首を縊つたり何かする者が毎日の様に新聞に書かれて居る今の日本の有様を、読者諸君は何と見らるゝか」と。

年が明けて一九〇四年（明37）一月三日の「平民新聞」第八号五面にモリス原著・枯川生抄訳「理想郷」の連載が始まる。「はしがき」でこれはウィリアム・モリスの「ニュース、フロム、ノーホエア」の抄訳であるから、「無可有郷《むかゆうきょう》の消息」とでも訳すべきところだが、ここでは「理想郷」と訳したとことわっている。

さて、芥川が読んだ「理想郷」の連載は第八号、第九号（一月七日）、第一〇号（一月一七日）、第一一号（一月二四日）の四回分であると思われる。それ以後の「平民新聞」には芥川が読んだことを思わせる要素が見られぬのである。つまり「ヒサイダさん」からもらったのは創刊号から第一一号までであったと思われる。

「理想郷」の主人公が入り込むのは、「南方あふりか」ならぬ二百年後の「倫敦（ロンドン）」である。「せうれらの河」ならぬ「テームス川」を「土人」ならぬ「船頭」の案内付のボートに乗る。

「家の前には川岸までズツト花園があつて、様様の花が今を盛りに咲き匂うて居る。」これに似た箇所が「猩々の養育院」にもある。親しくなった若い「船頭」（ボッブ）は「自分が新世界を案内してやらうと云ひだした」。「土人」もそう言って森に案内したのだった。

主人公とボッブは馬車に乗り「テームス川の岸を離れて」「広々とした日あたりの善い牧場や、花園の様な田畑の中」を走る大通りに出た。馬車はやがて「美しき森の中に」入る。そこにはたくさんの子供がそして大人も、テント生活を楽しむためにやってくる。

ざっと見ただけだが、芥川が「猩々の養育院」という理想郷を書くにあたって、モリスの「理想郷」を下敷きにしていることは明らかである。（ちなみに芥川が後年東大に提出した卒業論文は「ウイリアム・モリス」の研究である。）

「猩々の養育院」は以上に見たように、足尾の工場でまた足尾近くの道筋で実感した「時代の陰影」に触発され、所蔵した「平民新聞」を資料にして、創作した作品である。

「猩々の養育院」の末尾に作者が「(千九百三年の古雑誌より)」と付記していることがわたくしの推定を確証する。「古雑誌」を「古新聞」と読み替えてみよ。「千九百三年」創刊の「平民新聞」となる。

「義仲論」 次に「義仲論」にゆこう。この人物論は四百字詰原稿用紙約九〇枚の力作、府立三中の「学友会雑誌」第一五号(1910/2/10)に載った。これは、河合栄治郎「項羽論」(同誌第一一号、1907/12/12)の強い影響下になったものであり、かつこれと張り合ってなったものであると、関口安義は指摘している。

他方で高山樗牛の影響も大きいと思われる。とく樗牛「平相国」の影響は歴然としている。「義仲論」の全体は三章からなる。「一 平氏政府」「二 革命軍」「三 最後」

「一」は平氏の隆盛と専横。反平氏の機運の醸成。源三位頼政の決起。

「二」は清盛の福原遷都。源頼朝挙兵。東国に「革命」の気運増大。富士川に平氏の大軍を破る。木曾義仲挙兵。義仲平氏の軍を破竹の勢いで撃破。上野、信濃、越後、越中、能登、加賀、越前を旗下に。(清盛病没)芥川少年が義仲・頼朝を「革命家」と規定し、二人を「革命軍の双星」としていることに留意したい。

さて、義仲は頼朝との確執を抱えながらも、平氏の大軍をつぎつぎに撃破。平氏都落ち、西海へ。

「三」寿永二年七月二六日義仲入京。ここで彼は失政を重ねついに頼朝の派遣した義経・範頼の追討軍に破れ、粟津に敗死。

ここまでの叙述は「義仲論」というよりも、義仲の死までの源平の戦いを、義仲に焦点を合わせつつ描いたいわば義仲伝である。人物論としての「義仲論」は「三」の後半（一行空けて始まる）に展開される。

こんな文章からそれは始まる（かっこ内とルビは近藤）。

彼は遂に時勢の児也。鬱勃《うつぼつ》たる革命的精神が、其最も高潮に達したる時代の大なる権化也。破壊的政策は彼が畢生の経綸にして（終生のやり方で）、直情径行は彼が一代の性行なりき。而して同時に又彼は暴虎《ぼうこ》馮河《ひょうが》死して（命知らずの行動をして死んでも）悔いざるの破壊的手腕を有したりき。彼は幽微を聴くの聡と未前を観るの明とに於ては入道相国（平清盛）に譲り、……治国平天下の打算的手腕に於ては源兵衛佐《ひょうえのすけ》（源頼朝）に譲る。而して彼（義仲）が寿永革命史上に一頭地を抽《ぬ》く所以《ゆえん》のものは、要するに彼は飽く迄も破壊的に無意義なる縄墨《じょうぼく》と習慣とを蹂躙《じゅうりん》して顧みざるが故にあらずや。

彼は真に革命の健児也。彼は極めて大胆にして、しかも極めて性急也。

以下中学五年生が書いたとは到底思えない達文をほとんど割愛し、芥川少年のもっとも言いたかったことを引こう。

寿永革命史中、経世的手腕ある建設的革命家としての標式《ママ》は、吾人之を独り源兵衛佐頼朝に見る。……

然れども義仲は成敗利鈍を顧みざりき、利害得失を計らざりき。……かくして彼は相《しょう》として敗れたり。而して彼が一方に於て相たるの器にあらざると共に、他方に於て将たるの材を具へたるは、則ち義仲の義仲たる所以、彼が革命の健児中の革命の健児たる所以にあらずや。

彼は野性の児也。……然り彼は飽く迄も木曾山間の野人也。同時に当代の道義を超越したる唯一個の巨人也。

芥川は義仲が「無意義なる縄墨《じょうぼく》と習慣とを蹂躙《じゅうりん》して顧み」なかった点、「当代の道義を超越したる唯一個の巨人」であった点を、もっとも高く評価する。

さて、芥川は九〇枚に及ぶ長文を以下のように締めくくる。

彼は寿永革命の大勢より生れ、其大勢を鼓吹したり。あらず其大勢に乗じたり。彼は革命の鼓舞者にあらず、革命の先動者也。彼の粟津に敗死するや、年僅に三十一歳。……彼の一生は短かけれども彼の教訓は長かりき。彼の燃したる革命の聖壇の霊火は煌々として消ゆることなけむ。彼の鳴らしたる革命の角笛の響は嚠々《ママ》として止むことなけむ。彼逝くと雖も彼逝かず。彼が革命の健児たるの真骨頭は、千載の後猶残れる也。かくして粟津原頭の窮死、何の憾む所ぞ。春風秋雨七百歳、今や、聖朝の徳沢一代に光被し、新興の気運隆々として虹霓《こうげい》の如く、昇平の気象将に天地に満ちむとす。蒼生《そうせい》鼓腹《こふく》して治を楽む、また一の義仲をして革命の暁鐘をならさしむるの機なきは、昭代の幸也。

（明治四十三年二月）


この力作史論の結びは意想外の内容を蔵している。そこを読んで見よう。

義仲の「教訓は長」く、その「革命の……霊火は」消えない。「革命の先動者」義仲の「革命の角笛の響は嚠々として」今も鳴り響いている。かれは死んだが、かれの「革命の健児たるの真骨頭は」いつまでも残る。だから粟津で窮死したからとて、憾むことがあろうか。

ここで終わってもいい文章にはつづく二文がある。意訳してみよう。

「粟津の討死から七百年がすぎた。今や、日本は明治の御代となり仁徳のうるおいは広く行きわたり、新興の気運は隆々として赤い虹の如く、国運盛ん・世の中平和の様子は日本の天地に満ちようとしている。人民は、世がよく治まり、食物が十分で、満足しており、もう一人の義仲が現れて革命の暁鐘を鳴らさせる機会がないのは、太平の御代に生きる幸せである。」

おかしくないか？「日光小品」で産業革命直後の日本の近代労働者がいかに苛烈な環境下で働いているかを、鮮烈に深刻に描写し、そこに「時代の陰影（光のあたらない、暗い部分）」を見ていたのではなかったか。また足尾の町外れの「あばら家の一ならび」と「そこに暮らす子どもと老婆」に貧しい人々の「現実」を、「温き心を以て」見てきたのではなかったか。「猩々の養育院」では「猩々」にもはるかに劣る帝都東京の救恤《きゅうじゅつ》政策の貧困を風刺したのではなかったか。

ところがここでは正反対のことを言っている。「日本は明治の御代となり仁徳のうるおいは広く行きわたり、……人民は、世がよく治まり食物が十分で、満足して」いると。

それならば続く一節も正反対のことを言おうとしているのではないか。「もう一人の義仲が現れて革命の暁鐘を鳴らさせる機会がないのは、太平の御代に生きる幸せである」はその反対のこと「もう一人の義仲が現れて革命の暁鐘を鳴らし」す時代に自分たちは生きている、と言うのではないか。

とすれば、その前の部分、すなわち〈義仲の「教訓は長」く、その「革命の……霊火は」消えず、「革命の先動者」義仲の「革命の角笛の響は嚠々として」今も鳴り響いている。かれは死んだが、かれの「革命の健児たるの真骨頭は」いつまでも残る〉という部分も全然別の意味を帯びてこよう。

義仲の革命精神は七百年後の今の日本に甦る、または甦っている、と言っているのだ。おそろしい結論である。

芥川は当代のどんな人物に「義仲」を見ているのであろうか。

本稿は「義仲論」を読むのが目的ではないので、この問題にはざっと触れるにとどめたい。芥川は現代の義仲を「日露戦役中の非戦論者」すなわち幸徳秋水・堺利彦に見ている、とわたくしは読む。

幸徳等の運動は苛酷な弾圧を受け続けついに一九〇五年（明38）一月「平民新聞」は廃刊に追い込まれる。幸徳自身が投獄される（2／28〜7／28）。幸徳は獄中で社会主義から無政府主義に傾いてゆき、天皇（制）との真正面からの対決を決意する。九月五日日露講和条約締結。幸徳は一一月四日アメリカに亡命。一九〇六年（明39）六月、秋水（過激な無政府主義者、直接行動論者となって——芥川少年はここまでは知るまい）帰国。その激烈な論（治者暗殺を含む）を展開・伝道する。

こうした背景を念頭に「日露戦役中の非戦論者」に関して芥川の思想に影響をあたえたかも知れない二つの情報（前記三作品執筆以前の）を挙げておこう。

一つは、一九〇八年（明41）六月二二日に起きた赤旗事件。これは大逆事件の発端とされる社会主義者・無政府主義者弾圧事件である。当時の「東京朝日新聞」「国民新聞」などはこの事件を詳報し、面白おかしく書き立てた。堺枯川が拘引され、重禁錮二年の有罪にされたことなども関心があれば、新聞で知りえたはずである。

もう一人の「非戦論者」幸徳秋水のその後の動向もたとえば杉村楚人冠「幸徳秋水を襲ふ」が知らせている（東京朝日新聞明治四二年（1909）六月七日、八日）。

（赤旗事件の結果）「九人の同志盡く獄に下つて己れ独り孤塁に拠つた無政府主義の大将幸徳秋水君を試みに平民社に訪ふ」とこのレポートは始まる。秋水は「自由思想」を発刊しようとして、猛烈な弾圧を受ける。そして玄関前には紅白のだんだらの幕を張って秋水と訪問者の一挙一動を見張り訪問者を検問している。この深刻な事態を楚人冠はユーモラスに報告する。さらに日本の社会主義運動の歴史を記し、幸徳の帰国後運動は「社会民主主義」と「無政府主義」の二派に分かれたこと。「日本の無政府主義は秋水君が初めて米国から齎《もたら》し帰つたもので其の当時は殆ど誰一人之れに耳を傾ける者なく多年の同志堺枯川君などさへ一時相乖《そむ》くが如き中であつた」等の事情も紹介される。

さらに東京朝日新聞に連載中の「それから　十三の六」（明治四二年九月一二日）で夏目漱石が、「現代的滑稽の標本」として秋水への厳戒体勢を書きこんでいる。

これらの情報をめぐって久板卯之助から直接聞くこともあり得たし、新聞を通じて同じ情報を共有したことも考えられる。

芥川家で東京朝日新聞を取っていたか否かを含めてこれ以上調査・考証する余裕は無いが、つぎの推定を提起しておきたい。

「革命の先動者」義仲に比定されている「昭代の」「革命の先動者」は秋水・枯川であり、一人に絞るなら幸徳秋水であろうと。

二　その後の芥川龍之介――「羅生門」誕生まで――

一九一〇年（明43）二月以後一九一五年（大4）七月までの「ヒサイダさん」系の流れをざっと見ておこう。結論を先に言えば、「ヒサイダさん」系はふたたび伏流する。

二月以後は一高入学のための準備に没頭する。その間の六月一日幸徳秋水逮捕。六月四日にはそれが「我国に於ては破天荒の驚く可き大隠謀」と関係しているらしい、と報道される（東京日日新聞)。読売新聞も「実に我国未曾有の大事件」と報ずる(6/4)。これ以後も事件をめぐる報道が時々世をおどろかすが、芥川の書簡等にはその影響は見られない。

九月一高に入学。この前後の読書は荷風、漱石、吉井勇等の作品があがる。九月一六日の山本喜誉司宛書簡には授業の準備が大変だ、「此頃は無精をして新聞をよまない事が多」いなどとある。

一二月幸徳(大逆)事件の公判。

明けて一九一一年(明44)一月一八日特別裁判で幸徳等二四名死刑の判決(翌日うち一二名無期懲役に減刑)。判決書は全文が各新聞を通じて報じられた。大々的な捏造による多数の無実の被告の処刑を含む惨酷無残の判決であった。ただ事件の核心に、少数者による天皇暗殺計画があったことは事実である。それを主動したのは秋水。宮下太吉が爆裂弾試作に成功した(1909/11/3)時に動揺したものの、結局事件の責任を取って裁判闘争で被告たちを守るべく立派に闘ったのも秋水であった。しかし「昭代の」「革命の先動者」幸徳秋水が天皇暗殺計画にまで行き着いたことに芥川はショックを受けたかも知れない。この時期のかれの内面を知る手がかりは見えない。

二四日幸徳等一二名に死刑執行。新聞は真偽いりまじりの、あるいは苛酷な凄惨な、あるいは偽善的な記事を載せる。芥川の場合、大逆事件は「ヒサイダさん」的なものから一時的に距離を置く契機になったのかも知れない。

二月一日徳富蘆花一高で「謀叛論」の題で講演。後述のごとく感銘を受けた者も非常に多かったようであるが、芥川が講演を聴いたことを示す資料は無い。講演の影響はほとんどこうむらなかったと思われる。二月一四日前記の山本に「此頃僕は吉井勇が大好きになつた」と書く。吉井の酒と女の青春歌集『酒ほがひ』に芥川は耽溺している。

他方高校生（旧制）になった芥川の前に古今東西の知識の世界が開け、貪欲にそれらを摂取している。

九月、二年生になった芥川は一高の寮に入る。ここで同室となった井川（後の恒藤）恭と親友になる。

一九一三年（大2）九月、東京帝国大学文科大学英吉利文学科に進む。井川は京都帝国大学法科大学政治学科に進む。

一九一四年（大3）一月一日の山本喜誉司と浅野三千三宛の年賀状はほぼ同文である。ここでは山本宛を引く。

つゝしみて新年を祝したてまつる

〃危険なる洋書〃をとぢて勅題の歌つかまつる御代のめでたさ

「危険なる洋書」は一九一〇年（明43）九月一六日から二四日まで九回、二七日から二九日まで三回連載され、最後は一〇月四日に掲載された東京朝日新聞のシリーズ物（計一三回）であろう。一高に入ったばかりの芥川も興味津々で読んだのではなかろうか。

「危険なる洋書」の内容を仮に「風俗壊乱」系と「朝憲紊乱」系にわけると、一二回分が「風俗壊乱」系であり、「朝憲紊乱」系は最後の一回「幸徳一派の愛読書」のみである（クロポトキンの四著を紹介）。ここは「モーパッサン」「イプセン」「ベルレーヌ」「ボドレール」「フローベル」「オスカ、ワイルド」「ゾラ」などの「風俗壊乱」系の洋書であろう。ボードレールの『悪の華』であるなら（この頃愛読していたという）、歌の意味がとくにとおりやすい。

「危険なる洋書」を『悪の華』であると仮定して、仮に訳をほどこすとこうなろうか。

「新年早々先ず楽しんだ『悪の華』を閉じて、さてこれから勅題の歌をお作り申そうかとは、大正の御代のめでたさよ」

結句「御代のめでたさ」に「義仲論」の末尾「昭代の幸也。」が重なるようである。「ヒサイダさん（久板卯之助）」は生きている。

さて、この「大正三年は芥川の精神の最も高揚した年であり、作家芥川龍之介誕生の準備・助走の時期であった」（東郷克美）[3]。

春、吉田弥生に恋心を抱くようになる。

四月一四日芥川初めての小説「老年」を脱稿。

五月ころから次第に吉田弥生との恋が進行したらしい。

七月二八日第一次世界大戦（未曾有の帝国主義戦争）始まる。

八月一五日「青年と死」脱稿。この月三〇日付の井川宛書簡で、「僕は卒業論文でW.Morris

をかかうと思つてる」と言う。平民新聞連載、モリス原著・枯川生抄訳「理想郷」の伏流が地表に出たと読み取れる。「ヒサイダさん（久板卯之助）」は生きている。
九月二八日井川の所に長い詩が届く。題して「ミラノの画工」。一連三行計二五連からなる。「画工」を「作家」と読み替えると当時の芥川の「生れ出づる悩み」が見えそうである。第一〇、一一、一二連を引こう。

〝けれども皆画工だ
少くとも世間で画工だと云ふ
少くとも自分で画工だと思つてゐる

〝自分にはそんな事は出来ない
自分は自分の画と信ずる物を
かくより外の事は何も出来ない

〝しかしそれをかく事が又中々出来ない
何度も木炭をとつてみる
何度も絵の具をといてみる

つぎは一一月一四日原善三郎宛書簡から。

画かきでは矢張マチスがすきです僕のみた少数な絵で判断して差支へないならほんとうに偉大な芸術家だと思ひます、僕の求めてゐるのはあゝ云ふ芸術です日をうけてどん〳〵空の方へのびてゆく草のやうな生活力の溢れてゐる芸術です其意味で芸術の為の芸術には不賛成です此間まで僕のかいてゐた感傷的な文章や歌にはもう永久にさやうならです、同じ理由で大抵の作者の作には不賛成至極です、鼻息が荒いなんてひやかしちやあいけませんほんとうにさう思つてゐるんです

此頃はロマン・ロオランのジャン・クリストフと云ふ本を愛読してゐます

「此間まで……永久にさやうならです」について東郷克美はこう言う。

「これまでの習作――おそらくは『大川の水』（大三・四）や『老年』（大三・五）のように下町情緒を描いて小さいなりに『器用な』作品や北原白秋・吉井勇らの影響の色濃い『感傷的な』短歌などをさす――を全否定するに至っている。しかしそういう内から噴出しようという生命力に対して、この青年はまだスタイルを与えることができないでいる。」

一二月「ひよつとこ」脱稿。しかし「まだスタイルを与えることができないでいる」点では「大川の水」や「老年」と変わらない。

月末、すでにある陸軍中尉との縁談があり婚約にいたった吉田弥生に、龍之介は求婚の手紙

を出したらしい。偶然の行き違いなども生じたが、弥生も龍之介の愛に応えようとしたらしい。

一九一五年（大4）の一月初め、龍之介は養父母と母代わりの伯母に、弥生と結婚したい旨を申し出た。「そして烈しい反対をうけた　伯母が夜通しないた　僕も夜通し泣いた／あくる朝むづかしい顔をしながら僕が思切ると云つた　それから不愉快な気まずい日が何日もつゞいた」（井川宛1915／2／28）

この時かれは「〈家〉がいかに自分を束縛するものであるかを知」った。（関口安義『「羅生門」の誕生』[4]。以下「関口誕生」と略記。）

弥生に対する思いは非常に強いものであった。芥川は恋を忘れるべく、養父母と伯母に対する切ない反逆の意もこめて、吉原通いを始める。それを短歌その他二〇首に詠んでいる。詞書きには「われは忘却を感能《ママ》に求め、感能はわれに悲哀を與へたり」ともある。三首ほど引いておこう。

烏羽玉の夜空の下にひそ〳〵とせぐゝまりつゝ行く男あり
これやこの新吉原の小夜ふけて辻占売りの声かよひ来れ
見すまじきものなりければ部屋ぬちのうすくらがりをめづる女か

遊郭通いは一月？〜四月上旬？のことだったらしい。

吉田弥生をめぐるこうした体験は芥川の人間認識・社会認識を深めた。

イゴイズムをはなれた愛があるかどうか　イゴイズムのある愛には人と人との間の障壁を

わたる事は出来ない　人の上に落ちてくる生存苦の寂莫を癒す事は出来ない　イゴイズムのない愛がないとすれば人の一生程苦しいものはない

周囲は醜い　自己も醜い　そしてそれを目のあたりに見て生きるのは苦しい　しかも人はそのまゝに生きる事を強ひられる　一切を神の仕業とすれば神の仕業は悪むべき嘲弄だ

僕はイゴイズムをはなれた愛の存在を疑ふ（僕自身にも）僕は時々やりきれないと思ふ事がある　何故こんなにして迄も生存をつゞける必要があるのだらうと思ふ事がある　そして最後に神に対する復讐は自己の生存を失ふ事だと思ふ事がある

僕はどうすればいゝのだかわからない

これは三月九日井川恭に宛てた手紙である。驚いた井川は三月二二日に上京し、芥川の家に泊まり、しばらく芥川と起居をともにした。このときも井川は一度松江に来るよう熱心に誘った（関口誕生）。井川が帰ったあとであろう、芥川は品川遊郭にも通ったらしい。

四月病気になった。微熱が出て、体調は思わしくない。「花柳病」の公算が濃いと言われている。他方ではすでに人妻となった吉田弥生への思慕はつづく。五月下旬には「病気は殆どいゝ　尤もまだ医者へは通つてはゐるが」（井川宛5／23）というところまで回復した。

大学の定期試験を受け（六月中旬）、翻訳の仕事もし、創作もし、七月上旬には医者からも解放されたようだ。「彼是二週間ばかり」芝の芥川家にゆき「弟（異母弟新原得二）の試験勉強の手伝」もしている。七月二三日小説「仙人」を脱稿。しかしこの時になっても「まだスタイルを与えることができないでいる」。井川の誘いに応じて八月になったら松江に行くことが確定。

松江に向けて発つ二日前の八月一日に書いた山本喜誉司宛の手紙は注目に値する。前年書いた詩「ミラノの画工」や原善三郎宛書簡に共通する、芥川文学の「生まれ出づる悩み」と抱負とが記されているからである。

いつ僕のゆめみてゐるやうな芸術を僕自身うみ出す事が出来るか　考へると心細くなるすべての偉大な芸術には名状する事の出来ない力がある　その力の前には何人もつよい威圧をうける　そしてその力は如何なる時如何なる処にうまれた如何なる芸術作品にも共通して備はつてゐる　美の評価は時代によつて異つても此力は異らない　僕は此力をすべての芸術のエセンスだと思ふ　そしてこの力こそ人生を貫流する大なる精神生活の発現だと思ふ　此力に交渉を持たない限り芸術品は区々なる骨董と選ぶ所はない

日本の作品にこの力を感じるやうなものがあるだらうか　日本の芸術家にこの力をのぞむで精進してやまない者がゐるだらうか（僅少な例外は措いて）もしないとするならば彼等は悉《ことごと》くブルヂヨオであつて芸術家の資格はない

芥川は独自の文学創出の可能性を感じ、その高みに到達する手立てを求めてもがいている。そして松江に旅立った。八月五日井川の許に着いた。親友井川の最上の歓待を受けた。心身に力が満ちてきた。八月二一日無量の感謝を井川に捧げつつ松江を離れた。二三日帰京。

松江を去ってひと月後の九月一九日、芥川は井川宛に書簡を投函した。詩四篇が入っていた。その第一篇「Ⅰ 受胎」について、竹盛天雄は『羅生門』受胎のドラマ、その誕生の歓びを友人井川に報じたもの」と読んだ。[5] 関口安義はこれを受けて「詩四編」全体が「初出稿『羅生門』の誕生にかかわるものとの確信」を表明した（関口誕生）。芥川自身が「羅生門」脱稿を「――四年九月――」と記しているのだから、関口の読みは疑いの余地をはさまない。

その詩四編のうち前半の二篇「Ⅰ 受胎」と「Ⅱ 陣痛」を引こう。一九〇三年ころ「ヒサイダさん」に初めて出会って以降この日まで、一〇年余を経ている。この間の芥川の文学的営為を思って読むと深い感慨を禁じ得ない。

「井川君に献ず」とあることは「詩四編」が松江における井川との交誼と不可分であることを暗示する。「受胎」は「羅生門」の「受胎」である。そしてより広くは、独自の文学（芥川文学）創出の予感であろう。

詩四篇
井川君に献ず

Ⅰ　受　胎

いつ受胎したか

それはしらない
たゞ知つてゐるのは
夜と風の音と
さうしてランプの火と――
熱をやんだやうになつて
ふるへながら寝床の上で
ある力づよい圧迫を感じてゐたばかり
夜明けのうすい光が
窓かけのかげからしのびこんで
涙にぬれた私の顔をのぞく時には
部屋の中に私はたゞ独り
いつも石のやうにだまつてゐた
さう云ふ夜がつゞいて
いつか胎児のうごくのが
私にわかるやうになつてくると
時々私をさいなむ
胎盤の痛みが

日ごとに強くなつて来た
あゝ神様
私は手をあはせて
唯かう云ふ

Ⅱ　陣　痛

海の潮のさすやうに
高まつてゆく陣痛に
私はくるしみながら
くりかへす
「さはぐな　小供たちよ」
早く日の光をみやうと思つて
力のつゞくだけもがく小供たちを
かはゆくは思ふけれど
私だつてかたわの子はうみたくない
まして流産はしたくない
うむのなら

これこそ自分の子だと
両手で高くさしあげて
世界にみせるやうな
子がうみたい
けれども潮のさすやうに
高まつてゆく陣痛は
何の容赦もなく
私の心をさかうとする
私は息もたえだえに
たゞくり返す
「さはぐな　小供たちよ」

一九一五年（大4）九月下旬芥川龍之介はついに「両手で高くさしあげて／世界にみせるやうな」作品を生んだ、「羅生門」を。

松江滞在期間中になにがあったのか。幸徳秋水の『社会主義神髄』『帝国主義』と出合ったのである。

大謀反人の二著を貸してくれた人物は松江の人しか考えられない。ということは井川（後に恒藤）恭に特定される。

井川恭と芥川と秋水二著とのつながりをざっとたどろう。

芥川龍之介は一九一〇年（明43）九月第一高等学校第一部乙類に入学、同級に井川恭がいた。一高は全寮制であったが芥川は自宅通学していた。翌一一年二月一日に徳冨蘆花の「謀叛論」演説があったが、寮生でない芥川は前述のごとくおそらくこれを聞いていない。

（以下関口安義『恒藤恭とその時代』によると）井川は「向陵記」と題する自分の日記にくわしく当日の模様と演説内容を記録する（大学ノート三枚半）など、蘆花演説に深い共感を持ったという。知性のすぐれた学生なら演説から遡って大逆事件へ、さらに幸徳秋水へとそのうち向かう者もあろう。

一九一一年九月芥川が入寮して井川と同室になり、ふたりの親交がはじまる。

一九一三年（大2）、芥川は東京帝国大学文科大学英吉利文学科に入学。井川は京都帝国大学法科大学政治学科に入学した（以後も二人の親交はつづく）。そして一六年（大5）井川は同大学院（国際公法専攻）に進学。大学院時代から社会思想に関心を示し、河上肇との個人的接触もはじまったらしい。以後河上との親交は深まっていったという。

こういう井川恭であるから、大学院進学の一年前（芥川を松江に迎えた一五年八月）にすでに社会思想あるいは社会主義について関心を持ち、調べはじめていたと思われる。蘆花が「謀叛論」演説で熱く語ってくれた幸徳秋水、日本社会主義運動最初の指導者幸徳秋水、絞首台でくびられた大逆事件の首領幸徳秋水に、その後関心を寄せ、その著書を渉猟していたしても何の不自然さも無い。

以上によって松江における二著の所蔵者・貸し手は井川恭である。

そして芥川が、幸徳秋水の二著を受容する素地は十分にできていたこと、第一章で見たとおりである。

では幸徳秋水『社会主義神髄』『廿世紀之怪物 帝国主義』が「羅生門」誕生にあたって、どれほど深く大きな役割を果たしたか、これを見て行こう。

三 幸徳秋水『社会主義神髄』と「羅生門」

幸徳秋水『社会主義神髄』(朝報社、明治三六年七月刊)の「第一章 緒論」に次のくだりがある(以下本稿で使用のテキストは岩波文庫一九六八年第14刷)。

(産業革命の結果、人類はごく少数の富者すなわち「労働するの人に非ずして、却て徒手逸楽遊惰の人」と大多数の働く極貧者に分かれた。この働く大多数の前にあるのは)

則ち長時間の労働也、苦痛也、窮乏也、**無職業也、餓死也。餓死に甘んぜずんば、則ち男子は強窃盗たり、女子は醜業婦たらんのみ、堕落あるのみ、罪悪あるのみ。**(太字は近藤)

と。

これは「羅生門」のテーマに関わる材源である。このことを以下に明示したい。

芥川は「『昔』」でこんなことを書いている。

……今僕が或テエマを捉へてそれを小説に書くとする。さうしてそのテエマを芸術的に最も力強く表現する為には、或異常な事件が必要になるとする。その場合、その異常な事件なるものは、異常なだけそれだけ、今日この日本に起つた事としては書きこなし悪い、もし強て書けば、多くの場合不自然の感を読者に起させて、その結果折角のテエマまでも犬死をさせる事になつてしまふ。所でこの困難を除く手段には「今日この日本に起つた事としては書きこなし悪い」と云ふ語が示してゐるやうに、昔か（未来は稀であらう）日本以外の土地か或は昔日本以外の土地から起つた事とするより外はない。僕の昔から材料を採つた小説は大抵この必要に迫られて、不自然の障碍を避ける為に舞台を昔に求めたのである。

たしかにこのような「テエマ」（産業革命後の今のような社会では、失業した男は餓死するか窃盗・強盗になる外ない）を「今日この日本に起つた事としては書きこなしにく悪い、もし強て書けば、多くの場合不自然の感を読者に起させて、その結果折角のテエマまでも犬死をさせる事になつてしまふ」。そこで芥川は「昔から」（つまり主として今昔物語から）「材料を採つた」のである。

「羅生門」の梗概に沿って、「材料を採つた」様を見て行こう。要所は**太字**にしてある。

1、一人の若い下人が羅生門の下で雨やみを待っていた。**京都はひどくさびれ荒んでいる。**羅生門の楼上は引き取り手のない死体置き場になっている。

――方丈記を借りて「さびれ荒ん」だ京都を舞台として設定するが、これは『社会主義神髄』の、つまり産業革命後の日本延いては欧米諸国の社会情況を念頭にした設定である。――

2、若い下人は四、五日前に主家から**暇を出され**、生きて行く術がなく途方に暮れている。**饑死**《うえじに》するか**盗人**《ぬすびと》になって生きるか。これしかない、のは分かっている。でも盗人になる**勇気**が出ない。寒くなったので楼上で夜を明かそうとした。

――平安・鎌倉時代の下人は「荘園内の武士・荘官・名主に隷属し、家事・耕作などに使用され相続・売買の対象とされたもの」だと言う（角川日本史辞典第二版、一九七四年）。だから「主家」が「暇を出」すことはないだろう。そのくらいなら売るだろう。芥川は秋水の「**無職業也**」を踏まえ、「**暇を出され**」としたのであろう。産業革命後の資本主義諸国（日本及び欧米）の労働者にとって、「餓死」の一つ手前にある恐怖が「**無職業**」すなわち失業だった。そして「無職業」の果てに来るのが「**餓死**」であると秋水は言う。「羅生門」の当該箇所を摘記しておこう。

> ……手段を選んでゐる遑《いとま》はない。選んでゐれば、築土《ついぢ》の下か、道ばたの土の上で、**饑死**《うゑじに》をするばかりである。……選ばないとすれば……「**盗人**《ぬすびと》になるより外に仕方がない」。

秋水の所謂「**餓死に甘んぜずんば、則ち男子は強窃盗たり**」である。下人はまだ「強盗」を考えることはできない。**盗人**《ぬすびと》すなわち「**窃盗**」になるかならないかで逡巡している。下人は今近代人的悩みを悩んでいる。近代人のように解決するであろう。――

3、下人は楼上で死骸の間に「猿のやうな老婆」がいて、火を灯し死骸の首から髪の毛を抜いているのを、恐怖して見る。

――「猿のやうな」もキーワードに準ずる言葉である。芥川はこのあと老婆に動物の比喩を重ね塗りする。『帝国主義』との関係で後述するが、芥川の以後の人生を貫く「人間獣」認識の最初の表現である。――

4、見ているうちに恐怖は消えてゆき、下人は老婆の行為ひいてはあらゆる悪に、反感を持った。餓死するか盗人になって生きるかの迷いは消え、ただ悪を憎む男になっていた。

――下人の心理はまったく近代人のそれである。これは芥川が材料にした今昔物語（巻二十九、第十八）の「盗人」と比較すると歴然とする。「盗人《ぬすびと》」は非常に年取った老婆から、若い女主人であった死人の長い髪をむしり取る事情を聞くや、何のためらいもなく、死人の着物と老婆の着物と老婆が抜き取ってあった髪の毛とを奪い取って逃げてしまう。心理に何の屈折もない。野獣のごとく直線的である。――

5、そこで下人は老婆の前に飛び出しねじ倒して、何をしていたのか白状しろ、と太刀を抜いて脅す。自分がか弱い老婆に優越しているという意識が下人の憎悪の心を冷ましていった。

「後に残つたのは、……安らかな得意と満足」であった。

――いい若い者（下人）が「鶏の脚のやうな、骨と皮ばかりの腕」の老婆の生死を支配してなんの「得意と満足」ぞ。まったくの戯画である。しかし単なる戯画ではない。次節で見るが、『帝国主義』の中には「下人」そっくりの人物や強国が出て来る。たとえばビスマルク。かれはまずほしいままに「最弱の隣邦」と戦ってこれに勝ったが、ドイツ国民の中の「迷信、虚栄、獣力を喜ぶ」連中は競ってかれを支持した。そして普仏戦争。フランスに勝ったドイツ国民は「戦勝の虚栄」に酔っている。芥川は下人の「得意と満足」の中に帝国主義時代の強国の現在をも戯画化しているようである。――

6、老婆は言った。死人の髪の毛を抜くのは悪いかも知れぬ。だがここの死人どもは死後に髪の毛を抜かれる位のことをされてもいい人間ばかりだ。現に今自分が髪を抜いた女も生前は、蛇を切って干し、干魚《ほしうお》だと偽って売っていた。自分はそれも悪いとは思わぬ。饑死しないためには仕方なかったのだ。自分が今していたことも悪いこととは思わぬ。「**これとてもやはりせねば、饑死をするぢやて、仕方がなくする事ぢやわいの**」と。

――これは秋水の「**女子は醜業婦たらんのみ**」のパロディでもある。老婆はもはや売るべき「春」も無い。だから「醜業婦」にもなれない。ましてや「強窃盗」にはなれない。生きた人からは何ものも得られない。だから相手は死者しか無い。死んだ人の髪の毛を「奪う」！　彼女の生きようとする心の強さはたいしたものである。秋水は女性の堕ちた最下層を「醜業婦」

と思ったようだが、どうしてどうして、底には底があった。さて、「下人」にもどろう。——7、これを聞いているうちに下人の心に**勇気**が生まれてきた。**窃盗**はおろか**強盗**になってでも、生きようという**勇気**が。

——まさに「餓死に甘んぜずんば、則ち男子は強窃盗たり」である。——

8、「では、己が**引剥**《ひはぎ》をしようと恨むまいな。己もそうしなければ**饑死**をする身体なのだ。」下人は老婆の着物を剥ぎとった。その着物を脇に抱えて階段を駆け下りた。

——「引剥」は窃盗ではない、強盗である。下人はかくして「**強盗**」になった。つまり「下人」は「持てる者から奪って生きる」道を選び実行した。相手は身にまとう物一枚しかないこの世でもっとも貧しい老婆である。その老婆からその一枚を奪うとは！いじましいにもほどがある。救い（?）は老婆の生きる執念の超人的・動物的な強さである。この人ならまたどこかの死体の着物を剥ぎ取ってこよう。

芥川は「奪う」という思想と行動の背後にも幸徳秋水を置いて、ひとり楽しんでいるように見える。つまり『社会主義神髄』のパロディをここにも仕掛けているらしい。

第四章「社会主義の主張」にこんな箇所がある。〈土地は人類発生以前から存在した。地主が作りだしたものではない。資本〈工場・機械等の生産手段や貨幣〉は社会協同の結果であって資本家だけで産出したのではない。土地や資本は社会人類全体のために存在するのであって、個人や少数階級のために存在するのではない。ゆえに地主・資本家にこれを専有する権原のあろうはずがない。しかしこれを使って社会の役に立っているうちはまだよい。かれらがそれによって社会全体の富を略奪し、社会全体の幸福を犠牲とし、社会の進歩を妨げるに及んでは……と論をかさねた秋水は、つぎのように断言する。）「社会が直ちに之を彼等の手より略奪して、マルクスの所謂『是等略奪者より略奪す』るの至当なるは、言を俟たざる所也」と。

ついでに、秋水の引用した「マルクス」の出典であるが、正確なところは分からなかった。『資本論』第一巻第二四章の終わりの方にある有名な箇所であろうか。「資本主義的私有の最期を告げる鐘が鳴る。収奪者が収奪される。」

芥川がもうひとりの大思想家の言『是等略奪者より略奪す』を脳裏に浮かべていた可能性もある――

さて「羅生門」の結びはこうである。

下人の行方は、誰も知らない。

ここの初出（「帝国文学」11月号）はもっとあからさまである。

下人は、既に雨を冒して、京都の町へ**強盗**を働きに急ぎつつあつた。

四　幸徳秋水『帝国主義』と「羅生門」

『帝国主義』の原題は『廿世紀之怪物 帝国主義』。一九〇一年（明治34）四月、警醒社刊。現在は岩波文庫版『帝国主義』（山泉進校注）など数社の版がある。[6]（ちなみに『社会主義神髄』の場合新刊はないようだが古本で諸版を簡単に入手できる。）

『帝国主義』に動物的比喩が多く用いられていて、それが「羅生門」に影響していると指摘したのは山下芳治（前掲修士論文）である。

山下がその際参考にした東郷克美「「猿のやうな」人間の行方――「羅生門」「偸盗」から「地獄変」へ――」[7]から、一つのくだりを引いてみよう。

「羅生門」がいささかあざとすぎるほどに多くの動物の比喩で充たされているのは周知のとおりである。そのこととテーマの動物的人間観との関連もいいふるされているといってよい。当然のことながら、動物の比喩の大部分は死人の髪の毛を抜く老婆の形容に用いられている。作者が老婆を動物的存在として描き出そうとしていることは明らかである。

……

ところで、こうした動物の比喩は「羅生門」以後、急に増加する。

なぜ「羅生門」で増加したのか。山下の指摘通り『帝国主義』の影響を媒介にすれば謎は解ける。

『帝国主義』に見られる「動物の比喩」の箇所を意訳あるいは要約して七項ほど引いてみよう。――併せてその項の内容が「羅生門」の下人－老婆－死者の関係の下敷となっていると見なしうる場合、それを適宜指摘して行こう。――

第二章「愛国心を論ず」より。

二―1「いわゆる愛国心」は、敵国・敵人（外国・外人）の討伐を栄誉とする「好戦の心」である。「好戦の心は即ち動物的天性《アニマル・インスチンクト》」である（別な箇所では「野獣的天性」とも）。だから「好戦的愛国心」は「動物的天性」そのものなのである。

――「天性（instinct）」は現在の日本語としては「本能」の方が原意をよく表すかも知れない。以下に見る様に「動物的・野獣的天性」は『帝国主義』を貫くキー概念である。死者の髪の毛を抜いてでも生きようとする老婆―その老婆の着物を奪ってでも生きようとする下人。二人の動物的本能と動物的関係は『帝国主義』の戯画である。――

二―2　哀しいことに「世界人民はなおこの動物的天性の競争」のうちに十九世紀を送り過ごし、二十世紀も同様にやってゆこうとしている。

――下人―老婆の関係は「世界人民」の戯画でもある。――

二―3　ドイツ統一の中心人物ビスマルク（1815―1898）は「獣力のアポストル（使徒）」であり「鉄血政策の祖師」である。かれはまずほしいままに「最弱の隣邦」と戦ってこれに勝った。国民の中の「迷信、虚栄、獣力を喜ぶ」連中は競ってかれを支持した。

……

（ついには普仏戦争でフランスに勝ったが、この戦争を利用してビスマルクはドイツの諸連邦を従えドイツ統一をなし遂げた。）ドイツ国民が屍の山を踰《こ》え血の流れを渉《わた》ろうと、「鷙鳥《しちょう》（猛禽）の如く野獣の如く」戦い、それによってドイツ統一の事業を成したのは、唯敵国（フランス）に対する憎悪の心・好戦的愛国心（動物的天性）が煽られ高じたからにすぎない。戦勝の虚栄に酔ったからにすぎない。

――この項については前節梗概5の所で触れた。――

二―4「日本人の愛国心（動物的天性）は」日清戦争に至って嘗《かつ》て無いくらい発現した。「彼らが清人を侮蔑し蔑視し憎悪する」様は、形容すべき言葉もない。白髪の老爺老婆から乳幼児に至るまで「殆ど清国四億の生霊を殺し殲《ほろぼ》して後甘心（満足）するの概ありき。虚心にして想い見よ、むしろ狂に類せずや、むしろ餓虎の心に似たらずや、然り野獣に類せずや。」

――下人・老婆はこの「日本人」のご先祖さまである。――

第三章「軍国主義を論ず」より。

ここで用いられる「軍国主義」は「軍備の拡張・充実が、国家の繁栄、社会の進展をもたらす第一条件であるとする考え方」（新潮現代国語辞典）としてよいだろう。秋水は軍国主義の「因由（原因）」を「多数人民の虚誇的好戦的愛国心の発越（高揚）」つまり「野獣的天性」の高揚に求めている。

三―1（軍国主義の勢力があまりに盛んになったため）「二十世紀の文明はなお弱肉強食の域を脱せず、世界各国民はあたかも猛獣毒蛇の区（地帯）にあるが如く、一日も枕を高くすること能わず」という情態である。

――「二十世紀の文明」「世界各国民」の現在は「さびれ荒ん」だ京都とかわらない。――

第四章「帝国主義を論ず」より。

ここで用いられる「帝国主義」は「領土拡張主義」を意味する。

四―1　領土拡張は、結局「他の国土を侵略し、他の財貨を略奪し、他の民人を殺戮しもしくば臣妾奴僕とする」。また侵略先の国土をめぐる帝国主義列国同士の紛争をひきおこし「互に相闘い相奪」うことになる。

――下人と老婆も「互に相闘い相奪」う。――

四―2　したがって領土拡張（帝国主義の実行）のためには、拡張・充実された軍備（軍国主義）を絶対的条件とする。その軍国主義は「野獣的天性」の産物なのであった（第三章）。

――つまり帝国主義の時代とは人間の動物的・野獣的天性が世界に蔓延している時代である、というのが秋水の認識である。この認識が羅生門楼上に展開される戯画された「動物的・野獣的」世界の出所である。――

こうして「羅生門」は当代の軍国主義批判、帝国主義批判を蔵しているのである。


さて、芥川の「人間獣」という認識はかれの「三十五年の生涯を貫いたひとつの顕著な人間認識であった」。そしてその認識の文学的表現の手始めが「羅生門」だった。さらに「人間に獣性をみるこの認識は、『周囲は醜い、自己も醜い』ということを痛切に思い知らされ、『イゴイズムをはなれた愛の存在を疑ふ』（前掲大4／3／9、井川恭宛書簡）に至った吉田弥生をめぐる恋愛の挫折の中で強められていったものであったかもしれない」と東郷克美は言う[8]。

　これに「恋愛の挫折」後に吉原等の遊郭に通い、ついには「病気（花柳病？）」にまでなった、芥川自身の個人的体験も「人間獣」認識の素地を作ったと思われる。愛のないしかも金で買うセックスは多くの場合他の動物の性行為と変わらないものであろうし、感受性豊かで純で知的な芥川にはそれが痛感されたであろうから。

　芥川龍之介の「人間獣」認識も『帝国主義』に触発されて成り、ここに源を発したことは疑いなかろう。

『帝国主義』は、第五章「結論」で終わる。

　秋水は帝国主義の列国間への流行をペストの流行に喩える。

　五―1　ペスト菌にあたるのが「いわゆる愛国心（動物的天性）」である。ペスト菌を媒介するネズミにあたるのが「軍国主義」。軍国主義を媒介にして「世界列国に伝染し」た世界の現状が「ペストの流行」すなわち「帝国主義の流行」である、と。

　五―2　この「帝国主義的ペスト」をどうしたら根絶できるか。秋水は主張する。「社会国家に向って大清潔法を施行せよ、換言すれば世界的大革命の運動を開始せよ」と。具体的に言えば、「少数の国家」を「多数の国家」にし、「陸海軍人の国家」を「農工商人の国家」にし、「貴族専制の社会」を「平民自治の社会」に変え、「資本横暴の社会」を「労働者共有の社会」

にすることだ、と。そうすれば「野蛮的軍国主義を亡」くし、「略奪的帝国主義を」取り除き払い除くことができるだろう。

五―3　もしこの「大革命」を実現できず、帝国主義の今日の趨勢を放っておき、気にかけないでおくならば、と秋水は次の大警告をもって本書を結ぶ。

吾人の前途はただ黒闇々たる地獄あるのみ。

秋水が『帝国主義』を出版して一三年後の一九一四年（大3）七月二八日第一次世界大戦がはじまる。協商国側（フランス、イギリス、ロシア等）と中央同盟国側（ドイツ、オーストリア＝ハンガリー帝国、オスマン帝国、ブルガリア帝国等）との戦争であった。資本主義の発達を基礎に持つ帝国主義国と旧体制の色濃い帝国主義国が複雑な利害に基づいて同盟を結んで戦った。どの国も幸徳秋水の概念でいえば「帝国主義」国である。帝国主義戦争はアフリカやアジアの植民地をも巻き込んだ。結果は戦闘員・民間人の犠牲者約三七、〇〇〇、〇〇〇人。[9] このような「黒闇々たる地獄」は人類が未だかつて経験した事の無いものだった。「吾人の前途は」言語を絶する地獄をもう一度経験する。紛う事なき帝国主義大戦争すなわち　第二次世界大戦。幸徳秋水が二〇世紀最初の年に出版した『廿世紀之怪物　帝国主義』はおそるべき予言の書であった。

さて、『帝国主義』の結びに対応する「羅生門」の一文（結び直前）はこうである。

外には、唯、黒洞々たる夜があるばかりである。

この部分の準出典が幸徳秋水著『帝国主義』であることに、疑いの余地があろうか。芥川が『帝国主義』を読み、「羅生門」を書いている一九一五年（大4）の八、九月は、第一次世界大戦勃発から一年の後である。かれがこの帝国主義大戦争をどう見ているのか。それが「羅生門」に反映しているか否か、わたくしには分からない。

右記の文で「黒闇々」が「黒洞々」に変えられている。「黒闇々」と「黒洞々」は意味的にはほぼ等しいと思われるが、「羅生門」のここの文脈には「黒洞々」が至妙であろう。小堀桂一郎はK・H・シュトロープル著・森鷗外訳の怪奇小説『刺絡』中に「黒洞々たる夜を隕星が穿つように……」とあるのを示して、ここの「黒洞々たる夜」という形容が「芥川の語彙の中へ忍び込んだものと推測」しているが、それはそれとして当たっているだろう。

しかし「黒闇々」から「黒洞々」への変更はより深い意味をもつと思われる。芥川が「羅生門」を書いている頃の日本では幸徳秋水の名は口の端に上せるのさえ憚られた。秋水はたしかに近代日本最大の謀叛人であろう。かれが絞首台で処刑されて百年後の今日でさえ、かれが明治天皇暗殺計画（大逆事件）のアルファ（首唱者）でありオメガ（最終責任者）であった事実は禁句である（研究者間でもメディアでも）。まして大逆事件後数年間の時期にあって、事件に触れることがどれほど権力を刺戟したか、徳冨蘆花の「謀叛論」演説（1911／2）の大問題化、平出修の小説「逆徒」の厳しい発禁（1913／9）等の事件が示している。

まして無名の帝大生の書いた小説が秋水の結語を敷いて締めくくったとなれば、ただで済むはずがない。しかもここから『帝国主義』『社会主義神髄』をたぐり寄せられてはたまらない。芥川はどうしても韜晦する必要があった。その必要に応じて記憶から取りだしたのが「黒洞々」であった。

芥川龍之介「羅生門」の材源の核は幸徳秋水の二著である。

【付言1】

よく引かれ論じられるつぎの箇所（「あの頃の自分の事」より）について触れておきたい。

それからこの自分の頭の象徴のやうな書斎で、当時書いた小説は、「羅生門」と「鼻」との二つだつた。自分は半年ばかり前から悪くこだはつた恋愛問題の影響で、独りになると気が沈んだから、その反対になる可く現状と懸け離れた、なる可く愉快な小説が書きたかつた。そこでとりあへず先、今昔物語から材料を取つて、この二つの短篇を書いた。書いたと云つても発表したのは「羅生門」だけで、「鼻」の方はまだ中途で止つたきり、暫くは片がつかなかつた。

「羅生門」は「愉快な小説」だと作者は言うが、この作品に陰鬱な主題を読む見解が長らく支配的であった。これに対し関口安義は「この小説には若さがあり、明るさもあるのではないかとの、新しい読みが出現」したとして、笹淵友一の「芥川龍之介『羅生門』新釈」等をあげ、さらに関口自身は「羅生門」のモチーフとして「自己解放の叫び」説を提起した。[10] 芥川の文脈に沿うなら、かれは読者にとって「なる可く愉快な小説」とは言っていない。「気が沈んだ」自分自身を「なる可く愉快」にする小説を「書きたかつた」と言っているのである。

もしこれを読者にとって「愉快な小説」と誤読すれば、「羅生門」はたしかに「愉快な」小説ではない。腐乱した死骸の臭気に満ちた羅生門楼上、生きんがために死骸の髪を抜く老婆、その老婆から着物を剥ぎ取る若い下人。下人は強盗を働くべく夜の京都の町に急ぐ。この小説を「愉快な小説」と読めようか。

他方関口等は作者にとって「なる可く愉快な小説」との見地も取りいれて、「羅生門」に「若さ」や「明るさ」を読もうとする。示唆に富む見解であるが、論拠に説得力の欠けるうらみがあった。蘆花の「謀叛論」演説を媒介にして論を展開しても、資料的根拠がない上正鵠を得ることのできないもどかしさが残るのである。秋水の二著を媒介にしてはじめて、関口らの論は輝きを遺憾なく発揮するのではないか。

わたくしの見解を簡単に述べよう。

芥川は「愉快な小説」を書いているとの自覚があったにちがいない。「下人」の陰に近代随一の謀叛人幸徳秋水を隠し（ひょっとするとその奥にマルクスさえ隠し）ている楽しさ。

胸中に秘めてさえおけば（井川は知っていたかも知れないが）百年後までも隠しおおせる、危険きわまりない秘密を抱く作者という、スリリングな楽しさ。

秋水二著に拠って、虚構中ではあるが、旧道徳の縛めを断ちきり、「強盗の勧め」を書く楽しさ。この楽しさは関口の言う「自己解放」の賜ではないか。

青年（下人）の前に生きる道が悪の道唯一つしかないばあい青年はどうすべきか。作者は答える。「生きよ！」と。戯画化されているが、闇の中であるが、青年の前に生きる道が開けた。笹淵・関口の言う「明るさ」の光源はこれではなかろうか。

「羅生門」は芥川にとって「愉快な小説」だったし、作者の「自己解放」と「若さ」「明るさ」を秘めた小説でもあった。それが陰惨とも言える文字の底から、透けてくる楽しさ。

（2015／9／22）

【付言2】

芥川が「羅生門」を書き上げたのは一九一五年九月下旬。本稿を書き終えたのはちょうど百年後の九月下旬であった。これは研究仲間河野有時さん（都立産技高専）のひと言で気づいた奇縁である。

〈注〉

1　松澤信祐『新時代の芥川龍之介』（洋々社、一九九九年）の一章「初期文章と社会主義」を参考にした。

2　小松隆二『大正自由人物語――望月桂とその周辺――』（岩波書店、一九八八年）を主な資料とする。

3　東郷克美『佇立する芥川龍之介』（双文社出版、二〇〇六年）

4　関口安義『「羅生門」の誕生』（翰林書房、二〇〇九年）

5　竹盛天雄『羅生門』――その成立をめぐる試論――（関口外『芥川龍之介研究』〈明治書院、一九八一年〉所収）

6　本稿では岩波文庫版をテキストとする。なお、山泉の「解説」によると秋水は『帝国主義』執筆において John M.Robertson,*Patriotism and Empire*(London,1899) を参考にしているという。本稿ではロバートソンの存在を知るよしもない芥川の立場に従って、全叙述を幸徳秋水のものとして扱う。

7　注3に同じ。

8　注3に同じ。

9　数字はウィキペディア「第一次世界大戦の犠牲者」に拠った。

10　関口安義『芥川龍之介　実像と虚像』（洋々社、一九八八年）「第二章　自己解放の叫び」

III 「李徴」に啄木を代入すると

――中島敦『山月記』――

中島敦が「山月記」執筆にあたって換骨奪胎したのは、李景亮《りけいりよう》の「人虎伝《じんこでん》」である。しかしこの唐代の小説はわれわれの感動を呼び起こしたりはしない。単なる怪奇小説なのである。「人虎伝」なしの「山月記」は考えられないにしても、「山月記」の生み出す感動は「人虎伝」に由来するものではない。

「山月記」のなにが、なぜ、心をうつのか？

◎啄木を代入してみる

むかし数学の時間に「代入」という方法を教わった。わたくしは「山月記」に石川啄木《いしかわたくぼく》の「ローマ字日記」を代入することで、この問いに挑んでみようと思う。

話題をいったん啄木（一八八六〜一九一二）に移しこれを「山月記」冒頭と照応させてみよう。

幼いころは「神童」と呼ばれ、長じて満十七、八歳のころには「天才詩人」と騒がれ、自らも「天才」を自負していた啄木であった。〈博学才穎《さいえい》……若くして名を虎榜《こぼう》に連ね……自ら恃《たの》むところすこぶる厚く……〉

しかも啄木は高山樗牛《たかやまちょぎゅう》の天才主義（＝天才崇拝）に心酔してこれを実生活の中で実行しようとして生きた。彼のあの有名な借金生活も大言壮語も転職も漂泊も、この主義の実行の結果のうちだった。

その啄木が自らの「天才」を、小説を書く、それも売れる小説を書くことでしか、確認できないところに追いつめられて行ったのは、一九〇八年（明41）のことである。四月末に函館《はこだて》に老母妻子を残して上京、五月から書きまくったが金になるようなものはほとんど書けなかった。作品の質の面での高い評価も得られなかった。生活は窮迫し、親友・良き理解者金田一京助の援助でかろうじて生活していた。〈ひたすら詩作にふけった。……詩家としての名を死後百年に遺《のこ》そうとしたのである。しかし、文名は容易に揚がらず、生活は日を逐《お》うて苦しくなる。〉

一九〇九年（明42）三月、彼はまず自身が食べていくために、そして翌月東京に迎えると約束した家族のために、「天才」の膝《ひざ》を折って東京朝日新聞に校正係として入社した。当面売れる小説のできるめどが立たなかったのである。〈貧窮に堪えず、妻子の衣食のためについに節

を屈して……一地方官吏の職を奉ずることになった。一方、これは、己の詩業に半ば絶望したためでもある。〉

同年四月七日、啄木は一冊の洋横罫《けい》のノートを用意し、ローマ字で日記を書き始めた。有名な「ローマ字日記」である。この日記はいろいろに読まれ論じられる。読む場合のポイントはこの日記が啄木の人生最大の転換点において書かれている、ということである。啄木は一九〇一年（明34）から、つまり彼の文学的人生の初めから、信奉し実行してきた天才主義の破綻《はたん》を直視せざるをえなくなっていたのである。彼の天才主義の核心は自分の文学的「天才」への確信であった。彼の人生最高の目的は自己の「天才」の実現であった。その目的に向かってこの八年間しゃにむに突進してきて、彼の疑惑は絶望的に深まった。今の彼にとって文学とは小説である。その小説が書けないのは自分が文学的「天才」でなかったことの証明である。「天才」でないのなら自我に目覚めて以来今日までの八年間は、虚無に向かって突進した八年間ということになる。だから彼は自分が小説を書けないということを、すなわち「天才」ではなかったという事実を絶対に認めたくない。それを認めるより恐ろしいことはない。〈臆病な自尊心〉

ところが日々の現実は小説が書けないのだから、容赦《ようしゃ》なくささやきかける。「おまえは天才じゃない。おのれの正体を直視しろ！」と。かくて二つの心がせめぎ合う。二つの心の闘いは生活の現実によって増幅され、逃避行動によって延期され、家族の犠牲やはた迷惑を生む。会社は欠勤また欠勤。

友人知人と会うことを避けるようになり、やむをえず会えば弱みを見せないために不遜《ふそん》な態度をとる。〈尊大な羞恥心《しゅうちしん》〉

そこに描かれた多彩なドラマは岩波文庫や石川啄木全集などの本文で読まれたい。（ただしローマ字で読まないのは源氏物語を原文で読まないのとおなじであるが。この稿ではいちいち本を横にする煩雑さをさけるため、カタカナ表記をもちいる。）

以下は日記のモチーフの部分である。

四月一六日「ペンヲトッタ。三〇プンスギタ。ヨ（予）ワ　ヨ（予）ガ　トーテイ　シヨーセツヲカケヌコトヲ　マタ　マジメニカンガエネバナラナカッタ。ヨ（予）ノミライニナンノキボーノナイコトヲ　カンガエネバナラナカッタ。」

傍線部はこの日記のモチーフである。ただし、日記全体でここ一か所にしか現れない。これを考えるのが恐ろしいばかりに啄木はローマ字で日記をつづっているのである。うっかり書いてしまった啄木は自身の言葉に驚き、ペンを投げて友人金田一京助の部屋に行く。そこで数限りの馬鹿真似をする。

「ソシテサイゴニ　ヨワ　ナイフヲトリアゲテ　シバイノヒトゴロシノマネヲシタ。キンダイチクンワ　ヘヤノソトニ　ニゲダシタ！　アー！　ヨワ　キットソノトキ　アルオソロシイコトヲカンガエテ　イタッタニ　ソーイナイ！　ヨワ　ソノヘヤノデントーヲケシタ。ソシテトブクロノナカニ　ナイフヲフリアゲテ　タッテイタ！」

六月一六日の朝の分までこれからも多様に記述されるが、傍線部のように露骨な記述は必ず回避されることになる〈臆病な自尊心！〉。しかし、うっかり書いてしまったこのとき、啄木はおそらく生涯でもっとも凶暴な狂気を発した。

四月一七日「ソシテ　カケナクナッタ！」「ナゼ　カケヌカ？　ヨ（予）ワ　トーテイヨジシンヲ　カクカン（客観）スルコトガ　デキナイノダ。イナ。トニカク　ヨワカケナイ――」

五月四日「キョーモ（社を）ヤスム。キョーワ　イチニチペンヲニギッテイタ。」

五月六日「ヨワイマ　ソコ（底）ニイル――ソコ！　ココデシ（死）ヌカ　ココカラアガッテイクカ。フタツニヒトツダ。」

五月八日―一三日「カギリナキ　ゼツボー（絶望）ノヤミガ　トキドキ　ヨノ　メヲクラクシタ。シノー（死のう）トユー　カンガエダケワ　ナルベクヨセツケヌヨーニシタ。アルバン、ドースレバイイノカ、キューニ　メノマエガ　マックラニナッタ。」

こうして絶望の底に横たわる啄木のもとに

「ハハカラ　イタマシイ　カナノテガミガ　マタ　キタ。……カネヲオクッテクレトイッテキタ。」

五月一四日「シャヲ　ヤスンデイルクツー（苦痛）モ　ナレテシマッテ　サホドデナイ。ソノカワリ　アタマガ　サンマンニナッテ　ナニモカカナカッタ。」「ニドバカリ　クチノ

ナカカラ　オビタダシク　チ（血）ガデタ。」
五月三一日「二シューカンノアイダ、ホトンドナスコトモナク　スゴシタ。」
六月上旬「カミガ　ボーボートシテ、マバラナヒゲモナガクナリ、ワレナガライヤニナルホド、ヤツレタ。……　ヨワッタカラダヲ　一〇日ノアサマデ　三ジョーハン（三畳半）ニヨコタエテイタ。カコー（書こう）トユーキワ　ドーシテモオコラナカッタ。」〈その容貌《ようぼう》も峭刻《しょうこく》となり、肉落ち骨秀で、……かつて進士に登第したころの豊頰《ほうきょう》の美少年のおもかげは、どこに求めようもない。〉

このままいったら啄木はどうなったかわからない。

六月一六日、宮崎郁雨《みやざきいくう》につれられて老母妻子が上京を強行した。これが啄木を地獄から救いだすことになったのである。

以上、李徴《りちょう》が虎になるにいたる内面の過程を「代入」によって推量してみた。

さて、その李徴自身が虎になった理由を告白する場面こそ『人虎伝』には全くなく、しかも「山月記」で最も味わい深い段落である。この長い一段落に周知のキーワード「尊大な羞恥心」「臆病な自尊心」が出てくる。

「羞恥心」は、他人との交わりにかかわって生ずる心（人中に出ることを恥ずかしがる心）であり、「自尊心」は他人との（李徴の場合は詩才の）比較において生ずる心（自らを高しとする心）であるから、別々の二つの心である。しかし「尊大な羞恥心」と「臆病な自尊心」とは互いを食い合って互いを太らせつつ、しだいに合体してゆく奇怪な関係にある。

「詩家としての名を死後百年に遺《のこ》そうとした」李徴はなみならぬ自尊心をもっていた。だが「己の珠《たま》にあらざることを惧《おそ》れる」心・「刻苦を厭う」心（すなわち臆病）が同居していた。それが「進んで師に就いたり、求めて詩友と交わって切磋琢磨《せっさたくま》に努めたりすることを」さまたげた。そしてこのふるまいはそのまま李徴の「羞恥心」の現れでもあった。この羞恥心は人々の目には「尊大」と映った。人々の目に尊大と映っただけではない。「臆病な自尊心」が李徴の羞恥心を膨らませ、師やすぐれた友の前に出ることを避けさせているのだから、この羞恥心はまさに「尊大な羞恥心」なのだ。

李徴はまたいう。「己の珠なるべきを半ば信ずるが故に、碌々《ろくろく》として瓦《かわら》に伍することもできなかった。」と。ここでも同じく「臆病な自尊心」（珠なるべきを半ば信ずる！）はそのまま「尊大な差恥心」に転化している。

そして李徴は「次第に世と離れ、人と遠ざかり」（尊大な蓋恥心）、「憤悶《ふんもん》と慙恚《ざんい》とによってますます己の内なる臆病な自尊心を飼いふとらせる結果になった。」と告白する。「尊大な羞恥心」と「臆病な自尊心」とは因果となって李徴白身にも同じものとして認識される。だからこう言葉をつづける。「人間はだれでも猛獣使いであり、その猛獣に当たるのが、各人の性情だと言う。おれの場合、この尊大な羞恥心が猛獣だった。虎《とら》だったのだ。」と。

（少しだけ啄木にもどる。啄木は当時森鷗外《もりおうがい》や、島崎藤村《しまざきとうそん》、田山花袋《たやまかたい》に作品を見てもらうことは、可能だったはずだ。永井荷風《ながいかふう》は啄木を発行人名義とする雑誌「スバル」によく寄稿していた。「スバル」には平出修《ひらいでしゆう》、木下杢太郎《きのしたもくたろう》ら、すぐれた批評眼をもつ友人たちがたくさんいた。しかし「ローマ字日記」の啄木はもはやだれにも近づかなかった。そして臆病な自尊心と尊大な羞恥心を自身の破滅寸前にまで太らせていったのだった。）

李徴はつづける。「これがおれを損ない、妻子を苦しめ、友人を傷つけ、果ては、おれの外形をかくのごとく、内心にふさわしいものに変えてしまったのだ。」と。

「山月記」の李徴は虎になった。「ローマ字日記」の啄木はこの日記を書くことで、そしてあと百日ほどの整理期をおいて、『一握の砂』や「時代閉塞の現状」を著す新しい石川啄木へと変身していった。

◎敦の人生を重ねる

こんどは李徴と作者中島敦との関係を見てみよう。

敦は、祖父撫山《ぶざん》以来の、漢学を家学とした家柄の出である。朝鮮総督府立京城中学校を抜群の首席で通し、四年生から第一高等学校に抜群の成績で入学した。当時の一高に四年生で抜群の成績で合格したということは、掛け値なしに「郷党の鬼才」が「若くして名を虎榜《こぼう》に連ね」たということである。一九二六年（大15）に入学し、三〇年（昭5）に卒業した。同年東京帝国大学文学部国文科に入学。三一年（昭6）橋本たかと結婚。三三年（昭8）東大卒業、東大大学院に進学。そして同時に、横浜高等女学校に就職。いくら就職難の時代とはいえこの就職は敦のありあまる才能と教養を真に知る人には不遇と映ったであろう。

さて、京城中学校時代を回想した敦の一文にこんな箇所がある。「十六歳の少年の僕は学校の裏山に寝ころがって空を流れる雲を見上げながら、『さて将来何になったものだらう。』などと考へたものです。大文豪、結構。大金持、それもいい。総理大臣、一寸《ちよつと》わるくないな。」夢の第一に「大文豪、結構」と書いているところに、文学者こそ我が天職、の自覚がほの見える。後年「光と風と夢」のなかで、こう記す。「満十五歳以後、書くことが彼の生活の中心であった。自分は作家となるべく生まれついている、といふ信念は、何時《いつ》、又《また》、何処《どこ》から生じたものか、自分でも解《わか》らなかったが、兎《と》に角《かく》十五六歳頃《ころ》になると、既に、それ以外の職業に従ってゐる将来の自分を想像して見ることが不可能なまでになつてゐた」と。スティブンソンに託して書いているが、これは敦自身のことでもあるとしてよいであろう。（不来方《こずかた》のお城の草に寝ころびて／空に吸はれし／十五の心――啄木もまた十五のころ文学のデーモンにとりつかれた。）

にもかかわらず敦は中学校時代も一高時代も東大時代も小説のたぐいを書くには書いたが、鳴かず飛ばずだった。

横浜高女に就職した年、つまり一九三三年（昭8）に「北方行」という長編小説に着手した。その小説の現存する原稿の初めの方で登場人物にこう語らせているが、これまた敦自身の告白でもある。「彼は、やうやく、自分が、このやうにして、二進《にっち》も三進《さっち》も行かないどんぞこの泥《でい》濘《ねい》に陥ってゐたことに気がつきはじめた。」

翌三四年二月ころ「虎狩《とらが》り」を書き「中央公論」の懸賞に応募したが、選外佳作《かさく》。これまでも何度かこうした応募をしては失敗していた。「狼疾《ろうしつ》記」「かめれおん日記」を執筆したが会心作ではなかった。

敦の数え年三〇歳は一九三八年（昭13）だからその前であろう、こんな短歌を作っている。

遍歴《へめぐ》りていづくにか行くわが魂《たま》ぞはやも三十《みそぢ》に近しといふを

志からすれば何事もなさぬままに三十歳近くなったことに、敦は恐怖のようなものを抱いている。〈文名は容易に揚がらず、生活は日を逐うて苦しくなる。李徴はようやく焦燥《しょうそう》にかられてきた。〉

同じころ、四年前後をかけてかなりの量を書きついできた長編小説「北方行」を中断してしまう。

次の横浜高女における同僚の言葉も三七年（昭12）か三八年（昭13）ころの回想と思われる。

敦は、その頃文壇に登場した大学の後輩たちの活躍を、気にして居た。

「君、彼らほどの才能でも、努力すれば、これ位《くらい》にはなれるんだ。」

その後輩の文章の載った文芸誌を示しながら、そう洩《もら》したことがある。〈おれよりもはるかに乏しい才能でありながら、それを専一に磨いたがために、堂々たる詩家となった者が

いくらでもいるのだ。〉

就職後から数えても一九三八年（昭13）ですでに五年、十六歳の時からならもう一四年の月日が流れ去っている。

敦は依然としてよく遊びかつ勉強している。古今東西の名著を貪欲《どんよく》に摂取し続けている。だが、作家としての仕事はまだなきに等しい。それでも彼は師に就こうとしなかったし、同人雑誌に加わろうともしなかった。「臆病な自尊心」「人中に出ることをひどく恥づかしがるくせに、自らを高しとする点では決して人後に落ちない彼の牲癖」（尊大な羞恥心）とはすでに「狼疾記」に記されている言葉だ。

一九三九年（昭14）、三一歳。喘息《ぜんそく》の発作が激しくなる。相撲《すもう》、音楽、天文学に関心を寄せる。オルダス・ハックスレイを訳したりする。

一九四〇年（昭15）から翌四一年にかけて、「狐憑《きつねつき》」「木乃伊《みいら》」「文字禍《もじか》」「ツシタラの死」（のちに「光と風と夢」と改題）そして「山月記」を書く。この間喘息の発作は頻繁となり、四一年三月には休職のやむなきに至る。「山月記」は「狐憑」以下四編のうちのどれかのあとに、おそらくは四編のあとに書かれた（郡司勝義氏によると四一年四月か五月初めに脱稿）。敦は「狐憑」以下四編にたいして袁惨《えんさん》と同様次のように感じていたにちがいない。「第一流の作品となるのには、どこか（非常に微妙な点において）欠けるところがあるのではないか、と。」

この感じは敦にとって絶望に等しい。おそらくこの絶望の中で書いたのだ、「山月記」を。

すでに八年ないし十七年の歳月が流れた。「おれの空費された過去は？　おれはたまらなくなる。そういう時、おれは、向こうの山の頂の巌《いわお》に登り、空谷《くうこく》に向かってほえる。この胸を灼く悲しみをだれかに訴えたいのだ。」

敦夫人たかはこう回想する。

ある日、今迄《まで》自分の作品の事など一度も申したことがありませんのに、台所まで来て、

「人間が虎になつた小説を書いたよ。」

と申しました。あとで、「山月記」を読んで、まるで中島の声が聞こえるようで、悲しく思ひました。

「山月記」を執筆したとき、「漢学を家学とした家柄の出」であることも含めて、「空費された」はずの過去の体験と研鑽《けんさん》も含めて、敦のもてるすべてのよきものがこの一編に結晶した。炭素が最も美しく結晶したときのように。曲折を経るが、敦はこの傑作をふくむ『古譚《こたん》』によって文壇に躍り出る。

井上ひさしは小説家としての出世作『手鎖心中《てぐさりしんじゅう》』（第六七回直木賞受賞作）の中でこんなことを書いている。「机の上が血の池地獄で、座る座布団《ざぶとん》が針の山、おまえにものを書く才などあるものか、と呵々《かか》大笑する閻魔《えんま》の声を頭のどこかで聞きながら、脂汗流して、地獄這《は》いずり廻《まわ》って、これ以上は自分にはできない、という作を仕上げるほかに、王道」は「ない」と。

啄木は「ローマ字日記」という煉獄《れんごく》を経て啄木になった。敦は「山月記」を経て、「山月記」によって、敦になった。「山月記」の絶望の底から射してくる星のような色には、実はたしかに光源があるのだ。

第三部　「たけくらべ」百年の誤読を正す

上杉省和／近藤典彦

明治 27 年頃の吉原遊郭とその周辺
この地図は荒木慶胤著『樋口一葉と龍泉寺界隈』（八木書店　昭和 60 年）と鳶福制作『吉原現勢譜今昔図』（葭之葉会発行　平成 5 年改訂版）を参考に作製した（上杉省和）。

I　黙殺された一葉の〈底意〉

上杉省和

（一）

樋口一葉の代表作『たけくらべ』は、明治二八年一月から翌二九年一月まで雑誌『文學界』に連載された後、明治二九年四月、『文藝倶楽部』に一括掲載されました。今からほゞ百二十年前のことです。一括掲載されると、それまで無名に近かった樋口一葉は、一躍文壇の脚光を浴びました。森鷗外主宰の雑誌『めさまし草』（明治二九年四月）誌上で、幸田露伴は「多くの批評家多くの小説家に、此あたりの文字五六字づゝ技倆上達の霊符として呑ませたきものなり」とまで絶賛しましたが、森鷗外の賛辞もこれに劣らぬものでした。

われは作者が捕へ来りたる原材とその現じ出したる詩趣とを較べ見て、此人の筆の下には、灰を撒《ま》きて花を開かする手段あるを知り得たり。われは縦令世《たとい》の人に一葉崇拝の嘲《あざけり》を受けんまでも、此人にまことの詩人といふ称をおくることを惜まざるなり。

ここで言う「作者が捕へ来りたる原材」とは、同じ鷗外の言葉を借りれば「売色を業とするものゝ余《あまり》を享《う》くるを辱《はじ》とせざる人の群り住める俗の俗なる境」、すなわち吉原遊廓周辺のことです。「俗の俗なる境」に「詩趣」を「現じ出したる」一葉の作家的技量を、「灰を撒きて花を開かする手段ある」もの、と賞賛したのです。このような賛辞を一葉に伝えたのは、『文學界』同人の平田禿木《とくぼく》と戸川秋骨《しゅうこつ》でしたが、そうした世評に対して、一葉は次のような感慨を日記に書き付けていました。

我れを訪《おとな》ふ人、十人に九人まではたゞ女子《おなご》なりといふを喜びて、もの珍しさに集《つど》ふ成けり。さればこそ、ことなる事なき反古紙《ほごがみ》つくり出ても、今清少よ、むらさきよ、とはやし立る。誠は心なしの、いかなる底意《そこい》ありてともしらず、我れをたゞ女子と斗《ばかり》見るよりのすさび。されば、其評のとり所なきこと、疵《きず》あれども見えず、よき所ありてもいひ顕《あら》はすことなく、たゞ一葉はうまし、上手なり、余の女どもは更也《さらなり》、男も大かたはかうべを下ぐべきの技倆《ぎりょう》なり、たゞうまし、上手なり、といふ斗。その外にはいふ詞《ことば》なきか。いふべ

き疵を見出さぬか。いとあやしき事ども也。(『水の上日記』明治二九年五月)

的外れの賞賛に対する強い不満が、激しい口調で表明されています。とりわけ注目すべきは、「いかなる底意ありてともしらず」という言葉です。作中にそれとなくしのばせておいた、作者の最も訴えたかったこと、それを誰一人読み解いてくれなかった――そのような憤懣やるかたない思いを胸に、それからわずか七か月後、一葉は肺結核のために世を去ってしまいました。二十五年に満たない、薄幸の生涯でした。没後約百二十年、はたして一葉の無念は晴れたのでしょうか。

『たけくらべ』は全十六の短章からなる小説です。擬古文という古めかしい文体のせいか、今日、とりわけ若い人には、あまり読まれなくなっているようですが、そうでなくとも、ストーリーの面白さによって読者をひきつける小説とは言い難いようです。ただし、吉原遊廓とその周辺を舞台に、夏から冬に至る季節の推移の中で、年中行事やその地の風俗をスケッチしながら、そこに暮らす少年少女の群像を印象深く描いた小説、とは言えるでしょう。

吉原遊廓に隣接する大音寺通り(表町)に住む少年たち、その表町と交錯する通りに面した横町に暮らす少年たち、この両者はことごとく対立します。公立と私立と、両者の通う学校の違いもさることながら、それぞれの親の職業・階層の違いが、その対立の背景にはあるようです。表町組に属する少年はほぼ十二人、全員の名前と年齢が書かれてあるわけではありませんが、主要な登場人物の名前と年齢は書かれています。田中屋の正太郎（正太と呼ばれています）は十三歳、金貸し業を営む祖母と二人暮らしの少年で、表町組の中心的存在です。美声の持ち主で、女主人公の美登利を慕っています。

美登利は十四歳、姉・大巻《おおまき》（吉原で全盛の花魁《おいらん》）の身売りと同時に紀州から上京して、妓楼大黒屋《だいこくや》の寮に両親と暮らしています。父は小格子の書記、すなわち妓楼の会計係、母は遊女の仕立物で生計を立てており、一家で吉原遊廓に寄生したかたちです。美登利の日常は、「此身は遊芸手芸学校にも通はせられて、其ほかは心のまゝ、半日は姉の部屋、半日は町に遊んで見聞くは三味に太鼓にあけ紫のなり形」と説明されています。自由気ままな毎日を過ごしているようですが、「遊芸」と「手芸」と「学校」は強制されているようです。この場合、「手芸」は裁縫、「遊芸」は唄と三味線、ともに娼妓としての素養とされていました。美登利の立場は、姉と一緒に吉原遊廓に身売りされ、目下、娼妓の見習い中、といったところではないでしょうか。

吉原ではこうした少女を禿《かむろ》と呼んできました。ただし、遊廓内における職制としての禿は、明治中期には姿を消したようですから、美登利を禿と呼ぶことはできず、法的には「寄留の者」と呼ぶべきでしょう。しかしながら、江戸の名残を色濃く留めた吉原遊廓の中で、美登利が禿に擬せられた扱いを受けていたことは、間違いないものと思われます。しかも、たんなる禿扱いではなく、引込禿の扱いを受けていた、と考えるべきです。寛閑楼の『北里見聞録』

（文化一四年）には、次のように書かれています。

当時引込禿《ひきこみかむろ》といふ有、是は禿の内にて、年頃十四五以上にて、見目かたちすぐれ、全盛近きを云。是等は姉女郎の手を放れて、傾城屋の亭主女房などの傍に有て、惣じての諸芸をならはしむ、故に引込の名あり。……斯く諸芸など仕込置て後、突出しとて見世へ出して客を迎る也。

「突出し」とは「新造出し」のこと、すなわち姉女郎が禿を妹女郎として披露することです。「新造出し」を間近に控えた引込禿、それが美登利のおかれた境遇ではなかったでしょうか。

柿色に蝶鳥を染めたる大形の裕衣《ゆかた》きて、黒襦子《くろじゅす》と染分絞《そめわけしぼ》りの昼夜帯《ちゅうやおび》胸だかに、足にはぬり木履《ぼくり》こゝらあたりにも多くは見かけぬ高きをはきて、朝湯の帰りに首筋白々と手拭さげたる立姿を、今三年の後に見たしと廓がへりの若者は申き、（三）

このように、誰の目にも堅気の家の娘とは映らない少女として、美登利は描かれています。廓帰りの若者が「今三年の後に見たし」と言ったのは、言うまでもなく、近い将来の美登利を金で自由になる女として見ていることの表れです。

美登利が娼妓見習い中の少女であることは、吉原界隈の人々には周知のことではなかったでしょうか。子供同士の喧嘩の場面でも、横町組の長吉は美登利を「何を女郎め頬桁たゝく、姉の跡つぎの乞食め」（五）と罵っています。小説の幕切れ近く、美登利が島田に髷を結ったことを知らされた正太は、「だけど彼の子も華魁《おいらん》に成るのでは可憐《かわい》さうだ」（十四）と団子屋の倅《せがれ》に答えていました。

このように主人の手許で遊んでいる時分は、その人たちを廓では〝小職《こじょく》〟と言います。こういうようにして育てますと、毎日遊んでいるとは申しながらも、いつとはなしに廓の行儀作法からざます言葉の片言くらいは覚えます。そうしているうちに華魁から、部屋によこして……と言われますと、それぞれの華魁衆へこの小職を預けます。その時、たより、みどり、ちどり、なぞという差合いのない名がつけられますと、初めて禿衆《かむろしゅう》という名にかわります。

吉原の妓楼中米楼《なかごめろう》の娘として生まれ、後に歌舞伎俳優市川段四郎の夫人となった喜熨斗《きのし》古登子の談話筆記です。喜熨斗古登子は明治初期の吉原遊廓を知悉した人です。『たけくらべ』に美登利の日常が「半日は姉の部屋」と説明されているのは、姉の大巻が美登利を、一時代前の禿的な存在として、預かっていることを示唆したものです。喜熨斗談話にあるように、美登利は禿名であって、彼女の本名ではないでしょう。美登利は禿の代名詞と見做すべきです。

横町組の少年少女たちは総勢十四人位、その中心になるのが、龍華寺の跡取り息子である藤本信如《しんにょ》（十五歳）と鳶職《とびしょく》の倅で乱暴者の長吉（十六歳）です。表町組の少年たちは、ことあるごとに喧嘩を繰り返しています。このようなストーリーの中に、しいてドラマらしいドラマを探すとすれば、内向的な秀才藤本信如と美登利との間に、恋愛感情とまで言えるかどうか、ほのかに慕いあうような感情が通う場面です。（十三）の章、雨の日に美登利の住む大黒屋の寮の前で、信如が下駄の鼻緒を切らして困っています。それを美登利が見つけて、何とか助けてあげたいとは思うけれども、声をかけることができません。赤い布の切れ端を放り投げてやりますが、信如はそれを拾えないでいます。この場面、突然現われた長吉によって、美登利の好意は無に帰すわけですが、廓（くるわ）帰りの長吉と純真無垢の真如と、その対照の妙を一葉の筆は際立たせています。それにしても、十六歳の少年が廓遊びとは……『たけくらべ』に登場する少年少女の年齢を現代の感覚で判断すると、作品の理解を間違うようです。ちなみに、『貸座敷引手茶屋娼妓取締規則』（警視庁明治二二年三月改正）の第二十三条には、「学校ノ徽章ヲ著ケタル生徒並ニ十六才未満ノ者ハ遊興セシムヘカラス」とあります。

（二）

吉原遊廓に寄生する形で、かろうじて日々の営みを成り立たせている大音寺前界隈を舞台に、子どもの時間を無惨にも奪われてゆく少年少女の群像を描いて、樋口一葉の小説『たけくらべ』は、発表以来一世紀余り、近代日本文学史上屈指の名作として、多くの読者に親しまれてきました。この『たけくらべ』の中で最も重要な場面が、女主人公美登利の突然の変貌を描いた（十四）から（十六）までの最終三章であることは、誰しもが認めるところでしょう。「かの日を始めにして生れかはりし様の身の振舞」（十六）とある美登利の突然の変貌は、これまで彼女が初潮を迎えたことに、即ち少女から大人の女性へと脱皮していくところに、その原因が求められてきました。

このような解釈に異論を提出したのは、今は亡き作家佐多稲子でした。すでに四半世紀前のことになりますが、佐多稲子は「密かに高価な『初店《はつみせ》』が美登利の身に行われた」という新たな解釈を世に問うたのです。初店（初見世）とは娼妓（遊女）が初めて客をとることですが、この〈初店説〉にしても、従来の〈初潮《しょちょう》説〉にしても、廓のなかに生きることを余儀なくされた美登利にとって、残酷なかたちで子どもの時間を奪われることに変りはありません。しかしながら、そのいずれの説をとるかによって、作品そのものの味わいはおのずから異なったものにならざるをえないのです。佐多稲子は、「美登利の急に恥じらいがちにおとなしくなるのが、初潮ぐらいであるのなら、先きに云うように『たけくらべ』は美しい少女小説である」と述べた上で、長谷川時雨の「初潮が来て、女になつた日だつたと解釈してよいと思う」という見解を引き合いに出して、「美登利を最後まで美しい生娘にしておきたい、という一般の傾向でもあったのであろうか。しかしそれでは樋口一葉の浮き世、あるいは『憂き世』を観じた視線は見出せないことにならないだろうか」と論じました。美登利が突然変ってしまった原因は何か、これは『たけくらべ』という作品を考えるとき、避けて通ることのできない問題です。

「此身《このみ》は遊芸手芸学校にも通はせられて、其《その》ほかは心のまゝ、半日は姉の部屋、半日は町に遊んで見聞くは三味《しゃみ》に太鼓にあけ紫のなり形」（三）とあるように、美登利は廓の中に半ば身を置いている少女です。「我れ寮住居《りょうずまい》に人の留守居はしたりとも姉は大黒屋の大巻、長吉風情《ふぜい》に負《ひ》けを取るべき身にもあらず」（七）と、今を全盛の花魁である姉を誇りにしている美登利は、年齢は十四歳でも、「誠あけくれ耳に入《い》りしは好いた好かぬの客の風説《うわさ》」（八）に取り囲まれた日常を送っており、果たして初潮を迎えたことで、これほどの変りようを見せるでしょうか。

憂《う》く耻《はず》かしく、つゝましき事身にあれば人の褒《ほ》めるは嘲《あざけ》りと聞《きき》なされて、島田の髷《まげ》のなつかしさに振かへり見る人たちをば我れを蔑《さげす》む眼つきと察《と》られて、

変貌後の美登利を描いた（十五）章冒頭の文章です。美登利の変化が一時のものでなかったことは、その後の美登利を描写した「かの日を始めにして生れかはりし様の身の振舞、用ある折は廓の姉のもとにこそ通へ、かけても町に遊ぶ事をせず」（十六）によって明らかなことで

す。美登利にとって、初潮を迎えたことは、それほど「憂く耻かしく、つゝましき事」（つらく恥ずかしく、隠しておかねばならぬこと）だったのでしょうか。まして、振り返り見る人の視線を「我れを蔑む眼つき」と受けとめねばならぬことだったのでしょうか。ここで美登利の心を占めているのは、並外れて強い羞恥心と屈辱感です。瀬戸内晴美（寂聴）によれば、『たけくらべ』は日本の文学で女の初潮、メンスを正面から取り上げて書いたただ一つの文学」とのことですが、陽気でお侠《きゃん》な少女を引きこもり少女に変えるほどの変化が、初潮によってもたらされたとは、信じ難いことです。作品の中に、初潮を示唆する記述が皆無であるにもかかわらず、過去一世紀余り、『たけくらべ』が初潮を描いた小説であると読まれてきたことは、不思議と言えば不思議なことです。

美登利の身に異変の起こったのが、霜月三の酉《とり》（十一月下旬）、鷲（大鳥）神社の祭礼当日であったことは、「すべて昨日の美登利の身に覚えなかりし」（十五）の一文によっても、また「美登利はかの日を始めにして生れかはりし様の身の振舞」の一文によっても明らかです。美登利はこの日初めて髪を島田髷に結っており、正太の目には「極彩色《ごくさいしき》のたゞ京人形を見るやうに」（十四）映っています。振袖姿に島田髷、言うまでもなく、それは娼妓の正装です。この事実を十三歳の少年ですら知っていたことは、「だけれど彼の子も華魁に成るのでは可憐さうだ」（十四）との正太の言葉が、何よりも雄弁に物語っています。美登利の異変は予定されたた〈正装〉行為と無縁ではないはずです。この〈正装〉行為と自然現象である初潮を結び付けようとすれば、前田愛説のように、大黒屋の主人を鉄漿親《かなおや》に立てて「廓のなかで行われた美登利の成女式」というような、不自然で強引な解釈が必要となるでしょう。しかしながら、色里に商品として売られてきた少女のために、成人（女）式を行う妓楼の主人がいたと考えること自体、ナンセンスなことではないでしょうか。

（三）

『たけくらべ』の最終章、（十四）から（十六）の三章を検討してみましょう。三の酉の日（十一月下旬）、正太は大鳥神社へ美登利を誘おうとしていますが、朝から美登利の姿が見えません。たまたま団子屋の店に寄って、団子屋の倅《せがれ》に「お前は知らないか、美登利さんの居る処を」と尋ねます。すると、団子屋の倅は「美登利さんはな、今の先、己れの家の前を通つて揚屋町の刎橋《はねばし》から這入つて行た」と答えます。美登利たちの暮らす大音寺通り（表町）と揚屋町とは、廓を囲む堀（お歯黒溝《はぐろどぶ》）で隔てられていますが、大鳥神社の祭礼の日だけは、刎橋が下りて通行可能となっています。「夫《そ》れじやあ己《お》れも一廻《ひとまわ》りして来ようや」と言って、正太は美登利を探しに、揚屋町の刎橋から廓の中に入ってゆきます。ところが、美登利が見当たらないので、また廓の外に出るわけです。すると、向こうから番頭新造《ばんとうしんぞ》のお妻と連れ立ってやってくる美登利にばったり出くわします。正太を見つけた美登利は「彼方《こなた》は正太さんか」と走り寄り、番頭新造のお妻に向かって、「お妻どんお前買ひ物が有らば最《も》う此処《ここ》でお別れにしましよ、私は此人と一処に帰ります」と言います。

この場面を虚心に読めば、美登利の身に初店が行われたとは、とても考えられないでしょう。初店（水揚げ）とは高価な初夜権の売買であり、その直後に仲良しの正太と出会えば、その場から逃れたいと思うはずです。大鳥神社の祭礼の日に、しかも、そうした秘密の取引が白昼堂々と行われるとは、考えられないことです。その後、佐多稲子は初店の行われた時を三の酉の「前夜」と修正しましたが、作品には「すべて昨日の美登利の身に覚えなかりし思ひ」（十五）と明記されていますから、初店「前夜」説は成立しないことになります。

ここで注目すべきは、作者が番頭新造のお妻を登場させたことです。作中にお妻が登場するのは、この場面が最初で最後です。美登利変貌の謎を解く鍵となるはずですが、これまで番頭新造の登場に着目した『たけくらべ』論は皆無でした。番頭新造は遣手《やりて》ともおばさんとも呼ばれ、楼主の意向を受けて娼妓を監督・指導するのが、その主たる役目でした。妓楼の二階にある遣手部屋に詰めていて、娼妓と客との間を周旋したり、娼妓の検査場出入の送迎や外出の付き添いをしたりしました。そのほとんどが娼妓としての年季を終えた年配の女性です。ちなみに、娼妓の年季は江戸時代でほぼ十年、明治以降は六年であったようです。

番頭新造のお妻は、美登利に「此処でお別れにしましよ」と言われて、「あれ美いちゃんの現金な、最うお送りは入りませぬとかえ」と答えています。正太と出会うまでの美登利が、一人では家に帰れないほどの心細い思いをしていたことがわかります。まだ娼妓ではない美登利に、番頭新造のお妻が付き添っていたのは、何故でしょうか。

お妻と別れて、正太と二人きりになったあたりから、美登利の様子がおかしくなります。正太の「お西さまへ諸共《もろとも》に」という誘いを振り切って、美登利はわが家（大黒屋の寮）へと足を急がせます。島田髷のなつかしさに振りかえり見る人たちを「我れを蔑む眼つき」と受けとめて、美登利は家路を急ぐのですが、事情を知らぬ正太は途方に暮れるばかりです。大黒屋の寮に帰った美登利は、母親と正太の前で声を忍んで涙を流します。この時の美登利の心境は、「誰れに打明けいふ筋ならず、物言はずして自づと頬の赤うなり、さして何とは言はれねども次第次第に心細き思ひ」（十五）と説明されています。お侠《きゃん》（お転婆）な少女の心にこれだけの打撃を与えた出来事、しかも誰にも訴えることのできない出来事、それが初潮ごときでないことは明らかです。「加減が悪るいのですか」と訊ねる正太に、美登利の母親は「いゝゑ」、「少し経てば愈《なお》りませう」と答えていますが、注目すべきはこの時の母親の表情です。「怪しき笑顔をして」と書かれていますから、美登利の身に起ったことを、母親は知っています。しかも、それは世間に公言できるようなことでないことを、母親は知っています。知っていながら「少し経てば愈《なお》りませう、いつでも極《きま》りの我がまゝ様《さん》」と言ったのは、美登利の身に行われたことを軽く見ているからです。娘が体験してきたことの実態が、母親には想像外のことであったからです。

ところで、酉の市の日に、正太が美登利と出会った場所が「揉《も》まれて出《いで》し廓の角《かど》」であったことは、美登利の変貌の原因を考えるうえで重要です。『たけくらべ』（十四）の章は、次の文章で始まっています。

此年三の酉まで有りて中一日はつぶれしかど前後の上天気に大鳥神社の賑《にぎわ》ひすさまじく、此処をかこつけに検査場の門より乱れ入る若人達の勢ひとては、天柱《てんちゅう》くだけ地維《ちい》かくるかと思はるゝ笑ひ声のどよめき、中之町の通りは俄《にわか》に方角の替りしやうに思はれて、

普段は大門から水道尻にかけて人の流れがあるのに、酉の市の日は人の流れが逆方向を向いています。吉原を二分する仲之町通りは、吉原遊廓の入り口である大門から南西方向に伸びて、水道尻でお歯黒溝に行き着きます。その先は廓の外であり、少し行くと検査場にぶつかります。大鳥神社はこの検査場の西隣にあります。大鳥神社から繰り出した人の波は、検査場から水道尻へ、水道尻から仲之町へと押し寄せていったのです。

この日、正太は団子屋に寄って、背高と渾名《あだな》される団子屋の倅から「美登利さんはな今の先己れの家の前を通つて揚屋町の刎橋から這入つて行た」と教えられて、美登利の後を追いました。「夫れじやあ己れも一廻りして来ようや」と言って駆け出した正太は、その後、「揉まれて出し廓の角」で「向ふより番頭新造のお妻《つま》と連れ立ちて話しながら来る」美登利と出会ったわけですが、その「角」とは東西南北いずれの角だったのでしょうか。東西に走る道路と南北に

走る道路とが交錯する周辺の地割の中で、吉原遊廓だけはこれとほぼ四十五度の傾きをもつ地割となっています。したがって、吉原遊廓の四方の角はそれぞれ東西南北を指すことになります。正太と美登利の出会った「廓の角」が東西南北いずれであったか、それを知る手がかりの一つは番頭新造お妻の言葉です。

あれ美《み》いちやんの現金《げんきん》な、最《も》うお送りは入《い》りませぬとかえ、そんなら私は京町《きょうまち》で買物しましよ、とちよこちよこ走りに長屋の細道へ駆《か》け込むに、（十四）

霜月（十一月）酉の市の日には、吉原遊廓西側の刎橋が下ろされて、大門以外に廓の内と外とが通行可能となっていました。大鳥神社への参詣客を遊廓の中へ呼び込むためです。一方、廓の東側、羅生門河岸《らしょうもんかし》の刎橋は下ろされなかったのです。したがって、お妻の言う「京町」が、京町二丁目ではなく京町一丁目であることは明らかで、正太と美登利とが出会った場所は、廓の西の角ということになります。このことは、その数行後、（十五）章二段落目冒頭の文章でも裏付けることができます。

お酉さまへ諸共《もろとも》にと言ひしを道引違《ひきたが》へて我が家の方へと美登利の急ぐに、

すなわち、正太と美登利が出会った場所は、大鳥神社と大黒屋の寮との間、すなわち、京町一丁目の非常門から刎橋を渡ったあたり、廓の西の角ということになります。

正太よりも先に揚屋町の刎橋から廓の中に入った美登利の、その後の足取りを推理すれば、およそ次のようなことになるはずです。美登利は大黒屋の妓楼で番頭新造のお妻と落ちあい、お妻に伴われて水道尻《すいどうじり》（仲之町通りがお歯黒溝に突き当たるあたり）から廓の外に出たに違いありません。そこから正太と出会った廓の西角までの間に、この日の美登利が目指す場所はあったことになります。それが大鳥神社であったなら、正太から「お酉さまへ諸共に」と誘われたとき、既に行ってきた、と答えたはずです。異常とも言える美登利の打ちひしがれようを考えれば、祭りに賑《にぎわ》う大鳥神社からの帰りでないことは明らかです。とすれば、いったん廓の中に入った美登利が、その後、再度廓の外へ出なければならなかったのは、水道尻と大鳥神社との中間にある検査場に立ち寄る以外、考えられないでしょう。

検査場とは新吉原取締所・娼妓検査所のことで、その前身の検黴所《けんばいしょ》が開設されたのは、明治六年のことでした。明治二二年に検査場より遅れて建てられた新吉原駆黴院《くばいいん》（後の吉原病院）と並んで、娼妓の検黴・性病治療等を行った施設です。立川昭二『明治医事往来』によれば、幕末、ロシアの戦艦が長崎に停泊したとき、丸山遊廓の遊女全員の検黴（検梅）をロシア側から要請され、それに応えたのが日本で最初の検梅だそうです。その結果、各地で検梅悲話なるものが起こったとのことです。明治四年、大阪で娼妓の検梅を実施したところ、北野新地抱《かか》えのらくという十八歳の娼妓が、これを拒んで実家に逃げ帰り、軒下で首をくくってしまった、ということです。陰門改めの恥辱《ちじょく》に耐えかねて、死を選んだものと思われます。『たけくらべ』の発表後、明治二九年八月一八日の『時事新報』には、当時日本の植民地であった台湾の娼婦二人が、検梅に耐えかねて川に身を投じた、という記事が載っているそうです。

吉原遊廓を小説の舞台に選んだ作家は少なくありませんが、検査場に言及した作家は、一葉以外にはなかったでしょう。遊廓に隣接する大音寺通り（下谷区竜泉寺町）に一葉が暮らしたのは、明治二六年七月から翌二七年五月まで、わずか十か月ほどの間でしたが、その鋭い観察眼には驚かされます。ところで、娼妓の身体検査に関する一葉の情報源について、石井茜論文には、注目すべき調査報告がなされています。すなわち、明治二六年七月一四日の一葉日記に「今日より新聞東京朝日にかへたり」とあること、その「東京朝日新聞」の明治二七年三月三一日と四月一日の二日間にわたって、「遊び女の身体検査」と題する『娼妓身体検査規則』の詳細な内容が掲載されており、一葉がこれを読んで、娼妓の身体検査に関する情報を得たであろうことを論じたものです。ちなみに、明治二七年四月一日より施行された『娼妓身体検査規則』の第一条には、「娼妓ノ身体ハ、其寄寓貸座敷所属ノ検査所ニ於テ検査医員之ヲ検査ス」とあり、さらにその第六条には、「臨時検査ハ、左ノ場合ニ於テ之ヲ行フ。／一　新ニ就業セントスルトキ（二以下省略）」と明記されていました。この『娼妓身体検査規則』第六条によって、新たに娼妓となろうとする女性にも、身体検査の義務付けられていたことがわかります。

なお、この臨時検査は吉原遊廓においては、日曜日を除いて、毎日行われていました。

先に引用した（十四）章冒頭の文中にも、「此処をかこつけに検査場の門より乱れ入る若人達の勢ひ」とありましたが、この一文は美登利変貌の謎を解く上で一つの伏線になっています。

しかしながら、なんと言っても謎解き最大のヒントは、正太の歌う「此頃此処の流行《はやり》ぶし」に隠されてあったわけです。

夫《そ》れじやあ己《お》れも一廻《ひとまわ》りして来ようや、又後に来るよと捨て台辞《ぜりふ》して門《かど》に出て、十六七の頃までは蝶よ花よと育てられ、と怪しきふるへ声に此頃此処の流行《はやり》ぶしを言つて、今では勤めが身にしみてと口の内にくり返し、例の雪駄《せった》の音たかく浮きたつ人の中に交《まじ》りて小さき身体は忽《たちま》ちに隠れつ。（十四）

「此頃此処の流行ぶし」とは『厄介節《やっかいぶし》』のことで、正太の口から出たのはその歌詞の一部にすぎません。一部にすぎなくとも、それが流行歌であれば、当時の読者には全歌詞が想起されたでしょう。少なくとも、一葉はそのような読者を期待したわけです。

わたしや父さん母さんに、十六七になるまでも、蝶よ花よと育てられ、それが曲輪《くるわ》に身を売られ、月に三度の御規則で、検査なされる其時《その》は、八千八声のほととぎす、血を吐くよりもまだ辛い、今では勤めも馴《な》れまして、金あるお方に使はする、手管《てくだ》手れんの数々は、恥かしながら床《とこ》の中、足はちりちり藤の蔓《つる》、さうすりやお客もお惚気《のろけ》で、一度来るとこ二度も来る、二度来るところは三度来る、朝来て昼来て晩に来て、さうして親方しくじつて、つかひ果して止《とめ》の客、空虚《から》の財布を頸《くび》に掛け、破片《かけ》たお椀《わん》を手に持つて、剰食物《おあまり》や無いかと門《かど》に立つ、その時や知つても知らぬ振り、それが女郎衆《じょろしゅ》のならひなら、つらくも高見で見物だ、厄介じや、厄介じや。

これが『厄介節』の歌詞の一部で、身体検査される娼妓のつらさを訴えたものです。このような歌詞を口にするとは、正太も十三歳にしてはずいぶんませた少年ですが、吉原遊廓界隈の子どもたちの早熟ぶりに関しては、作者も度々言及していました。この『厄介節』を正太が口ずさんでいた頃、美登利は耐え難く屈辱的な身体検査を受けていたことになります。

『厄介節』は、『明治流行歌史』の編者藤澤衛彦によれば、何時ともなく地廻《ぢまわり》連中に持て囃《はや》された、曲節なしの素見唄《ぞめきうた》（冷やかし連中の歌う唄）で、明治二七年頃から流行したとのことです。流行する約十年も前に、一葉はこれを小説の中で活用したことになります。ところで、この『厄介節』には、次のような歌詞もあったのです。

わたしが父《とと》さん母《かか》さんは、幼い時分に世を去られ、それから他人に育てられ、七歳《ななつ》の時から了鬘《まめ》になり、十四の春から店に出て、赤襟赤熊《しゃぐま》の仇気《あどけ》なく、赤い仕掛着《しきせ》で店を張り、お客の登楼《あがる》を待つけれど、上《かみ》から下《しも》まで玉揃《たまぞろ》い、お客の迷ふも無理ぢやない、ぞめきの客か素見《ひやかし》の、時稀《たま》にはお客もあるなれど、わたしの頼みにやなりやしない、早く女郎を廃業し、堅気の丸髷《まげ》に繻子《しゅす》の帯、眉毛落して主《ぬし》の側《そば》（以下略）

「十四の春から店に出て」と歌われた『厄介節』が、明治三〇年代の後半に流行していたことに、注目する必要があるでしょう。

（四）

明治六年一二月に制定された『娼妓渡世規則』（警保寮）には、「娼妓渡世本人真意より出願の旨は情状取糺候上差許の鑑札可相渡尤も十五歳以下の者へは免許不相成事、但し寄留の者は本籍引合の上差許事」という一項がありました。数え年十五歳までの少女の娼妓稼業を禁じていたわけですが、他方で「寄留の者」はその例外と見做していました。「寄留の者」とは、廓の中で娼妓見習いをしている少女、つまり禿のことです。その後に改正された『貸座敷引手茶屋娼妓取締規則』（明治二二年三月）では、娼妓稼業許可年齢の下限を十六歳とする点で、『娼妓渡世規則』（明治六年制定）と変わりはありませんが、「寄留の者」をその例外と見做す条文は姿を消しました。この規則を厳密に適用すれば、美登利の娼妓稼業までには、あと一年の猶予があることになります。しかしながら、昔ながらの伝統・風習が踏襲される吉原遊廓の中で、度重なる取締規則の改正が、その都度、厳密に守られていたでしょうか。

「彼女は尚ほ十三歳なり。今ま二三年を過ぎなば遂に賤業を営まざるべからざるべし」――これは吉原遊廓から逃れてきた少女に関して、『毎日新聞』記者の語った言葉です。『たけくらべ』が発表されてからさらに四、五年の後、明治三三年のことです。娼妓年齢が十六歳以上であることを承知している記者が、「二三年を過ぎなば遂に賤業を営まざるべからざるべし」と言っていることに注目する必要があるでしょう。規則と実態との齟齬・乖離を証明する貴重な証言です。ちなみに、明治三三年は、一〇月に内務省が全国統一の『娼妓取締規則』を発布して、娼妓年齢を十八歳以上に引き上げた年でした。

公娼制度の下では、娼妓としての稼業を始めるにあたって、「父母若ハ父母在ラサルトキハ最近親族印鑑ノ承諾書、原籍市町村役場ノ戸籍、従前ノ経歴、貸座敷主トノ契約書、妓名揚代金、稼業年限、検黴医ノ与ヘタル健康証明書」の計七点の書類提出が義務付けられていました。このうち、「検黴医ノ与ヘタル健康証明書」とは、検黴医による健康診断を経て発行される証明書のことで、その文面は「右身体検査ノ処娼妓稼業ニ堪得ベキ者ト診断候也」といったものでした。こうした書類を所轄の警察署に提出して、鑑札を下付されなければ、娼妓としての稼業が許可されませんでした。しかしながら、その書類審査が厳正に行われたとは、とても思えません。明治三六年に出版された『吉原遊廓の裏面』と題する書物には、次のような記述が見られます。

（前略）契約の当時には、厳重にして珍妙不思議なる証書を本人及親元の連署にて楼主に差入おき、然る後娼妓営業許可願を本人と楼主との連署を以て是に親々の承諾書を添へ所轄警察署に願出るのである、所轄警察署は本人に対して、一応形式上説諭を加へるけれども、そは予て楼主側よりかういへばあゝいへ、あゝいへばかういへと教られてあるので其通り答へるから、止なく身体の健康診断を行ふて差支へなきものならば、直ちに鑑札を下付されるけれども、若し少しにても身体に異状があれば許可せぬ事にしてある、かくの如き場合には楼主は自楼の内に養生させて少しも早く快癒させ、更らに出願させるのである、で、愈々鑑札も下付されゝば、大店は直ちに部屋を与えて、何日初見世として突出させるけれども、小店の娼妓は勤に熟するまで、経験のある姉女郎を姉分として是に万事の指揮を受けるのである、

健康診断以外はおざなりで、年齢詐称は茶飯事ではなかったでしょうか。

佐多稲子の〈初店説〉にしても、私の〈検査場（身体検査）説〉にしても、それがすんなりと受け入れられないのは、十四歳という美登利の年齢によるものでしょう。十四歳といえば、今日ではまだ中学生です。しかしながら、われわれ日本人の国民的愛唱歌ともいうべき『赤と

んぼ』（三木露風作詞、初出・童話集『樫の実』大正一〇年）には、「十五でねえやはよめにゆきお里のたよりもたえはてた」という歌詞があります。ちなみに、森鷗外の母峰子が結婚したのは満年齢で十三歳、満十五歳で鷗外を産んでいます。その鷗外は年齢を二年水増し（詐称）して、満十三歳で東京医学校予科に入学しました。わずか一世紀の間に、われわれの年齢観は大きく変わってしまったようです。

　数えで十五歳を目前にした美登利が、検査場で身体検査を受けねばならなかったのは、娼妓として店に出る日が迫ってきたからです。たとえ法律が十五歳以下の少女の娼妓稼業を禁じていたとしても、禿的存在、すなわち「寄留の者」が十四、五歳で店に出ることは、廓の中では公然の秘密ではなかったでしょうか。明治三十年代に流行した『厄介節』には、「十四の春から店に出て」と歌われていたのです。それよりも何よりも、作者一葉の認識において、美登利は十五の春から店に出ることを余儀なくされていた、と考えるべきでしょう。

　何時《いつ》までも何時までも人形と紙雛《あね》さまとをあひ手にして飯事《ままごと》ばかりして居たらば嘸《さぞ》かし嬉しき事ならんを、ゑゝ厭《い》や厭《い》や、大人《おとな》に成るは厭《い》やな事、何故《なぜ》このやうに年をば取る、最《も》う七月十月《ななつきとつき》、一年も以前《もと》へ帰りたいにと老人《としより》じみた考へをして、（十五）

三の酉の日、昨日までとは別人のように、打ちひしがれてわが家（大黒屋の寮）に帰った美登利の心境を説明した箇所です。十五歳になることは大人になること、と明記されています。美登利にとって、「大人に成るは厭やな事」と思い知らされたのは、屈辱的な身体検査を通して、娼妓稼業の実態を突きつけられたからに違いありません。

ところで、これから娼妓になろうとする女性に義務付けられた健康診断とは、どのようなものだったのでしょうか。大正十五年に刊行された森光子『光明に芽ぐむ日』は、柳原白蓮を頼って吉原遊廓から脱出した花魁《おいらん》春駒の手記ですが、そのなかに、その健康診断に関する記述が見出されます。

いよいよ店へ出るのが間近くなつたと云ふので、吉原病院へ健康診断を受けに、おばさんに連れて行かれた。そこで名前、学力などを聞かれて、後、診察していたゞく事になつた。先生は、身体を見る方と、しもを見る方は別々であつた。初め身体をすつかり見てしまつたので、（一八字伏字）他に初めてらしい人で見て貰ふのが三四人ゐた。妾《わたし》は台へのぼれと云はれたけれど、何うのつてよいのか、又きまりが悪いのとでまごまごしてゐた。先生に、「此れから商売をするのにそんな事では駄目だぞ」と云はれた。顔から火が出るやうな、いやな思ひをして、やつと見ていたゞいた。

時代は大正初期でしょうか、場所も吉原病院に変っていますが、「健康診断」の中身は変っていないはずです。「おばさんに連れて行かれた」とありますが、「おばさん」とは遣手、つまり番頭新造のことです。具体的な記述には欠けますが、「顔から火が出るやうな、いやな思ひ」の箇所に、筆者の耐え難い羞恥心、さらには屈辱感など、万感胸に迫る思いが表現されています。

昭和に入って、吉原仲見世で花魁をしていた女性の思い出話が、福田利子著『吉原はこんな所でございました』に書きとめられています。著者は吉原の引手茶屋・松葉屋の女将《おかみ》であった人です。

営業許可をもらうために、周旋屋が山形の家と見世を往復し、ご内所も動いてくれたりして営業許可願の書類を揃えたんですけど、その中に身体検査表ってのがありまして、あれがいやでした。病院へ行くと、台の上にのせられ、なんでも、〝通り〟をよくするためということで、身体の中に細いメスのようなものを入れられるんです。吉原病院は性病にかかってないかどうかを検査する病院だとは知っていましたが、お客をとったこともない者にいきなりそんなことをするなんて、思ってもみなかったんです。そのあと、今度はガンキを入れて――そう、あのアヒルの口のような器具――、あれをやはり身体の中に入れて検査されるんです。異状がないということで健康診断書ができあがるんですけど、貸座敷に働いていていながら、もう、びっくりしてしまって、姐《ねえ》さんたちが話していることや、していることが、何かこう、いっぺんにわかってしまったような気がしました。

かなり具体的な記述ですが、詳細については石井茜論文が意を尽くしています。診察台の構造といい、検査の実態といい、検査される者にとって、検査場での身体検査がいかに耐え難いものであったか、想像に余りあるものがあります。梅毒という病気の症状に鑑みて、やむをえないことではあったでしょうが、検査される者の心理面を配慮する手立ては、おそらく皆無に等しかったのではないでしょうか。

夫れ総ての医師にして良心あらば、検査医の如き破廉恥の職を執る者あらじ、（略）今日各遊廓に於ける検査医と巡査の腐敗の驚く可きは、女衒《ぜげん》や高利貸の奸悪なるに比す可く、
（『社会外之社会』）

右に引用したのは、公娼制度打破の目的で書かれた文章ですから、検査医の実態を正確に描いたものかどうか、確証はありませんが、そうした事情を差し引いても、検査場の医師によって検査を受けた女性たちの屈辱感は、計り知れないものがあったでしょう。

ところで、美登利が身体検査を受けたのは、霜月三の酉の日でした。吉原がもっとも賑う祭礼の日であったわけですが、この日にも検査が行われていたことは、峯岸千紘論文が明らかに

しています。その酉の市の日を、美登利（あるいは大黒屋の楼主）があえて検査日に選んだのは、周囲の人々の注目をそらす意図もあったはずです。

立川昭二『明治医事往来』所載の「娼妓検梅の錦絵」と森光子『光明に芽ぐむ日』の記述とによれば、娼妓が検査場へ検査を受けに行くときの装いは、振袖姿の正装であったようです。このことも、前記峯岸論文が明らかにしています。また、石井茜論文に紹介された明治期の検査場前での写真によれば、娼妓たちは検査場に人力車で乗り付けています。耐え難い屈辱感と羞恥心をはねつけるためには、精一杯の虚勢が必要であったのかもしれません。

『たけくらべ』のテキストに点綴された手掛かりを頼りに読み解くかぎり、主人公美登利の変貌の原因を、検査場で身体検査を受けたことに求めて、間違いはないでしょう。もっとも、この手掛かりは隠微であって、今日の読者は言うまでもなく、一葉の同時代者にとっても、十分な手掛かりにはならなかったようです。しかしながら、その責任が作者一葉にあったのか、それとも公娼制度を容認しながら、廓で働く女性の立場に立てなかった（立とうとしなかった）読者の側にあるのか、答えは簡単ではないはずです。

『たけくらべ』を広く世に推奨した森鷗外は、廓という「俗の俗なる境」について、どの程度の知見を持っていたでしょうか（『ヰタ・セクスアリス』の主人公・金井湛《しずか》は心ならずも二度足を踏み入れたことになっています）。いずれにしても、鷗外はこの作品に隠された一葉の「底意」を、理解する手がかりを持ちませんでした。一方、幸田露伴はどうだったのでしょうか。「三人冗語」（『めさまし草』明治29・4）で〈ひいき〉すなわち露伴は、次のように述べていました。

美登利が島田髷に初めて結へる時より、正太とも親しくせざるに至る第十四、十五、十六章は言外の妙あり。其の月其の日赤飯のふるまひもありしなるべし、風呂場に加減見たりし母の意尋ねまほし。読みてこゝに至れば、第三章の両親ありながら大目に見て云々の数句、第五章の長吉の罵りし語、第七章の我が姉さま三年の馴染《なじみ》に銀行の川様以下云々の悲しむべき十数句、学校へ通はずなりしまであなどられしを恨みしこと、第八章のかゝる中にて朝夕を過ごせば以下の叙事の文など、一時に我等が胸に簇《むらが》り起りて、可憐の美登利が行末や如何なるべき、既に此事あり、頓《やが》て彼《かの》運も来りやせんと思ふにそゞろあはれを覚え、読み終りて言ふべからざる感に撲《う》たれぬ。

三の酉の日、美登利の身に行われたことを、露伴は「赤飯のふるまひもありしなるべし」ことと、読み取っていたわけです。それを「此事」と言い、したがって、近い将来、可憐な美登利の身の上に「彼運」、すなわち娼妓としての過酷な日々が訪れるであろうことを予測し、哀れんでいます。では、娼妓として店に出る前に行われる「赤飯のふるまい」とは、如何なることでしょうか。

吉原遊郭への手引書『吉原大全』には、次のような記述があります。

新造といゐるは、あたらしきふねによそへし名なり。五六歳あるひは七八歳より此さとへきたりて、姉女郎にしたがひ十三四歳にもなれば、姉女郎の見はからひにて新ぞうに出すなり。その十日ばかりまへに、女郎の心安き客七所より、おはぐろをもらひつけぞめをなす。此日そば切をととのへ、家内はもちろん、ゆかりの茶屋や船宿へもおくる事なり。又赤飯をむして、しるべのかたへおくる。是また故実なり。

『吉原大全』は江戸中期、明和年間刊行の書物ですから、明治時代にもこのようなことが行われていたという保証はありません。しかしながら、新造出し（禿が新造になるお披露目の行事）に赤飯を配る風習は、少なくとも露伴の認識の中では存在していたわけです。

作家野口富士男は〈初店（水揚げ）説〉を支持する一文を発表し、その中で、『文芸春秋』（昭和60・6）に掲載された「東西芸者とっておきの内緒話」と題する座談会記事を紹介しています。

菊つる　水揚げの時は、仲居さんがついて、先代の前へ出て「この妓が無事に、きょう女になりました。有難うございます」と、挨拶するんです。

三田　そいで食堂へ帰ると、またご馳走がついてる。（笑）

菊つる　その日は鯛と赤御飯です。

娼妓と芸者とは違うこと、明治時代と第二次大戦前とは違うこと、このことは野口富士男も断っていますが、「なかなかの通人でもあった」露伴の発言は、野口〈水揚げ説〉の有力な根拠とされました。しかし、繰り返しになりますが、露伴は赤飯と初店（水揚げ）を結び付けてはいなかったはずです。露伴の中では、すでに「此事」（赤飯のふるまい）はあっても、「彼運」（娼妓稼業）はまだ先のことであったからです。

前田愛の〈初潮説〉にしても、野口富士男の〈水揚げ説〉にしても、共に露伴の発言（「赤飯のふるまい云々」）を有力な根拠の一つとしたことは、興味深いことです。赤飯で祝うことのもつ意味は、時代により、地域により、さらには民間と花柳界とにより、さまざまに異なっていました。過去一世紀余りにわたって、『たけくらべ』がさまざまに解釈されてきた背景には、このような事情も介在したようです。ただし、『たけくらべ』のテキストの中で赤飯に言及した箇所は皆無であることを付記しておきます。

（五）

『たけくらべ』の草稿は『雛鶏』と題されていましたが、明治二八年一月、『文學界』に連載される直前、『雛鶏』から『たけくらべ』へと改題されました。この題名のもつ意味について、

『樋口一葉全集第一巻』（筑摩書房）所収の「補注」（筆者は野口碩か）には、次のように記されています。

一葉の場合、「たけくらべ」と言う用語の発想は、常に『伊勢物語』の筒井筒が密接に関係しており、それがこの作品の主人公達の役割を理解するのにはずす事のできない枠であるかに感じられる。しかし、「たけくらべ」は一葉が『伊勢物語』の歌から合成した造語ではない。この用語は中世以来の古い歴史をもっている。御伽草子の『猫の草紙』、文正年間の『四十二の物争』、近世の人情本『松竹梅壺前栽多気競《たけくらべ》』などに見る多くの語例は、子供の遊戯や大人の癡愚な世界を背景として、さまざまな競争を表現している。一葉の「たけくらべ」は、幼馴染みや、公立に学ぶ表町と私立に学ぶ横町組の対立意識や、美登利をめぐる信如や正太や三五郎の感情のみを標示するのではない。「雛鶏」が、保護された世界の中で生活する子供達を表現しようとしているのに対し、「たけくらべ」は、成人期に近づいた子供達が、悪と矛盾に満ちた大人の世界を目前にして、嫌悪と不安と成人の感情も持ち始めながら、それぞれに生きてゆこうとしている姿やその意思にも繋がっている。主題の飛躍的な成長をそこに見ることができる。

長い引用になりましたが、これまでに『たけくらべ』の題名について書かれたものとしては、最も行き届いた解説ではないかと思います。この「補注」の筆者が指摘するように、中世から近世にかけての「たけくらべ」の語例は注目に値するものです。従来、ともすれば『伊勢物語』筒井筒の段が重要視されてきましたが、「たけくらべ」という題名をこの『伊勢物語』からの造語と考えることは、かなりの無理があるでしょう。それに、筒井筒の段は幼馴染の恋が実る話で、一葉の『たけくらべ』とは対極的なお話です。美登利と藤本信如との恋（それが恋だとして）は、それぞれが娼妓と僧侶になるべく約束されているのですから、この世では決して成就することのないものです。

娼妓稼業を目前に控えた美登利と僧侶としての修行の緒に就いた信如、対照的な両者を描いて、『たけくらべ』は幕を閉じます。連歌の世界では、長句に長句を、短句に短句を付ける誤りを「たけくらべ」と呼びますが、荻の舎で助教を勤めた一葉にとって、連歌上の用語「たけくらべ」は馴染み深いものではなかったでしょうか。娼妓と僧侶との組み合わせは、連歌用語「たけくらべ」以外のなにものでもなかったのですから。

『文學界』に発表される直前に、『雛鶏』は『たけくらべ』と改題されました。つまり、ほぼ完成原稿の段階で改題されたことになります。したがって、『雛鶏』から『たけくらべ』へと改題された理由を「主題の飛躍的な成長」と解釈することは、妥当性を欠くことになります。「補注」（『樋口一葉全集第一巻』筑摩書房）の筆者は、「雛鶏」という題名の意味を「保護された世界の中で生活する子供達を表現しようとしている」と説明しています。全くの間違いではないでしょうが、それでは、「雛鶏」という題名のもつ一つの意味を説明したに過ぎません。『たけくらべ』には二十人余りの少年少女が登場しますが、主人公はあくまでも娼妓稼業を目前に控えた美登利です。「雛鶏」とは、廓の中で「おしゃく」と訓まれ、娼妓見習い中の少女を指す呼び名でした。要するに、『たけくらべ』は一人の雛鶏《おしゃく》を描いた小説です。その小説の題名を『雛鶏』としたのでは、作品の「底意」が表に出てしまいます。作者一葉はそれを避けたかったに違いありません。「雛鶏」にしても、「たけくらべ」にしても、その意味は多義的です。しかしながら、吉原遊廓という特殊な世界が舞台となっていることを無視あるいは軽視することは、この優れた小説への理解を妨げることになるでしょう。

『たけくらべ』（十四）から（十六）の三章は、「男といふ者さつても怕《こわ》からず恐ろしからず、女郎といふ者さのみ賤しき勤めとも思はねば」（八）と、姉の大巻を誇りに生きてきた美登利の身に、「憂《う》いの愁《つ》らいの数」（八）の一つが最初に訪れたことを物語るものでした。娘の遊女としての門出を慶事として風呂を焚く母親、「己れは来年から際物屋《きわものや》になつてお金をこしらへるがね、それを持つて買ひに行くのだ」（十四）と語る団子屋の倅、美登利をめぐるこうした人々を描く一葉の筆は非情です。しかしながら、女の細腕一つで一家を支えねばならなかった一葉にとって、吉原に生きる女たちの運命は、決して他人事ではなかったはずです。

ある霜の朝、美登利が暮らす大黒家の寮の格子門に差し入れられた一輪の水仙の造花、それは無惨な形で少女の時を奪われていく一人の少女への、作者の哀切きわまりない手向けの花でもありました。その造花を美登利の家に投げ入れていったのは、おそらく龍華寺の藤本信如であったでしょうが、仏門への道を歩むべく運命づけられた信如と吉原に生きるべく運命づけられた美登利と、この二人が結ばれることは永久にないでしょう。それゆえに、「淋しく清き」(十六)一輪の水仙の造花に託した小説のエピローグは、まことに余情深いものがあると言えましょう。

〔引用文献一覧〕

蘇武緑郎編『吉原風俗資料』(復刻版)平成10
葛城天華・古澤古堂『吉原遊郭の裏面』大學堂 明治36・6
藤澤衛彦編『明治流行歌史』春陽堂 昭和4・1
宮内好太郎編『吉原夜話』青蛙房 昭和46・11
谷川健一編『近代民衆の記録3 娼婦』新人物往来社 昭和46・6
『東京市史稿 市街篇第七十七』東京都公文書館 昭和61・1
『東京市史稿 市街篇第八十七』東京都公文書館 平成8・3
瀬戸内晴美・前田愛『愛ありて 名作のなかの女たち』角川書店 昭和59・10
福田利子『吉原はこんな所でございました』主婦と生活社 昭和61・3
立川昭二『明治医事往来』新潮社 昭和61・12
小野武雄『吉原と島原』講談社学術文庫 平成14・8
佐多稲子「『たけくらべ』解釈へのひとつの疑問」(『群像』昭和60・5)

前田愛「美登利のために―『たけくらべ』佐多説を読んで」（『群像』昭和60・7）
佐多稲子「『たけくらべ』解釈のその後」（『学鐙』昭和60・8）
野口富士男「『たけくらべ』論考を読んで―前田愛氏説への疑問」（『群像』昭和60・9）
石井茜「美登利はなぜ変わったか―『たけくらべ』の研究―」（『語学と文学』第41号　群馬大学語文学会　平成17・3）
峯岸千紘「樋口一葉『たけくらべ』―三の酉の日の美登利―」（『語学と文学』第37号　群馬大学語文学会　平成13・3）
近藤典彦「『たけくらべ』検査場説の検証」（『国文学解釈と鑑賞』70巻9号　平成17・9）

II　上杉説（検査場説）を検証する

近藤典彦

一　「たけくらべ」（十五）を読む

三の酉の日の美登利の変貌はなにに因るのか？　周知のように「初潮説」「初店説」があり、その他にはほとんど無視されて「検査場説」などがある。読者と研究者双方においてもっとも根強いのは初潮説である。研究者はこの説に「成女式」等のアイディアを付会する場合もある。しかし初潮説の本質がそれによって変わるわけではない。ここではひたすら単純で根強い初潮説を引き合いに出しながら読んで行く。[1]

美登利の突然の変貌は（十四）の末尾から具体的に描かれる。

……正太はじめて美登利の袖を引いて好く似合ふね、いつ結つたの今朝かへ昨日かへ何故はやく見せては呉れなかつた、と恨めしげに甘ゆれば、美登利打《うち》しほれて口重く、姉さんの部屋で今朝結つて貰つたの、私は厭《い》やでしようが無い、とさし俯向《うつむ》きて往来《ゆきゝ》を耻《は》ぢぬ。
今の美登利の装いは「初ゝしき大嶋田結《ゆ》ひ綿《わた》のやうに絞りばなしふさふさとかけて、鼈甲《べつかう》のさし込、總《ふさ》つきの花かんざしひらめかし」「極彩色《ごくさいしき》の……京人形」のようである。作者はここで「今朝」の語を二回用いて、結ったのが「今朝」であることを強調している。あとでも引用するが、美登利の変貌は「今朝」から始まったのであって決してそれ以前からではない。したがって初潮が分かったとすれば今朝である。初潮があるや間髪を入れず、大黒楼に行かせ、姉の部屋に髪結いを呼んで大嶋田を結わせ、間もなくこれも初潮の日のために備えてあった「極彩色の……京人形」のような格好をさせる。こんな不自然な事があろうか。
吉原とその界隈は当時まだ江戸文化を色濃く引き継いでいた。その江戸時代には初潮はたしかに慶事であった。赤飯を炊いてこれを祝う風があった。

初午《はつうま》を喜び母は赤の飯《めし》

（初午の午に、馬＝月経を掛けている）

しかしこの祝いは褻《け》の文化に属していた。したがって兄弟たちには祝いの意味は説明されない。

なぜ小豆飯《あづきめし》だと兄は聞きたがり　2

美登利の母と姉だけは彼女を京人形のように飾り立てて人目につくように祝ったというのだ

ろうか。初潮説論者は作者の苦心の設定にあまりに疎い。

（十五）に行こう。

憂く耻《はづ》かしく、つゝましき事身にあれば人の褒めるは嘲りと聞なされて、嶋田の髷《まげ》のなつかしさに振かへり見る人たちをば我れを蔑《さげす》む眼つきと察《と》られて、

（十五）を読んで行く時われわれは樋口一葉が美登利を（十三）までにおいてどのような少女として造形してきたかを確認し、これを常に念頭におく必要がある。

一葉がまず（一）で描いたのは「たけくらべ」の舞台の鳥瞰図であった。そこでは子供たちも吉原の色にどっぷりと染まっていることを生き生きと紹介する。

「十五六の小癪《こしやく》なるが酸漿《ほうづき》ふくんで此姿《このなり》はと目をふさぐ人もあるべし」「露《ろ》八が物真似、栄喜《ゑいき》が所作《しよさ》……うまいと褒められて今宵《こよひ》も一廻りと生意気は七つ八つよりつのりて、やがては肩に置手ぬぐひ、鼻歌のそゝり節、十五の少年がませかた恐ろし」間もなく登場する美登利は十四歳、三の酉の頃には約一ヶ月後に「十五」になろうとしている少女である。

しかもお職をつとめる姉の大巻の部屋に出入りを許されている少女なのである（三）。遊女の仕事が性交であることくらい当然知っている少女が設定されているのである。思春期にある少女が性交のための世界・遊郭に出入りしていてそれを知らない、気づかないとすれば鈍感をきわめる。――団子屋の頓馬も正太ももちろん知っている（十四）。長吉にいたっては初の朝帰りをしている（十三）―― 美登利は利発で活発で早熟な少女として設定されている。美登

利はその「姉さんの繁昌するやうにと」願がけし、太郎稲荷に朝参りまでするのである（六）。その姉を買いに来る「馴染《なじみ》」の「川様《かわさま》」「米様《よねさま》」「短小《ちい》さま」は美登利本人の後ろ盾でもあると錯覚するほど彼女にとって遊郭は身近である（七）。

　こうして「かゝる中《なか》にて朝夕を過ごせば、衣《きぬ》の白地《しらぢ》の紅《べに》に染《し》む事無理ならず、美登利の眼の中に男といふ者さつても怕《こわ》からず恐ろしからず、女郎といふ者さのみ賤しき勤めとも思は」ぬということになるのである（八）。

　この美登利を母は大黒楼に売ろうとしている。大黒楼の旦那も最初から買う気である。姉の大巻もこの取引を支持している。こういう連中にとって美登利の初潮は待ち望む慶事である。母や姉はこれが慶事であることを伝え、事前に充分に予備知識を与えたはずである。初潮でかの変貌をとげる美登利という設定は作品の構成上からも成り立たないのである。[3]

　先の（十五）冒頭の引用にもどろう。着飾った美登利を見て往来の人がきれいだと「褒めるは嘲りと聞きなされ」るというのは尋常の反応ではない。初潮（それも慶事としての）が身に起きたことを「嘲りと聞きな」す美登利を前もって暗示するような叙述はこれ以前に一切無かった。つづいて「嶋田の髷のなつかしさに振かへり見る人たちをば我れを蔑む眼つきと察られて」とある。「初潮」があったから「蔑」まれていると考え、往来に立ってもいられない美登利！　どこを押せばそんな解釈が出てくるのだろう。

　正太さん私《わたし》は自宅《うち》へ帰るよと言ふに、何故今日は遊ばないのだらう、お前何か小言を言は

れたのか、大巻さんと喧嘩でもしたのでは無いか、と子供らしい事を問はれて答へは何と顔の赤《あか》むばかり、

「何故今日は」であるから、美登利は「今日」変わったのである。先の叙述によると「今日」のうちでも「今朝」から変わったのである。昨日までは一緒に遊んでいたのである。作者はそのことをここでも周到に強調している。さて美登利が初潮をめぐって「小言を言はれた」り「大巻さんと喧嘩」したりしたと考えてみよう。自分の身体の生理現象なのに前もって知っていた慶事なのに姉や母に向かって何をごねるというのか。そんなおろかしい美登利を作者は描いてきたか、いやこなかった。美登利は「今朝」母や姉に「小言を言はれ」姉と「喧嘩」までしたらしい。何をめぐって。思い出しただけで「何と顔の赤む」ようなことをめぐって。正太の子供らしい質問は図星にかかわっていたのである。「何と」という強調にも活字にできないことを読者に伝えようとする作者の苦心を見るべきである。

　お西さまへ諸共《もろとも》にと言ひしを道引違《ひきたが》へて我が家《や》の方《かた》へと美登利の急ぐに、お前一処《しよ》には来て呉れないのか、何故其方《そつち》へ帰つて仕舞《しま》ふ、余《あんま》りだぜと例の如く甘へてかゝるを振切るやうに物言はず行《ゆ》けば、何《なん》の故《ゆゑ》とも知らねども正太は呆れて追ひすがり袖を止《とゞ》めては怪しがるに、美登利顔のみ打赤めて、何《なん》でも無い、と言ふ声理由《わけ》あり。

　この日から少し前のこと、筆屋の「主人《あるじ》の女《をんな》」が正太は美登利さんが好きなのであろうとからかった。正太は「そんな事を知る物か、何だ其様《そんな》な事、とくるりと後《うしろ》を向いて壁の腰ばりを

指でたゝきながら、廻《まわ》れ〳〵水車《みづぐるま》を小音《おん》に唱ひ出す」。しかし「美登利は衆人《おほく》の細螺《きしやご》を集めて、さあ最《も》う一度はじめからと、これは顔をも赤らめざりき」であった。その美登利が今正太の無邪気な不審に対し、また顔を「赤めて」しまう。その「理由《わけ》」は美登利が口にできないことだと作者は言う。

（美登利の）跡より続いて椽《えん》先からそつと上《あが》るを、母親見るより、おゝ正太さん宜《よ》く来て下さつた、今朝から美登利の機嫌が悪くて皆《みん》なあぐねて困つて居《ゐ》ます、遊んでやつて下されと言ふに、正太は大人らしう惶《かしこま》りて加減が悪るいのですかと真面目に問ふを、いゝゑ、と母親怪しき笑顔をして少し経てば愈《なほ》りませう、いつでも極りの我まゝ様《さん》、嘸《さぞ》お友達とも喧嘩しませうな、

初潮であるならば、正太の「加減が悪るいのですか」の問いに対し、それを肯定するようななんらかの答え方をするであろう。母親ははっきり「いゝゑ」と答えている。それも「怪しき笑顔をして」。「加減が悪い」のではない、「いつでも極りの我まゝ」なのだという。もしこの言葉を初潮説で解釈しようとすれば、美登利が初潮のつらさか不快さか（あるいはバランスをくずした心?）のもって行き場が無くてそれを母や姉にぶっつけ、母や姉をひどく困らせていることになる。そんなどうしようもない少女がたくさんいるものなのだろうか。美登利がそんな例外的な少女として描かれねばならぬ必然性は作品のどこにあるというのか。美登利は確かに自分の思うままを実現しようとし、したくないことは拒む子として描かれている。「容貌《きりよう》よ

き女太夫」に「明烏《あけがらす》さらりと唄はせ」たばかりか、「伊達には通るほどの芸人を此処にせき止めて、三味《さみ》の音《ね》、笛の音《ね》、太鼓の音《ね》、うたはせて舞はせて人の為《せ》ぬ事して見たいと折りふし正太に咡《さゝや》いていて聞かせ」正太を「驚いて呆れ」させる少女である。他方で長吉らが三五郎を袋だたきにした時身を挺してこれを救おうとする少女でもあった。また三五郎が夕化粧に手間取る美登利を迎えに行き、美登利をあまりにせかせた時「息がはづむ、胸が痛い、そんなに急ぐならば此方は知らぬ、お前一人でお出と」おこり、筆やに「別れ別れの到着」をしたということもあった。

「いつでも極りの我まゝ」とは、美登利が母や姉の言うことをどうしても拒み、そのため小言を言われ、喧嘩にまでなったのを、母はいつもの美登利の性情の表れであるとして、正太に説明したのである。こうとってこそ美登利は（十三）までの美登利と同じ美登利である。

先のつづきを読もう。

……真実《ほんに》やり切れぬ嬢さまではあるとて見かへるに、美登利はいつか小座敷《こざしき》に蒲団抱巻《かいまき》持出でゝ、帯と上着を脱ぎ捨てしばかり、うつ伏《ぶ》し臥《ふ》して物をも言はず。

正太は恐る〳〵枕もとへ寄つて、美登利さん何《ど》うしたの病気なのか心持が悪いのか全体《ぜんたい》何うしたの、と左《さ》のみは摺寄《すりよ》らず膝に手を置いて心ばかりを悩ますに、美登利は更に答へも無く押ゆる袖にしのび音《ね》の涙、まだ結ひこめぬ前髪の毛の濡れて見ゆるも子細《わけ》ありとはしるけれど、子供心に正太は何《なん》と慰めの言葉も出《いで》ず唯ひたすらに困り入るばかり、全体何《なに》が何うしたのだらう、己《お》れはお前に怒《おこ》られる事はしもしないに、何が其様《そん》なに腹が立つの、と覗き込んで途方にくるれば、美登利は眼を拭《ぬぐ》ふて正太さん私は怒つて居るのでは有りません。

美登利は「しのび音」に泣き出した。「まだ結ひこめぬ前髪の毛」を濡らして。これが初潮のせいで泣いているのであれば、美登利というのはよほど特殊な少女である。美登利は初潮ごときでこんなに悲しそうに泣く子なのか。美登利の悲しみも苦しみも全くわからない無数の読者たち！　美登利はけなげにも「正太さん私は怒つて居るのでは有りません」とこたえる。これこそ（十三）までに描かれてきた美登利である。美登利は初潮なんかで泣いているのではない。

　夫《そ》れなら何うしてと問はれゝば憂き事さまざま是れは何《ど》うでも話しのほかの包ましさなれば、誰《だ》れに打明けいふ筋ならず、物言はずして自づと頬の赤《あか》うなり、さして何《なに》とは言はれねども次第〳〵に心細き思ひ、すべて昨日《きのふ》の美登利の身に覚えなかりし思ひをまうけて物の耻《はづ》かしさ言ふばかりなく、

「憂き事」が「話しのほかの包ましさ」であるとはどういうことか。正太が相手ならたしかに初潮であっても言いにくいかもしれない。しかし、「誰に打明けいふ筋ならず」と作者は念を入れて書く。初潮ならば母、姉という二人のたのもしい相談相手がいるではないか。二人に言えないのは二人が美登利に対立しているからである。美登利はこの世の誰にも言えない悲し

み苦しみに苛まれているのである。「話しのほかの包まし」きことを思うと「物言はずして自づと頬の赤うな」るのである。美登利が頬を赤くするのはこの章に入って三度目である。この世の誰にも言えず、見知らぬ人でさえ自分を蔑んでいるように思われ、親しい正太の掛けてくれる言葉さえ「憂き事さまざま」を想い出させるとなれば、あとは一人っきりになるほか無い、

成事《なること》ならば薄暗《うすぐら》き部屋のうちに誰《た》れとて言葉をかけもせず我が顔ながむる者なしに一人気まゝの朝夕《あさゆふ》を経《へ》たや、さらば此様《このやう》の憂き事ありとも人目をつゝましからずは斯《か》く迄《まで》物は思ふまじ、

でもそれでは苦しみがわずかに薄らぐだけだ。ああ、「昨日」以前にもどりたい。

何時までも何時までも人形と紙雛《あね》さまとをあひ手にして飯事《まゝこと》ばかりして居たらば嘸《さぞ》かし嬉しき事ならんを、ゑゝ厭《い》や〳〵、大人に成るは厭やな事、何故このやうに年をば取る、最《も》う七月《なゝつき》十月《つき》、一年《ねん》も以前《もと》へ帰りたいにと老人《としより》じみた考へをして、正太の此処にあるをも思はれず、

そんな事は不可能だとすぐ思う。そして傍で正太が心配して掛けてくれる言葉はことごとく美登利に「憂き事さまざま」を想い出させる種となる。今この瞬間の美登利を苦しめているのは正太その人という事になってしまった。美登利は耐えられなくなった。美登利の遣り場のない悲しみの極みは正太に向けられる。正太が悪いのではない。美登利が悪いのではない。まして初潮なんかのせいではない。

物言ひかければ悉《ことぐ》く蹴ちらして、帰つてお呉《く》れ正太さん、後生《ごせう》だから帰つてお呉れ、お前が居ると私は死んで仕舞ふであらう、物を言はれると頭痛がする、口を利くと目がまわる、誰《た》れも〳〵私の処へ来ては厭やなれば、お前も何卒《どうぞ》帰つてと例に似合ぬ愛想《あいそ》づかし、正太は何故《なに》とも得《ゑ》ぞ解きがたく、烟のうちにあるやうにてお前は何《ど》うしても変てこだよ、其様《そん》な事を言ふ筈は無いに、可怪《をか》しい人だね、と是れはいさゝか口惜しき思ひに、落《おち》ついて言ひながら目には気弱《きよわ》の涙のうかぶを、何とて夫れに心を置くべき帰つてお呉れ、帰つてお呉れ、何時まで此処に居て呉れゝば最《も》うお友達でも何《なん》でも無い、厭やな正太さんだと憎くらしげに言はれて、

この美登利の悲しみを苦しみを初潮によるヒステリーかなんぞのように読むことの皮相さよ！

夫れならば帰るよ、お邪广《じやま》さまで御座いましたとて、風呂場に加減見る母親には挨拶もせず、ふいと立つて正太は庭先よりかけ出《いだ》しぬ。

「風呂場」の三文字を見よ。佐多稲子の指摘通り（後述）これは美登利の初潮でない事のなによりの証拠である。誤解を防ぐべく、周到に配置したこの三文字を読み落とされ読み飛ばされては作者が浮かばれない。

一年に八十四日湯に行けず

月経は月七日であるから女たちが湯屋に行けない日（風呂に入れない日）は一年で七日×一

二（月）＝八四日だと、江戸の男どもがバカを言って興じているのである。渡辺信一郎が考証しているように、江戸の女たちは（当然吉原界隈の女たちも）生理中は風呂に入らないのである。[4]

章（十五）は美登利の悲しみと悶えを描くこと、これを通じて美登利変貌の原因をも読者に知らしめることを目的としている。この目的に無関係の叙述には一語たりとも費やすような作者ではない。「風呂場」の三文字はこの目的に叶った重要な三文字でなければならない。「風呂」はたしかに美登利のために焚かれている。ただし生理ではない美登利が別の事情で入るために。

二　従来の読みの致命的欠点

今仮に相手取ってきた初潮説には（もちろん初店説にも）致命的な欠点がある。その論者たちは各自の説の根拠を作品の外部に求めてしまうことである。曰く初潮、曰く初店・水揚げ、曰く初潮プラス成女式。作品のどこにそんな根拠を見い出せよう。事実誰も見い出せなかった。当然である。だから論争は立ち消えになったのだ。

上杉省和「美登利の変貌――『たけくらべ』の世界――」（「文学」一九八八・七）だけが作品内に根拠を見出し、論じた。この説のみが真に検証に値する。氏の論でもっとも重要なのは（十四）の「揉《も》まれて出《いで》し廓《くるわ》の角」および「此頃此処《このごろこゝ》の流行《はやり》ぶし」の分析である。

以下しばらく氏の卓論をわたくしが取り込んだ形で論ずることにしよう。

本稿一の冒頭で引いた文章は（十四）最後のパラグラフの最後の部分である。このパラグラフの（つまり作者が美登利の変貌を具体的に知らせるために用意した最初のパラグラフの）冒頭から残りの全部を引用しよう。

揉まれて出《いで》し廓の角、向ふより番頭新造《しんぞ》のお妻と連れ立ちて話しながら来るを見れば、まがひも無き大黒屋の美登利なれども誠に頓馬《とんま》の言ひつる如く、初〻しき大嶋田結ひ綿のやうに絞りばなしふさ〳〵とかけて、鼈甲《べつかう》のさし込《こみ》、總《ふさ》つきの花かんざしひらめかし、何時《いつ》よりは極彩色のたゞ京人形を見るやうに思はれて、正太はあつとも言はず立止まりしまゝ例《いつも》の如くは抱きつきもせで打守《うちまも》るに、彼方《こなた》は正太さんかとて走り寄り、お妻どんお前買ひ物が有らば最《も》う此処でお別れにしましよ、私は此人《このひと》と一処《しよ》に帰ります、左様《さやう》ならとて頭《かしら》を下げるに、あれ美《み》いちやんの現金《げんきん》な、最《も》うお送りは入りませぬとかえ、そんなら私は京町《きやうまち》で買物しましよ、とちよこ〳〵走りに長屋の細道へ駆け込むに、

これにつづいてうちひしがれた美登利が登場することはすでに見た。

さて、「揉まれて出」たのは正太である。かれは美登利を廓中さがして見つからず、今「廓の角」に出て来た。この「角」は吉原の四つの角のうちのどこの角か。上杉は言う。

「揉まれて出し」とあるから、そこは廓の外であろう。「角」とは、はたして東西南北いずれの角であろうか。そのあと、番頭新造のお妻の、「『あれ美いちやんの現金な、もうお送りは入りませぬとかえ、そんなら私は京町で買物しましよ』、とちよこ〳〵走りに長屋

の細道へ駆け込むに、」〈十四〉という姿が描かれるところから推察すれば、正太が美登利と出会った場所は、京町一丁目の非常門を出た所に架けられた刎橋を渡ってから、少し南西方向へ行ったあたり、すなわち廓の西の角ということになる。すると、美登利は大鳥神社か、あるいは、お歯ぐろ溝に添った水道尻の裏通りの方から来たことになる。正太に「お西さまへ諸共に」〈十五〉と言われて、美登利は既に行ってきたとは答えていないこと、またその時の異常とも言える彼女の打ちひしがれようを考えれば、大鳥神社の帰りでないことは明かであろう。とすれば、揚屋町の刎橋から遊廓の中へ入った美登利が、いったん廓の外へ出なければならなかったのは、水道尻と大鳥神社の中間にある検査場に立ち寄る以外考えられないであろう。

そうだ、これ以外に考えようはない。作者は美登利が検査場からやって来て、今打ちひしがれている、と暗に伝えているのである。一葉は周到に伏線を張っている。この時代にとても書けるはずのないようなことを書くために。

先の引用のもうひとつ前のパラグラフの後半を、少し長くなるが引こう。正太が団子屋の背高に聞く。

……お前は知らないか美登利さんの居る処を、己《お》れは今朝から探して居るけれど何処《どこ》へ行《ゆっ》たか筆やへも来ないと言ふ、廓内《なか》だらうかなと問へば、むゝ美登利さんはな今の先《さき》己《お》れの家《うち》の前を通つて揚屋町《あげやまち》の刎橋《はねばし》から這入つて行《いっ》た、本当に正さん大変だぜ、今日はね、髪を斯《か》ういふ風にこんな嶋田に結つてと、変てこな手つきして、奇麗《きれい》だね彼《あ》の娘《こ》はと鼻を拭きつゝ言へば、大巻さんより猶美《い》いや、だけれど彼《あ》の子も華魁《おいらん》に成るのでは可憐《かわい》さうだと下を向ひて正太の答ふるに、好《い》いじやあ無いか華魁になれば、己れは来年から際物屋《きわものや》に成つてお金をこしらへるがね、夫《そ》れを持つて買ひに行くのだと頓馬を現はすに、洒落《しやら》くさい事を言つて居《ゐ》らあ左《そ》うすればお前はきつと振られるよ。何故《なぜ》〳〵。何故でも振られる理由《わけ》が有るのだもの、と顔を少し染めて笑ひながら、夫《そ》れじやあ己れも一廻《まわ》りして来ようや、又後《のち》に来るよと捨て台辞《ぜりふ》して門《かど》に出て、十六七の頃までは蝶よ花よと育てられ、と怪しきふるへ声に此頃此処の流行《はやり》ぶしを言つて、今では勤めが身にしみてと口の内にくり返し、例の雪駄の音たかく浮きたつ人の中に交りて小《ちい》さき身体《からだ》は忽《たちま》ちに隠れつ。

揉まれて出し廓の角、……（と続く）（傍線─引用者）

重要な仕掛けに満ちている。

一、まず正太は朝から美登利をさがしたが見つからないという（美登利は「今朝」姉のところへ行き大嶋田に結わされていた）。

二、ところがその美登利が大嶋田に結って着飾り「今の先」団子屋の前を通って行ったという（「今の先」とは何時ころか。また姉の部屋を出て「今の先」まで一人でどこに行っていたのか）。

三、そのどこかから出た美登利は「己れの家の前を通つて揚屋町の刎橋から這入つて行た」という（どこへ、なにしに？）。

四、正太は今聞いた美登利の変化に彼女が華魁にさせられる前兆を直観し、同情する（これはすぐあとで正太が「流行ぶし」を口にすることの伏線でもある）。

五、団子屋の背高も来年は大人の世界に入ると言う（既に長吉は「大人」になった（十三）、信如は間もなく「仏さんの学校」に行く（十六）、美登利は華魁になるらしい。みんなみんな大人の世界に飛び込んで行く、行かされる）。

六、正太は「一廻りして来よう」「又後に来る」と言って出て行く（「一廻り」は廓の中の一回りである。入って行ったのは「揚屋町の刎橋」からである。「一廻り」してもどってくると言うのだから、出てくるのはこの刎橋か京町一丁目の刎橋である。実際に出てきたのは「廓の角」なのだから、京町一丁目の刎橋だったということになる。上杉の先の推定の正しさはこの読みからも保証される）。

以上六点については必要に応じてあらためて触れることにして、上杉の卓見にもどりたい。傍線部分の「流行《はやり》ぶし」がどんなものであるのかは、以前から知られていた。しかしここに作者のもっとも苦心したもっとも重要な仕掛けを見出したのは上杉省和唯一人であった。「流行ぶし」はテキストによって若干の異同はあるが、ここでは上杉が引いたものを用いよう。

わたしや父《とゝ》さん母《かゝ》さんに、十六七になるまでも、蝶よ花よと育てられ、それが曲輪《くるわ》に身を売られ、月に三度の御規則で、検査なされる其時は、八千八声のほととぎす、血を吐くよりもまだ辛い、今では勤めも馴れまして、……

この「流行ぶし」に「作者は、美登利の身に起ったことを、それとなく暗示したに違いない」と上杉は指摘した。さらに検査場と検査規則についても触れてこの説を補強した（前掲論文）。だれもこの説を支持せずむなしく時が流れた。

わたくしが上杉説を展開しよう。

箇条書きの四で見たように正太は美登利の華魁になることを直観し、同情した。その美登利を探しに行こうとして思わず口にのぼせたのが「此頃此処の流行ぶし」の一部なのであった。

作者が意識して抜いた箇所を見よ。「検査なされる其時は、八千八声のほととぎす、血を吐くよりもまだ辛い」である。

美登利を「待つ間のつれ〲に忍ぶ恋路を小声《こゞゑ》に」うたった正太（四）、「廻《まわ》れ〲水車《みずぐるま》を小音《おん》に唱ひ出」した正太（十二）、「正太は例の歌も出ず」「正太が美音《びおん》も聞く事まれに」と書かれた正太（十六）、その正太がここでは「怪しきふるへ声に……流行ぶし」を「言つて」とある。

なぜ「唄つて」ではなく「言つて」なのであろうか。大久保葩雪『花街風俗志』[5]にこうある。素見連中《ひやかしれんじゆう》（＝地回り連中）が「近年口にする小唄の中に、『素見唄《ひやかしうた》』とも謂ふべき一種の唄が持囃《もてはや》されて居《を》る……。誰人《たれ》が唄ひ出したか知らぬが、別に曲節《ふし》もなにも無い」と[6]。

曲節《ふし》のない〝唄〟の正太風の〝唄い方（言い方）〟を「ふるへ声に」と作者は表現したのであろうか。その「ふるへ声」に「怪しき」の三文字を作者はかぶせている。作者が美音の正太に「怪しきふるへ声」を出させたことにわれわれは深い暗示を見ないわけにはいかない。

群馬大学大学院生（教育学研究科二〇〇〇年度修了）の峯岸千紘は、この日の正太・美登利のタイムテーブルを作成した。[7] これを基に当日のふたりの行動を追ってみよう。

正太は「今朝」から美登利を探している。美登利は「今朝」姉のところで髪を結ってもらう（着付けもすませる）。この「今朝」とは何時ころであろう。吉原の遊女たちが起きるのは午前十時頃であるという。[8] だから大音寺前も「朝寐《あさね》の町」である（八）。この日は酉の市の日であるから遊廓や大音寺前の「朝」がいつもより早いとしても、正太が美登利を遊びに誘おうとした「今朝」が七時八時ということはないであろう。仮に九時頃としておこう。美登利が大黒楼で風呂に入り、姉と諍い、髪を結ってもらい、着付けをすませたときには正午近くになっていよう。一方正太は美登利を探してがてら三五郎や横町の潮吹きらの店を見舞い、団子屋に到る。団子屋の背高は商売用の餡こが「種なし」になり今あぐんでいる。団子屋は文字どおりの朝早くから商売をしていたのであろうが、予想より売れて用意の餡がなくなったのである。しかも入ってくる客は途絶えない。潮吹きのところも同じような事情にあった。毎年商売して売れる量を知っている店が売り切れたのであるから、正太が団子屋に来た時は昼の食事時を過ぎたころではなかろうか。天気のよい酉の市の日は昼を過ぎたからといって客足がにぶりはしない。

その団子屋の前を「今の先」美登利が着飾って通り「揚屋町の刎橋から這入つて行た」という。美登利は一旦姉のところから廓外に出ていたのである。廓外の行った先は大黒屋の寮しか考えられない。美登利はここで母に着飾った姿を見せ、母親とも諍いをし、昼食をすませ——

食べられなかったであろうが――その後の「今の先」一人で団子屋の前を通ってまた廓の中に入る。それから美登利は空白の時間の中に消える。そして突然お妻とともに検査場の方から現れるのである。正太は美登利の空白の時間の初めの方に「怪しきふるへ声に此頃此処の流行ぶしを言つて」廓の中に消える。雑踏する廓の中を「一廻りして」正太は「揉まれて出でし廓の角」に立つ。そこで打ちひしがれた美登利に会うのである。正太と美登利は大黒屋の寮に行く。この場面はすでに見た。

美登利のところを飛び出した正太が筆やに駆け込み三五郎と話し、「筆やが店に転が」ったのは「火ともし頃」である（十六）。ちなみに当時の日没は一六時三〇分ころである。すべては「今朝」から「火ともし頃」の間にはさまれている。この間のタイムテーブルを作るとおおよそ以上のようになろう。正太に「怪しきふるへ声に」「血を吐くよりもまだ辛い」と（暗に）言わせた作者は、そのころお妻に付き添われて検査場に向かう美登利あるいは検査場における美登利を想定していたのである。

上杉の説のみが樋口一葉の張り巡らせたものを遺憾なく読み取らせる。

作者はもっと仕掛けている。（十四）の冒頭にまでさかのぼろう。

此年三の酉まで有りて中《なか》一日はつぶれしかど前後の上天気に大鳥神社の賑ひすさまじく、此処をかこつけに検査場の門より乱れ入る若人達《わかうどたち》の勢ひとては、天柱《てんちう》くだけ地維《ちい》かくるかと思はるゝ笑ひ声のどよめき、中之町《なかのてう》の通りは俄《にわか》に方角の替りしやうに思はれて、角町《すみてう》

　京町処〻《きようまちところぐ》のはね橋より、さつさ押せ〱と猪牙《ちよき》がゝつた言葉に人波を分くる群もあり、

とある。作者は「すさまじく」雑踏して人々の流入する「検査場」の門から書き始める。中之町を身動きのとれないほどの人波が大門方向に流れ込んでいるという。遊女たちがふだん検査場に行くのは、廓の中を通って水道尻に行きその行き止まりの検査場に到るのである。しかしこの日の水道尻はものすごい人波が中へ中へと押し寄せるので、美登利とお妻が検査場に行くには、いったん（おそらく京町一丁目の刎橋から）廓の外に出て、上杉の言う「廓の西の角」を通り、検査場の裏にある「検査場の門」（廓の裏門でもある）から人波に沿って廓内に入り、すぐ波を離れて左に折れ検査場の中に入る、という経路を取ったに違いない。ものすごい込みようであったからかえって目立たなかったはずである。帰りも同じ経路を逆に戻って「廓の角」まで来たのである。酉の日の検査は人の目をできるだけ避けるうえで好都合であったのだ。

　こうして「検査場」の三文字を含む（十四）冒頭のくだりは「揉まれて出し廓の角」の段落の伏線となっているのである。

「たけくらべ」のクライマックスである（十四）と（十五）は「検査場」というキーを用いてのみ読み解けるのである。

　ところで一葉は「文学界」三六号のためにこの（十四）の原稿を送ったとき、セットにしたのは（十三）の原稿であった。したがって「文学界」三六号には（十三）と（十四）が載る。「たけくらべ」のなかでもっとも美しい、可憐にして余韻縹渺たる（十三）と「検査場」の

（十四）と。

三　検査場説補説

佐多稲子の問題提起（一九八五年）はすばらしいものであった。（十四）（十五）はしたがって「たけくらべ」の全体は「初潮」では読み解けない事を指摘したからである。素直にかつ丹念に読めば佐多の言うとおりである。研究者にも読者にも衝撃がはしったのは当然である。[9]佐多の感性の鋭さはたしかに従来の読みの致命的な弱点をついていた。しかし佐多は自説を調査によって根拠づけることはしなかった。もし試みても不可能であったが。[10]佐多を支持した「初店・水揚げ」説は作品内のどこにも根拠をもちえなかった。初潮説論者がそこを突いた。初店・水揚げ説論者はもちろん有効な反論をなしえなかった。初店・水揚げ説論者は初潮説が作品の読みの上から成り立たない事を論じた。初潮説論者は「成女式」その他の説を付会した。説得力のあろう筈がなかった。

そこへ上杉省和の「検査場」説が登場した（一九八八・七）。論証不十分の点は残っているが、それは今後の調査によってさっそく論証できるはずのものだった。しかし検査場説は注目を集めるにはいたらず、これに触れる論者は少なく、まして支持するものはなかった。上杉論文以後にあってはもはや益のない論争が断続した。

さて、上杉は前掲論文において自説の弱点についてこう述べた。

美登利にも、遂にこの屈辱の時が訪れたのである。何故、酉の市の日を選び、しかも嶋田髷に晴れ着姿で、という疑問は残るが、それ故に、それは周囲の人達への偽装工作であったかもしれず、いずれにしても、『たけくらべ』のテキストに点綴された手掛かりを頼りに読み解くかぎり、主人公・美登利の突然の変貌の原因を、検査場で身体検査を受けたことに求めて間違いはないであろう。

上杉自身の疑問は検査場説を批判・否定する論者によってそのまま用いられた。榎克郎はこの疑問を取り上げ、「この二点は甚だしい不自然として読者の心にひっかからざるを得ない。『検査場』は大鳥神社のすぐそばにあって、酉の市の日は分けても雑踏する位置を占めていた。しかもこの日は吉原の紋日である。選りに選ってそんな日に検査が行われるものだろうか。また、そんな俗用のためにわざわざ晴れの身なりに改める、などということがあり得るだろうか」と述べた[11]。

榎は酉の市の日を「吉原の紋日」だというがまちがいである。「書き入れ日」である。ところで酉の市の日に検査はなかったのか。日曜日以外なら「臨時検査」が行われていたことを、峯岸は次のように証明した[12]。

「警察令第二十二号」(明治二十七年三月三十一日)の「娼妓身体検査規則」によれば、第六条第一項により、「新ニ就業セントスルトキ」は臨時検査を受けることになっている。そして、臨時検査の日割りは、第七条により、新吉原の場合、日曜日を除く毎日行われることになっている。また、検査の時間は、第八条に「午前九時ヨリ午後三時マテトス」とある。

作中時間と考えられる明治二七年の場合は、三の酉の日は十一月二七日火曜日であるので、検査は休みではない。また管見の限りでは、酉の市の日に検査が休みであったという資料は見あたらなかったので、検査は行われていたと考えられる。きわめて適切な回答である。

しかし「何故、酉の市の日を選び、しかも嶋田髷に晴れ着姿で」という問題は依然として残る。峯岸はこう答えた。

立川昭二『明治医事往来』（新潮社　一九八六）中にある「娼妓検梅の錦絵」によって「検査の時でも娼妓は華やかな衣装を着ている」とし、さらに森光子『光明に芽ぐむ日』（文化生活研究会　一九二六）から次の引用をおこなって榎の疑問に答えようとした。「×月×日　今日は初検査に行つた。お正月だけにいつもより、他の楼の花魁達の派手な姿が目立つて見えた。検査場へ入ると、花魁達は、何処そこの花魁の着物は何うだとか、いゝとか悪いとか云つて、皆着物や恰好の批評をしてゐる」（九四頁）と。これはたしかに一つの回答ではあるが、不十分である。

峯岸の集めた膨大な資料を借りて若干の考察を試みよう。近藤富枝『モナ・リザは歩み去れり　明治四十年代の吉原』（講談社　一九八三）にこうある。「結賃は明治のころは六銭か七銭であり、週に二度結い日があった。……娼妓は週に一度検査日があり、その前日と、間にもう一回結うことにきまっている」（二六頁）[13]と。

以上三つの資料から次のようなことが窺えるのではないか。検査場は他の楼の遊女たちと「着物や恰好」を張り合う場でもあった。検査日に合わせて髪を結うというのだから、遊女たちは検査場に着飾って行った。彼女たちの心事について考察するゆとりはないが、屈辱的な検査を受ける身体の、せめて表面を着飾らずにはいられなかったということではなかろうか。ともあれ検査場に着飾って行くことに疑義をはさんだ榎の方がかえって廓の常識に疎かったことになろう。

美登利の問題に戻ろう。美登利の検査は「新ニ就業セントスルトキ」の「臨時検査」であるが、その場合「昨日」までの少女の格好で検査に行けるであろうか。そう考えるとするとそれこそ非常識の極みであろう。検査を拒否されるであろう。検査場は建前上は「大人」しか行かない場所なのである。当然美登利は大人のなりをして行くことになった。極彩色の京人形のように着飾って。

大人の格好をせねばならなかったことは当然として、なぜ作者はあれほどに着飾らせたのであろうか。この問題を次に考えてみたい。

喜熨斗古登子《きのしことこ》は江戸末期から明治にかけての吉原を内側からつぶさに見てきた人であるが、その『吉原夜話』[14]で「禿《かむろ》」についてこう述べている。

子供のうちから廓にやられるものもありますが、その時分は……喜んで育てられています。このように主人の手許で遊んでいる時分は、その人たちを廓では、〝小職《こじよく》〟と言います。……そうしているうちに華魁から、部屋によこして……と言われますと、それぞれの華魁衆へこの小職を預けます。その時、たより、みどり、ちどり、なぞという差合いのない名がつけられますと、初めて禿衆《かむろしゆう》という名にかわります。運のいい子と悪い子では大変な違いで、小職からすぐ禿衆になれる子と、いつまでも小職でいる子があります。

こういうようにして預かった禿衆のことですから、華魁はじめ新造衆や、また前にその華魁の部屋にいた人達が蔭になり日なたになって、この禿衆を人に劣らぬよう、立派に育てることに一生懸命です。（傍線―引用者）

藤井宗哲編『花柳風俗語辞典』（東京堂出版　一九八二）の「禿」の項によると禿は「明治中期頃には姿を消した」とのこと。明治二七年の三の酉の日が想定された「たけくらべ」のころにはちょうど「姿を消した」ことになる。美登利はたしかに禿ではない。しかし「みどり」という名、「此の身は遊芸手芸学校にも通はせられて、其のほかは心のまゝ、半日は姉の部屋、半日は町に遊んで見聞くは三味に太鼓にあけ紫のなり形」「遣手新造が姉への世辞にも、美いちやん人形をお買ひなされ、これはほんの手鞠代と、呉れるに恩を着せねば」（三）、というくだりを傍線部分と照合すると、作者は美登利を大黒屋の寮に住んでいながら姉の部屋についた禿に擬していると思われる。

しかも（七）の「さればお店の旦那とても父《とゝ》さん母《かゝ》さん我が身をも粗略に遊ばさず、常ゞ大切がりて床の間にお据へなされし瀬戸物の大黒様をば、我れいつぞや坐敷の中《なか》にて羽根つくとて騒ぎし時、同じく並びし花瓶《はないけ》を仆《たほ》し。散ゞに破損《けが》をさせしに、旦那次の間に御酒《ごしゆ》めし上りながら、美登利お転婆《てんば》が過ぎるのと言はれしばかり小言は無かりき、他《ほか》の人ならば一通りの怒《おこ》りでは有るまじと、女子衆達《おんなしゆたち》にあと〳〵まで羨まれしも」のくだりや正太の「大巻さんより猶美《い》いや」（十四）のセリフ等を勘案すると、美登利はたんなる禿あつかいではなく「引込禿」のあつかいである。

「北里見聞録」（寛閑楼著　文化14）には

当時又引込禿《ひきこみかふろ》といふ有、是は禿の内にて、年頃十四五以上にて、見目かたちすぐれ、全盛近きを云。是等は姉女郎の手を放れて、傾城屋の亭主女房などの傍に有て、惣じての諸芸をならはしむ、故に引込の名あり。……斯く諸芸など仕込置て後、突出しとて見世へ出して客を迎る也。（傍線—引用者）

とある。[15]

美登利は今まさに「年頃十四五」。そして「引込禿」的条件をすっかり備えている。[16] 大黒楼の主、母、姉らはこの美登利をどうしようとしているのか。「突出し」を考えているのである。「突出し」とは「遊女が初めて客をとること」と前掲『花柳風俗語辞典』にある。美登利は「引込禿」のあつかいを終え「突出し」の「新造」として見世に出されようとしているのである。遠からず「突出し」＝「新造出し」の日が来るであろう。「新造出し」とは「吉原などの遊里で、姉女郎が一四〜一五歳に達した禿を妹女郎として披露すること。祝いの行事の費用は、通例姉女郎が負担した」と『広辞苑』にある。

「新造出し」のために最初にしなければならないこと、それが「新ニ就業セントスルトキ」の「臨時検査」にほかならない。

ところでなぜ作者はあれほどに着飾らせたのであろうか、という先の問いに戻ろう。前掲『吉原夜話』は禿の服飾をめぐってこう語っている。

島田の根に幅の広い銀紙をまきまして、その根が高ければ高いだけ形のよいことにしてありました。なぜと申しますに、この小さい島田のうしろへ背負布といって、緋鹿子《ひかのこ》、浅黄、紫のまあ三色、これが普通ですが、もう一と息立派にしますには、五色まで思い思いの色を取り揃えてつくります。……次は簪ですが、大ていのは平打《ひらうち》に限っていたようです。平打ちでなければビラビラのついている簪で、背負布によく似合うような品をさしたものです。このつくりは華魁の好みを先にし、部屋にいる新造衆の考えでいろいろに苦心し、自分の部屋の禿がよそよその禿より劣らぬように支度してこしらえ上げるものです。

このくだりはつぎの点で参考になる。美登利が、大人の格好で、しかも着飾って、検査場に行くにあたっての姉の部屋の様子が窺われること。美登利の髪型は禿のそれではないが、かなり禿風をとりいれていること。したがってこの日の美登利の格好は禿と新造の中間のようであること。

この格好は「引込禿」的境遇から「突出し」の「新造」的境遇へ押し出されようとしている「今日」の美登利にぴったりなのではなかろうか。

ともあれこの朝、姉の大巻と番頭新造のお妻その他の「女子衆達」が「苦心し」て「支度して拵え上げ」たのであろう、検査場に突き出すために。「姉さんの部屋で今朝結つて貰つたの、私は厭やでしようが無い、とさし俯向きて往来を恥ぢ」た美登利の哀切、いまこそ誰もが理会できよう。

すでに触れたが酉の市の日は榎の推測とは逆に美登利の検査場行きがもっとも目立たない日であった。晩秋のある閑かな一日極彩色の美登利が廓の内外を歩いたなら、大音寺前のたくさんの子供や大人の好奇の目により多くさらされることになろう。祭りの日だからこそ人目はよそに向いており、派手な格好も雑踏する人々の中にまぎれ得たのである。上杉のいう「偽装工作」はほとんど当たっていたことになる。

作者はこの設定を執筆の最初から構想していた、とわたくしは推定する。（一）冒頭の「知らずや霜月酉の日例の神社に欲深様のかつぎ給ふ是れぞ熊手の下ごしらへ」に前後する活力と生彩に富む描写がその証拠である。美登利の変貌と三の酉の日の組み合わせの絶妙さは万人のみとめるところであろう。

四　検査

「検査」の内容について石井茜（群馬大学教育学部二〇〇五年三月卒業）は『都立台東病院のあしあと[17]』に次のような記述を見つけた。[18]

……明治27年、これまでの「娼妓黴毒検査規則」を廃止し、新たに、「娼妓身体検査規則」を制定した。この新たな規則では、検査対象の病気を従前の梅毒だけから、軟性下疳、淋病、肺結核、その他伝染性疾患を加え（た）。

……明治42年、健康診断の内容を統一し、その内実を高めるため、警視庁第三部長名で訓示「娼妓健康診断の方法順序」を発している。これを見ると、当時の性病検診の概要が分かるので、ここにその内容を列記しておく。

「娼妓健康診断の方法順序」

1　上部診断の順序

（1）顔面、頭部、および髪際ならびに頸部を視診すること。

（2）眼裂に分泌物あるいは眼球に充血のあるものは眼瞼を反転すること。

（3）上下口唇を反転し、次に咽頭および口腔粘膜を検査すること。

（4）上半身を露出させ、胸部および項背を検査し、特に腋に注意すること。

2　下部診断の順序

①診察台において臍部以下を露出させ、腹部、大腿部を視診すること。
②鼠蹊部を圧すること。
③外陰部、肛門を検査すること。
④大小陰唇、陰核、前庭、尿道口および膣口を検査すること。
⑤指を膣内に挿入して尿道を圧し、次にバルトリン氏腺を触診し、ともにその分泌物を検査すること。
⑥子宮鏡を挿入して膣内および子宮膣部および子宮分泌物を検査すること。

3 内部診断の順序

内部診断はもっぱら胸部、腹部の諸臓器に向って打診、聴診を行うものとする。

特に2の①②③④⑤⑥に注目されたい。これらは梅毒検査のためには必須の検査であるから、一八九四年（明27）当時も行われていたと考えられる。

上杉は前掲論文で「新ニ就業セントスルトキ」に「検査」を受けた女性の屈辱的経験を記したものとして、森光子『光明に芽ぐむ日』（文化生活研究会 一九二六）の二五ページを引いている。また福田利子『吉原はこんな所でございました 廓の女たちの昭和史』（主婦と生活社 一九八六年）五九〜六〇ページにも同様の体験が記されている。

ここでは立川昭二『明治医事往来』（新潮社 一九八六）の「検梅悲話」から紹介しよう。性交は地球上の自然の極重要の一部分を構成しているが、「検査」は人間という特殊な動物の

「発明」であり、非自然の行為である。「たけくらべ」の頃より二〇年以上昔のことであるが、初めて「検査」に直面した女性達の驚愕と屈辱感を伝える記述である。

……大阪遊女町にはじめて検梅が実施されたときの生なましい光景を、『大阪日報』（明治四年十二月十六日号）は次のようにつたえる。

浪花医学校に於て黴毒の療治を施行あるに付、府下の遊女町へ触れて家々の抱子供を呼上げたり。其日集りたる妓は一室に入れ、医四、五人立会診察して暫く休息させ、今日は引取り可申追て療治の沙汰有之と何事なく返しけり。程経て呼出したり衆妓先日之通相集る。又一室に入れ今日は室の内外より厳に錠を鎖したり。室内には椅子を設け置き、妓一人づつ裾裙掲け尻を現はし腰をかけしむ。椅子の敷板に円径五寸程の穴ありて、是を覗けば梅毒の根元大蛇の口を張つたる如く、奥の院迄洞見すべし。此時衆医集まり、椅子の下よりして大蛇の口へ管を挿し入れ、器械を用ひて押広げ、間口より奥行迄熟覧点検す。妓のがれんとすれば左右介補の医員挫圧して動かさず。此体を見て衆妓一時に騒ぎ立つ。医員告て曰く、此点検をば不受ば以後渡世を禁じ、眉を落し一生偶《おとこ》を得ずと説得す。衆妓たとへいか様ありても此療治は受けがたしと或は声を揚げて泣き、或は遁れんとして狂走せしが、一室に鎖したれば一人も不残改られ、大蛇の口を遁れしものなかりしとぞ。

この検査に耐えかねて翌年四月らくという一八歳の少女の娼妓が縊死した。それから二四年後「台湾の娼婦が検梅に堪えかね、二人が河に身を投じ、べつの二人は阿片を服して自殺した」という。

「検査」の「人間」性を余すところなく伝えている。

「風呂場に加減見る母親」の意図はもはや明かである。母親なら風呂の用意くらいはしてやるであろう。

ところで一葉の「検査」に関する情報はどのようにして得られたのであろうか。「流行ぶし」を知っていたことが示すように、彼女が龍泉寺町に住み直接見聞したことが大きいであろう。また仲之町の引手茶屋伊勢久にいるお千代は重要な情報源だったかも知れない。小林あいも考えうるかも知れない。しかし決定的に重要なのは石井茜が発掘した東京朝日新聞一八九四年(明27)三月三一日、四月一日の記事である。

三月三一日の記事は「●遊び女の身体検査」と題して、タイトルを含めて一五〇字ほどのもの。翌日の記事もタイトル「●遊び女の身体検査」であるが一〇〇〇字近い大きなものである。本稿でこれまでに何度かふれた「警察令第二十二号」(明治27/3/31)「娼妓身体検査規則」の内容のくわしい報道である。

前号に記載せし通り娼妓身体検査規則なるもの愈《いよい》よ昨《さく》三十一日を以て警視庁より布達あり今《こん》一日より施行する事となりしが今其大要を掲げんに(第一条)娼妓の身体は其寄寓貸

座敷所属の検査所に於て検査医員之を検査す（第二条）身体検査は左の疾患の有無を検査するものとす黴毒《ばいどく》、下疳《げかん》、淋病、肺結核、其他伝染性疾患（第三条）前条の疾患ある者は就業することを許さず（第四条）検査を分《わけ》て定日《ていじつ》検査及臨時検査とす（第五条）略す（第六条）臨時検査は左の場合に於て之を行ふ「一」新《あらた》に就業せんとするとき……

以下は省略するが、石井の考証通り一葉がこの記事を読み、かつ深い注意を払ったことは確実である。[19] とすれば、一葉がこの記事によって「たけくらべ」を着想した可能性はきわめて高い。塩田良平は大著『樋口一葉研究』においてこう述べた。

「雛鶏」の執筆年代はわからないが、恐らく明治二十七年春頃、つまり龍泉寺に在住当時に既に腹案を得て、福山町転居後、即ち同年秋以降草稿をなしたのではないかと推定される。[20]

「明治二十七年春頃」と「東京朝日新聞一八九四年（明27）三月三一日、四月一日」とはまさに重なるではないか。とすれば、「検査場」というモチーフは「腹案」段階のこの頃から決まっていたことになる。

「たけくらべ」の構想・制作過程・作品構造等があらためて研究されねばなるまい。

五　補遺

「初潮説」の元祖は「三人冗語」[21]の幸田露伴とされる。一葉の同時代人で当代きっての読み巧者露伴までが読み間違えたのであろうか。この問題を避けて通るわけには行かない。

美登利が嶋田髷に初めて結へる時より、正太とも親しくせざるに至る第十四、十五、十六章は言外の妙あり。其の月其の日赤飯のふるまひもありしなるべし、風呂場に加減見たりし母の意尋ねまほし。読みてこゝに至れば、第三章の両親ありながら大目に見て云々の数句、第五章の長吉の罵りし語、第七章の我が姉さま三年の馴染に銀行の川様以下云々の悲しむべき十数句、学校へ通はずなりしまであなどられしを恨みしこと、第八章のかゝる中にて朝夕を過ごせば以下の叙事の文など、一時に我等が胸に簇り起りて、可憐の美登利が行末や如何なるべき、既に此事あり、頓て彼運も来りやせんと思ふにそゞろあはれを覚え、読み終りて言ふべからざる感に撲たれぬ。鹵莽なる読者ならずば、唯に辞句の美を説くにとゞまらず、必ずや全篇の秘響傍通して伏采潜発する第十四、十五、十六章に至りて、噫と歎じて而して必ずはじめて真に此篇の妙作たることを認むべし。

「其の月其の日赤飯のふるまひもありしなるべし、」から見て行きたい。「其の月其の日」はいつを指すか。(十六)が三の酉の日以外の時間も含むので確認が必要である。「正太とも親しくせざるに至る」との限定が付いているので、「三の酉の日」を指すと考えるべきであろう。するとこの語句に続く「赤飯」云々はいかにも「初潮」に直結しそうである。しかし「初潮」

は続く「風呂場に」云々との間に齟齬をきたす。露伴は明らかに月経中の女性は（当然初潮の少女も）風呂に入らないことを知っている。すると「風呂場に」云々は美登利変貌の原因が「初潮」以外の事柄であることを読者に暗示するための叙述ということになる。

次に「既に此事あり、頓て彼運も来りやせん、」を見よう。「此事」は「赤飯のふるまひもありしなるべし、」を受けている。文脈中でとらえれば露伴は「此事」のあとに来る「彼運」にこそ美登利のいっそうの悲運を見ている。遊女たちにとってもっとも辛いのは仕事としての性交ではなく、「検査」であること、すでに見た。露伴は明らかに「検査」には気づいていない。しかし、「鹵莽なる読者ならずば」以下の一文に示される深甚の作品理解は「初潮説」からはやはり出てくるものではない。「初潮」でもない、「検査」でもない。

今戸榮一編『目で見る日本風俗誌（7）遊女の世界』につぎのような記述がある。

『吉原大全』などによると、新造の突出が決まると、（以下九七字省略）知りあいには赤飯をくばるように定められている。[22]

と。露伴は「其の月其の日」を「新造の突出が決ま」った日、と考えていたのではなかろうか。こう考えると露伴の発言に関するわたくしの右の読み方は全体的に整合する。ついでに言うと「検査」は「突出し」のために行われた、というのが上杉の説であった。[23] 露伴の読みは上杉以前にあっては最高の読みであったことになる。

ただし一葉彫心鏤骨の最終三章にいや「たけくらべ」全編に、張りめぐらされた「検査」というモチーフは露伴といえども読み取れなかった。露伴の深い読みはその後「初潮説」という誤読の淵源とされてしまった。「三人冗語」での絶賛を知った日の一葉日記は読者に意外の感を抱かせる。一葉の醒めた反応に驚くのである。一葉は以後九二年間にわたる誤読の始まりを予感したのであろう。上杉以後また一七年が流れ今は一〇九年後の二〇〇五年である。

日本人の一〇九年にもわたる誤読の原因について一言しておきたい。

日本人のセックス観はその起源がわからないほど太古の昔からすばらしくおおらかであった。これを抑圧したのがキリスト教国民（すなわちヨーロッパ人）の目を気にした明治政府である。心和む性器崇拝系の社、祠、石像、木像等が淫祠邪教のたぐいとして徹底的に壊された。こうした神社の破壊・統合をめぐる南方熊楠の怒りは知られるところである。それらの動きと表裏をなしてプロテスタント的恋愛観が輸入され、恋愛と性愛を切り離し、その切り離された恋愛を結婚と結びつける主張が展開されるようになった。「文学界」グループの指導者北村透谷は切り離しに大きく関わり、また同グループに近い巌本善治は「恋愛結婚」を主張した。[24]

太古以来のセックス観の否定、恋愛と性愛の切断は奇怪な少女観をうみだす重要な原因となった。少女には少年のような強烈な性欲がない、少女には性交への強い関心はない、等々。そして「清純な少女」像や「処女の純潔」なるものが押しつけられた。これは近代日本における男の側からの、女の性に対する抑圧の一構成部分である。女性自身の女性観・少女観までが抑圧の下、歪んだ。日本の男は美登利に実態と乖離した少女像を重ねてしか作品を読めなかった。女もその影響下にあった。本稿の一でふれたように、一葉の描く美登利は現実の、生身の少女である。性欲もある、性交への関心もある生きた少女である。自然の性としては男も女も本源的には同様である。これを見ようとしないから、美登利は中原淳一描くところの少女像のようなものと重ねられるのである。高橋鐵の諸著書たとえば『人性記』『女体人性記』『せっくすかうんせりんぐ』等を参照されたい。近くは『モア・リポート』『モア・リポートＮＯＷ』もある。

（付記）二年以上の逡巡のすえ本稿を書いた。上杉氏の卓見に日の目を見せたい、峯岸・石井の勉強にも報いたいとの思いが一方にあった。他方にはすでに取りかかった「石川啄木伝」の執筆があった。結局はこの狭間で本稿を執筆して、次のような御座なりをおかすことになった。

１、関係する先行研究文献の全体には眼を通さなかった。

２、したがって、本稿の叙述に際して先行研究を本稿中で秤量し、位置づけることができなかった。この付記は関係諸先達への非礼を謝し、ご海容を請うために書いている。お許しを請う次第である。

３、１、２の欠点の最も現れたのが「三　検査場説補説」であろうと思われる。「禿」

「引込禿」「新造出し」等に関するわたくしの知識は皮相である。しかもそこで用いた事柄が樋口一葉の知識であることをつきとめたわけではないのに、援用してある。本来なら一葉の全作品と伝記的な全事実との中に一葉の知識・情報源を探り出し、それらを論拠とすべきである。わたくしにはそこまで踏み込む余裕はなかった。「たけくらべ」研究者のご研究に小論の弱点の克服を期待したい。

〔注〕

1　本稿「三　検査場説補説」の冒頭および注（10）などに述べてあるように初店説は作品内に存立の根拠をもたない。初店説の功績はひとえに佐多稲子の問題提起の鋭さにある。佐多は初潮説では（十四）末と（十五）は読み解けないというのである。この点では初店説と本稿は同じ立場に立つ。ここでは初潮説のみを引き合いに出す所以である。

2　渡辺信一郎『江戸の女たちの月華考―川柳に描かれた褻の文化をさぐる―』（葉文館出版　一九九九）の「第参　初花祝」。

3　江戸時代の俚諺に「十三ぱっかり、毛十六」というのがある。女の初潮は数え年の「十三」性毛が生えるのは「十六」がふつうだ、というのである。また江戸中期の産婦人科の医書『てばこの底』には「女《むすめ》十四歳になれば、月水をみるものなり。おとな心早くあれば、十二三にて見るもあり」とあるという（以上注2に同じ）。美登利は三の酉の日から数えるとあとひと月あまりで十五になろうとしている。「おとな心早」い美登利の初潮が十五歳近くというのは、江戸時代の文化を色濃く引きずる当時の吉原界隈の常識からも浮いてしまう。むしろ「十二三にて見」たと考えるのが当時の常識に近い。三の酉の美登利の変貌は初潮とは無関係であることの一傍証である。

さらに言うと美登利は（三）で登場した時すでに生理のある少女として設定されていたことになる。この視点を導入して読み返してみると（十三）までの美登利の魅力の生き生きとした描写はことごとく、初潮前の少女のものではない。「朝湯の帰りに首筋白々《しろ〲》と手拭さげたる立姿を、今三年の後に見たしと廓がへりの若者は申き」とあった（三）。さすがは「廓がへりの若者」、初潮説論者には見えないものが見えているのである。

4　渡辺信一郎前掲書一五四〜一五八頁、「第拾貳　日々の生活も苦労多し」「一　湯屋に行かれぬ」

5　大久保葩雪『花街風俗志　日本風俗叢書』（初版／隆文館　一九〇六、覆刻版／日本図書センター一九八三）八〇〜八二頁。

6　この唄は「素見唄」とも呼ばれ、唄が「厄介ぢや厄介ぢや」で終わるので「厄介節」とも呼ばれるようだが、ここでは「流行ぶし」で通しておく。

7　峯岸千紘「樋口一葉『たけくらべ』——三の酉の日の美登利——」（「語学と文学」第三七号　群馬大学語文学会　二〇〇一・三）

8　中野栄三『増補遊女の生活』（雄山閣出版　一九九六）六六〜六七頁。

9　佐多はこの「群像」一九八五年五月号で、以前にも初店説を書いたようなことを言い、その文庫本が見あたらないと言った。前田愛がそれは未見であるが近代文庫版『にごりえ・たけくらべ他四篇』（昭28・6）の「解説」であろうと言った。鶴見大学図書館で当の文庫本を閲覧したところその「解説」には初店説は全く展開されておらず、関係しそうな箇所としてはただつぎのくだりがあるだけだった。

「たけくらべ」における子どもの生活も、大人を支配する環境におき、その性格もまたそこにとらへられてをり、愛情さへそれに支配されたものとして描いてゐる。栄耀が金に屈してはじめて可能となる庶民生活では、美登利の悲劇はその母親にとつて悲劇に感じられない。

おそらく佐多は「美登利の悲劇」と書いた時〈初店〉を思い浮かべていたのであろう。これだけであるから「初店」説の嚆矢は管見のかぎりでは周知の太田一夫「美登利憂鬱の原因」（明日香路　一九五六・三）ということになる。太田のは「水揚げ」説であろうが。このエッセイはあまり多くの人の目に触れなかったらしく、影響をほとんど残さなかったようだ。佐多以後の論争について具体的に触れる必要はないであろう。論争過程で部分的に光る見解がときおり提出されているがそれらを秤量しつつ、本稿中に位置づける事は行わない。卓見を提起された論者の方々のご海容を請う。

10　本章でこれから見るが、美登利のように「引込禿」のあつかい→「新造出し」のコースを予定されている少女は次のように扱われるので、酉の日突然の「初店」「水揚げ」などという暴挙はありえないのである。

　セックスを売りものにしているだけに、客をあしらう技巧は、新造として客席に出る前にいろいろと教育された。……

　禿の時代から妓楼にいるものは、すでに客あつかいの至難さを熟知し、その虚々実々のかけ引きを眼のあたり心得ているが、セックス方面の実際知識は、やはり教育を受けなければならない。十五才前後で身売りしてはじめて妓楼へ来た〝突き出し〟の新造に至ってはむろんのことである。たとえば布団へ入る挙動の一つですら、そこに遊女としての作法心得を必要とした。というのは、吉原の妓楼の夜具は俗に〝三《みつ》布団〟といって、民間とは大ぶん逕庭《けいてい》があるからである。……

　とにかく、そうした就寝の作法から始まって、あらゆる閨房の心得を姉女郎が伝授した。……

　なお、姉女郎でも云いにくいような実際面は、遣手が教える。

『講座日本風俗史　別巻3』（雄山閣出版　一九五九）七七～七八頁。

11　榎克郎「美登利の水揚げ――「たけくらべ」の謎解き――」（金沢大学教育学部国語教室『深井一郎教授退官記念論集』一九九〇・三）がそれである。蒲生芳郎「美登利の変貌・再考――「風呂場に加減見る母親」の読み――」（日本文学ノート　一九九一・一）の検査場説否定は乱暴である。

12　注（7）に同じ。

13　このくだりに着目したのは石井茜である。同「美登利はなぜ変わったか――「たけくらべ」の研究――」「語学と文学」第四一号（群馬大学語文学会　二〇〇五・三）所載。

14　宮内好太朗編（青蛙房　一九六四）一〇四頁。

15　蘇武緑郎『吉原風俗資料　日本風俗叢書』（日本図書センター　覆刻版一九八三）所収。直観の域を超えぬままに言うのだが、「北里見聞録」は「吉原大全」（酔郷散人　明和5）とともに一葉の「たけくらべ」執筆において――直接的であれ間接的であれ――もっとも参考になった吉原関係文献のように思われる。たとえば「禿」「引込禿」「突出し」等をめぐって。「北里見聞録」は「雛鶏」から「たけくらべ」へのタイトル変更にも関わった公算が大きい（巻之三）。

16　岡保生「一葉と洒落本――「たけくらべ」「にごりえ」の制作にふれて――」（学苑　一九八七・一一）。

17　東京都立台東病院編（東京都衛生局病院事業部管理課刊　一九九六）二三～二四頁。

18　石井茜前掲論文。

19　石井茜前掲論文。

20　塩田良平『樋口一葉研究　増補改訂版』（中央公論社　一九六八）六二八頁。

21　「めさまし草」（一八九六〈明29〉四・二五）所載。

22　同書（日本放送出版協会　一九八五）一〇三頁。

23　上杉は前掲論文で「十一月も下旬の三の酉の日、それは十四歳の美登利にとっては、ぎりぎりまで延引された〈新造出し〉の日取りであったろう」と述べている。

24　作田啓一『深層社会の点描』（筑摩書房　一九七三年）一〇三～一四三頁。

あとがき

この著書はもともと上杉省和氏の単著として構想された。氏が退職後の数年間心血を注いだ五編の論（本書所収）からなっていた。

出版のお手伝いをさせていただくうちに、高校国語教科書定番の「羅生門」「山月記」の論もある方が望ましいということになった。「山月記」の方は本文末の初出覧にあげたように、発表済みのものがあった。これを「付録」として巻末に収めていただくよう申し出た。

若干の経緯があって、共著にしようとのご提案をいただいた。固辞した。

さらに近藤の旧稿「『たけくらべ』検査場説の検証」を上杉氏の「たけくらべ」論とともに入れようとのご提案をいただいた。

このとき心が動いた。わが旧稿は上杉省和「美登利の変貌――『たけくらべ』の世界――」（「文学」1988年7月）を強固に支持した論文であった。

一葉研究者のわれわれの主張に対する黙殺ぶりは笑うべきものであるが、もう一度かれらの思考停止状態にショックを与えておきたい。この思いが勃然として湧いた。共著者とさせていただくことになった。

「羅生門」論を執筆することになった。着想についての自信はあったが、芥川について無識のわたくしは、当初八千字ほどの小文でお茶を濁すつもりであった。半月もあれば書けるだろう。

実際はこの殴り書きに四ヶ月を要した。三万字を超えた。これ以上縮めることはできなかった。幸徳秋水の二著を受容する素地が芥川には確かにあった。このことの論証が字数を要した。出版を二ヶ月以上も遅らせたが、上杉省和氏と同時代社髙井隆氏のご寛容をいただいた。記して感謝の意を表したい。

なお文体と表記については上杉氏とわたくし各自のスタイルにまかせていただいた。

最後に近藤の論の初出を記したい。

第二部

Ⅰ、性的モチーフを読む――石川啄木「道」――……文芸誌「視線」復刊第五号（函館市「視線の会」刊、2014／12）

Ⅱ、幸徳秋水二著の衝撃――芥川龍之介「羅生門」――……新稿

＊本書の性質に鑑み、近藤が芥川の文にもルビを適宜入れた。芥川を知らない者の振ったルビ、誤りもあろうかと思う。読者諸氏のご海容を乞う。

Ⅲ、「李徴」に啄木を代入すると――中島敦「山月記」――……群馬大学教育学部国語教

育講座編著『「山月記」をよむ』（三省堂、2002）

第三部

Ⅱ、上杉説（検査場説）を検証する（近藤）………「国文学解釈と鑑賞」2005／9『たけくらべ』検査場説の検証」

＊本論末の「日本人のセックス観は……（付記）……克服を期待したい」は初出原稿では省いた部分である。本書収録にあたり元の原稿から復元した。

近藤典彦

二〇一五年秋

上杉省和（うえすぎ・よしかず）
1939 年 静岡県浜松市生まれ
1969 年 北海道大学大学院文学研究科博士課程修了
1969 ～ 1973 年 常葉女子短期大学国文科専任講師
1973 ～ 1991 年 静岡大学人文学部講師、助教授、教授
1991 ～ 2007 年 京都ノートルダム女子大学人間文化学部教授
2007 ～ 2010 年 富士常葉大学保育学部特任教授
主な著書
『有島武郎―人とその小説世界』（明治書院）
『作品論有島武郎』（双文社出版、共編）
『智恵子抄の光と影』（大修館書店）

近藤典彦（こんどう・のりひこ）
1938 年 北海道旭川生まれ
1964 年 東京大学文学部国史学科卒
1966 ～ 1995 年 北星学園余市高校・成城学園中学校・高校教諭
1995 ～ 2004 年 群馬大学助教授、教授
2003 ～ 2007 年 国際啄木学会会長
主な著書
『石川啄木と明治の日本』（吉川弘文館）
『啄木短歌に時代を読む』（吉川弘文館）
『『一握の砂』の研究』（おうふう）
『最後の剣聖　羽賀準一』（同時代社）

名作百年の謎を解く

2015 年 11 月 20 日　初版第 1 刷発行

著　者　上杉省和・近藤典彦
発行者　高井　隆
発行所　株式会社同時代社
〒 101-0065　東京都千代田区西神田 2-7-6
電話 03(3261)3149　FAX 03(3261)3237
組　版　有限会社閏月社
装　幀　クリエイティブ・コンセプト
印　刷　中央精版印刷株式会社

ISBN978-4-88683-789-9